文學新象 272

沉睡兩百年的文豪與鬼故事

愛倫坡、狄更斯、馬克吐溫 等18位文學大師不為人知的作品

Leslie S. Klinger 萊斯利．克林格
Lisa Morton 麗莎．莫頓——編
曾倚華——譯

GHOST STORIES

CLASSIC TALES OF HORROR AND SUSPENSE

高寶書版集團

目錄
contents

致我們離去的導師與朋友洛基伍德，
他的精神永存於書頁中。

前言

「畢竟，除了顫抖的樂趣之外。」她思索著。「他還要在意那些老鬼魂什麼呢？」

——伊迪絲·華頓（Edith Wharton），寫於短篇故事《後來》中[1]

「這些東西總是給我一種真理般的印象。」

——M·R·詹姆士，在信中與父母談到鬼故事，寫於西元一八九一年

西元一八四七年十二月，約翰·D·福克斯舉家搬到紐約州的海德村（Hydesville）。雖然這幢房子本身就有一些奇怪的傳聞（前住戶不斷聽到怪聲而搬走），但直到隔年的三月，這個家庭的問題才真正開始。不久後，女兒凱特和瑪格麗特就宣稱，自己在和這間屋子裡被殺死的毒販鬼魂對話。她們的溝通方式是大聲問問題，鬼魂則會敲打牆壁作為回應。

福克斯姊妹們（還有第三個女兒莉雅，是她們的經紀人）很快就靠著這個故事打開知名度。這群年輕的女士們舉辦公開的降神會、進行「測試」，並在世界各地掀起一陣模仿靈媒的風潮。當福克斯家族被揭穿時，他們的故事已經促成了一個新宗教的誕生：唯靈論。這在當時的美國與英國風靡不已，此說相信死者的靈魂存在於另一個星球上，可以透過人類靈媒進行連結。唯靈論運動最出名的代表人物就是亞瑟．柯南．道爾，他的太太珍也是一位靈媒。

鬼故事幾乎在同一時間再度引起一陣熱潮，此事絕不是巧合。唯靈論以及虛構的鬼故事，一同從十八世紀的啟蒙運動中崛起。在此之前，「鬼」的概念僅限縮於戲劇（其存在要追溯回羅馬劇作家普勞圖斯，在耶穌誕生前幾世紀所寫下的鬼屋喜劇《凶宅》），或是被人視為事實存在的史詩神話如《吉爾伽美什史詩》或《伊利亞德》。

靈異文學的第一份代表作，通常指稱的是霍勒斯．沃波爾所寫的《奧特蘭托城堡》。此作在一七六四年發表，他的作品成了哥德式小說的先驅，在接下來的五十年之間興起又沒落。鬼是哥德式小說中不可或缺的重要元素，就算是哥德小說天后安．拉茲克莉芙的作品，祂們的存在最終仍被發現是凡人所製造的騙局。

亦或者，也許現代短篇鬼故事的前身，其實是所謂的民謠。直至十九世紀之前，民謠一直都是人民喜愛的說故事方式（至少在大英群島是如此），而許多民謠都是鬼故事。

例如書中所收錄的《甜蜜威廉的鬼魂》（*Sweet William'sGhost*），有時候也有人稱之《克拉克・桑德斯》（*Clerk Saunders*），這些民謠以及在不同地區的改編作品，仍然保留了令人驚訝的痛苦、詭異、甚至一絲陰森之感。

隨著啟蒙運動將新的信仰帶往歐洲，以往曾經風靡一時的迷信便成了帶有簡單寓意的童話故事，主要是說給兒童聽的……但並非全然如此。當格林兄弟努力搜集著口耳相傳的民間故事，最終在一八一二年出版成《兒童與家庭故事集》時，其他的德國文選編輯們，則致力於更新這些為成年人而說的老故事。約翰・奧古斯特・阿培爾和費德烈克・勞恩在一八一一年至一八一五年間，出版了五本令人驚豔的鬼故事選文《鬼故事集》。這些故事就和《奧特蘭托城堡》一樣，通常是貴族家庭在孤立的鬧鬼城堡裡遭遇聳人聽聞的事件，而文選則被譯成了法文與英文。瑪麗・雪萊說這樣的選集是她的靈感來源，讓她「想到了一個故事」，最終寫成了她不朽的經典名著《科學怪人》[2]。

直至西元一八二八年，第一篇被廣泛認為是現代鬼故事的作品才終於問世：華特・史考特的《帷幕古室》（*The Tapestried Chamber*）。此作品也收錄在本書中。雖然史考特的故事仍然包含了以往鬼故事的特定元素——例如旅行者抵達一座孤立的城堡，他的故事相較之下是簡明扼要許多，並且氣氛較強，令人背脊發涼的敘事也幾乎能與現代任何一篇恐怖故事相容：

在那張死屍的面孔上，仍刻印著生前驅使她生命的，最惡毒、最可怕的慾望。

鬼故事也在新大陸上找到了新家。美國早期最優秀的作家之一霍桑在怪談小說領域小試身手，便成功地描寫了一個仍試圖找到自身定義的新興國家。他的作品《年輕人布朗》（*Young Goodman Brown*），藉由一個旅行者誤闖女巫祭鬼儀式的故事，暴露了宗教定罪的偽善；收錄在此書中的《灰戰士》（*The Gray Champion*），則成為可能是史上第一篇的政治鬼故事，主角是一位愛國的自由守護者（一世紀之後，亞瑟·馬欽也用了類似的主題，寫成了收錄在本書中的另一篇小說《弓箭手》（*The Bowmen*）。幾十年之後，專寫現代恐怖故事——以心理描述與血腥描寫聞名——以及偵探小說的愛倫坡，則創作了也許是第一篇靈魂附身的故事，並佐以令人陶醉的浪漫情懷、又讓人起雞皮疙瘩的《麗姬雅》（*Ligegia*），同樣也收錄在本書。

但一直到唯靈論的出現，鬼故事才真正興旺起來。到一八七〇年代時，唯靈論在美國與大英群島地區已經有數以百萬計的信徒，神祕學哲學家如史威登堡的作品、非小說類作家如凱瑟琳·克勞威的《自然的黑暗面》，以及災難性的美國南北戰爭，讓許多父母、配偶、和手足痛失心愛之人，使唯靈論更為盛行。十九世紀唯靈論的興起，通常被人視為因啟蒙運動後科學的唯物主義而產生的對立理論。確實，當時的唯靈論者也是如此認定的。克勞威就如此寫道：

> 上個時代輕蔑的懷疑正在被一種更為謙遜的探問精神所取代。在當今最開明的人當中，有一大批人開始相信，其實，那些被稱為預言、不該採信的故事，都是甚少被人了解的真理。[3]

大西洋兩岸富有的維多利亞人熱衷於舉辦降神會，以期能看見桌子憑空升起，或是透過年輕美麗的靈媒奇蹟般地與死去的重要他人對話，而拜新的印刷術之賜，他們在家裡也能盡情享受在當時蔚為風潮的雜誌中刊登的鬼故事。本書中收錄的許多篇鬼故事，都反映著唯靈論的信仰；在其中幾篇裡，例如威爾基·柯林斯的《贊特太太與鬼》（*Mrs. Zant and Ghost*），真正恐怖的其實是身為凡人的反派，而有些作品中，如伊莉莎白·史都華·菲爾普斯的《自從我死後》（*Since i Died*），或是奧莉薇雅·霍華·鄧巴的《感官的軀殼》（*The Shell of Sense*），人類無法掌握宇宙萬物的概念，才是恐懼的來源。

但並非所有十九世紀末的鬼故事都是受到唯靈論的影響。研究民間傳說的風氣正盛，多虧如錢伯斯的《歲月之書》（*Chambers' Book of Days*）的努力；鬼故事以前曾是聖誕節的傳統娛樂節目之一（而不是像現在這樣屬於萬聖節！），而且通常以民間傳說

（夏洛蒂・里德精彩又富娛樂性的《最後的鄉紳》（*The Last of Squire Ennismore*）和都市傳說——狄更斯的《信號員》（*The Signalman*）來表現，兩篇都收錄在本書中。

隨著十九世紀邁入二十世紀，唯靈論靈媒逐漸被揭發造假，使得此信仰驟然落沒，直到一次世界大戰後，許許多多的家庭才又渴望能與死去的家人產生聯繫。這使得許多作家開始尋找新手法，好讓鬼故事別開生面。不再回首過往，本書中收錄的幾篇鬼故事：安布羅斯・比爾斯的《卡柯薩的住民》（An Inhabitant of Carcosa）以及法蘭克・史塔頓的《相對存在的哲學》（*The Philosophy of Relative Existences*）選擇放眼未來；有些作家則選擇以更文學的方式創作，如伊迪絲・華頓令人背脊發涼的《使女的鈴鐺》（*Lady'sMaid's Bell*），還有亨利・詹姆斯所作，關於一隻文學鬼魂的文學故事《真正對的事》（*The Real Right Thing*）；而至少有一人——馬克・小吐溫讓人無限回味的《鬼故事》同時對鬼故事這一文類、以及狂熱的真相崇拜者做出了嘲諷。

舞台基本定調後，便迎來了一位真正的鬼故事大師，他既了解鬼故事的歷史，又能寫出讓人涼徹心扉的場景，提煉出鬼故事的精髓。那個人就是M・R・詹姆士，他一九○四年出版的選集《古董商的靈異故事集》，成了史上最負盛名、影響力最大的鬼故事選集。詹姆士筆下的鬼，不再是典型脆弱、半透明的古老魅影，而是更陌生、更嚇人的某種存在，就像在本書收錄的《吹一聲口哨，朋友，我就會來的》主角所見的一幕景象：

……但現在，位於遙遠的岸邊，一抹淺色的東西正不規則地來回飛躍著。它的形體快速增長，並逐漸長成一具批蓋著飄逸白布簾、變換不停的形體。不知為何，它的動作使帕金斯非常不願意靠近它。

這本選集中的最後一篇，則是喬治婭．伍德．潘彭的《替身》，此文恰好為未來的怪誕小說指出了一條新路：恐懼感變得更潛沉、更悲傷，文詞優雅細膩。若說它的整體影響比它先前的其他作品都更帶有希望，這希望便是源自於M．R．詹姆士所說的「真理般的印象」，正是經典鬼故事不可或缺的重要元素。

我們為何要讀鬼故事？為了自己嚇自己嗎？為了演練真實撞鬼時的應對方法嗎？為了體驗情緒的高潮疊起嗎？或是為了要滿足我們對於肉身逝去後生命仍持續存在的想像？也許以上皆是——但不論原因為何，鬼故事自古以來就吸引著人們。本書接下來所收錄的故事，便是我們淺見中幾篇最優秀的作品。所以——一起見鬼吧！

麗莎．摩頓

萊斯利．S．克林格

寫於西元二〇一八年八月，洛杉磯

1 當這個故事首次刊載於《世紀》雜誌中時，原文本是用「顫慄（Frisson）」，但華頓在一九一〇年新印刷的故事集《人與鬼的故事》將其改為「顫抖」。

2 雪萊在一八三一年出版的那一版《科學怪人》前言寫到，她想要寫「一個足以與激勵我們接下此一任務的作品匹敵的故事。這個故事要寫到我們天性中無可解釋的恐懼，並喚醒令人戰慄的可怖之感——要讓讀者不敢四下張望、使血液凝固、使心跳加速。如果我做不到這幾點，那麼我的鬼故事就不配稱為鬼故事」。

3 選自〈自然的黑暗面，或是鬼與見鬼者〉，西元一八五〇年。

甜蜜威廉的鬼魂

Sweet William's Ghost

流行民謠

遠在小說與短篇故事中出現鬼魂的形體之前，它們就是詩歌中頗為流行的主題。記錄上，首次在文學中出現的鬼影，是阿卡迪亞版本的史詩《吉爾伽美什、安奇都及虛空世界》中（約西元前兩千年），英雄的至交好友以靈魂的形式現身，告訴他死後世界的痛苦。當十八世紀的英國民間信仰信徒開始記錄當地的民謠時，最受歡迎的詩歌之一便是《甜蜜威廉的鬼魂》。雖然這篇民謠有許多不同的版本，它的故事主要都是在講述一位名叫瑪格的女孩，見到了她真愛的鬼魂，也就是威廉，有些版本裡則稱為克拉克．桑德斯。他想吻她，但警告她這個吻會奪去她的性命（在其中一個版本中，他告訴她，現在他的嘴「有著地底的氣味」）。在某些版本裡，她問威廉關於天堂與地獄的事（他告訴她，自殺者都圍繞在惡魔的膝邊）；其中一個版本，她必須做一支樺木杖放在他的胸口，才能幫助他擺脫肉身的枷鎖。直到二十一世紀，這首民謠仍因許多民謠歌手的演唱而保持著知名度。

鬼魂來到瑪格門前，
帶著悲傷低吟，
敲響門環，
她卻一聲也不應。

「是我父親菲力？
還是我兄長約翰？
或是我的真愛威廉，
從蘇格蘭，回到我身邊？」

「我不是妳父親菲力，
也不是妳兄長約翰。
我是妳的真愛威廉，
從蘇格蘭，回到妳身邊。

「喔，甜美的瑪格，親愛的瑪格，
求妳和我說話；
給我信心與承諾，瑪格，
就像我當時給妳的那樣。」

「我不會給你信心與承諾，
也不拿你的信心與承諾，
除非你進了我的房，
並親吻我的下巴與臉頰。」

「若我真進了妳的房，
我已非肉身；
若我親吻妳的紅唇，
妳的日子便要終結。」

「喔，甜美的瑪格，親愛的瑪格，
求妳和我說話；
給我信心與承諾，瑪格，
就像我當時給妳的那樣。」

「我不會給你信心與承諾，
也不拿你的信心與承諾，
除非你帶我去到教堂，
並以戒指娶我為妻。」

「我的身骨埋葬在一座教堂，
遠在海洋那端，
而現在是我的靈魂，瑪格
在和妳說著話。」

她伸出肌白如雪的手，
盡自己最大的努力，
「啊，給你信心與承諾，威廉，
願神使你的靈魂安息。」

她提起綠袍的裙擺，
微微低於膝下，
在漫漫冬夜中，
死者伴她左右。

「你的頭旁還有空間嗎，威廉？
或是在你的腳邊？
或是在你的身側，威廉，
好讓我躺臥？」

「我的頭旁沒有空間，瑪格，
我腳邊也沒有。
我的身側沒有空間，瑪格，
棺內太狹窄。」

接著頭頂上的紅鴉叫了起來，
然後灰鴉唱道：
「現在，現在，親愛的瑪格，
該是妳離去的時候。」

鬼魂不再與瑪格說話，
帶著悲傷低吟，
消失在霧中，
留她一人站立。

「喔，別走，我的摯愛，別走。」

瑪格不斷哭泣；

她的雙頰泛白，她閉上雙眼，

展開柔軟四肢，然後死去。

家庭肖像

The Family Portraits

約翰·奧古斯特·阿培爾[4]

約翰·奧古斯特·阿培爾（西元一七七一年至西元一八一六年）是一位德國法學家與作家。他的短篇小說《魔彈射手》，寫的是一位射手能夠擊發出違反自然定律的惡魔子彈，此篇故事便是源自於德國的民間傳說，並收錄於阿培爾與費德烈克·勞恩於一八一一年共同編輯的恐怖小說選集中。這個故事的成功，使約翰·費德里奇·坎德與卡爾·瑪麗亞·馮·韋伯將之延伸成他們著名的歌劇《魔彈射手》的作品名及主題。阿培爾也發表了其他幾篇作品，而以下所收錄的這篇，連同另一篇作品一同出現在《鬼故事集》一書中。另外那篇作品名叫《黑屋》，較為晦澀難懂，而這篇作品則成了第一部現代神話《科學怪人》的直接始祖。

「當你轉離視線；唯恐你的想像
只運轉了那麼一會兒，它就動了。——
她的眼睛似乎動了一下。」

——冬天的故事

當斐迪南的馬車緩緩行經森林時，夜色已經毫不留情地降臨了；前方的馬伕抱怨了上千次路況有多差，而斐迪南決定好好運用這段可怕的行進過程思索這趟旅程的目的。

就像所有有權有勢的年輕人一樣，他已經造訪過許多間大學；在遊歷過歐洲主要的幾個大國之後，他現在正在回祖國的途中，好回去接手在他離家這段時間內死去的父親所留下的財產。

斐迪南是獨生子，也是古老的梅爾辛家族中最後一支血脈：正因如此，他的母親才更加焦慮，希望他能建立起強大的盟友關係，這是他的出身與財富都能夠給予他的；她不斷提醒他，韓賽爾家的克勞蒂達是她最希望能收為媳婦的女孩，並能給梅爾辛家族的名字與財產一個名正言順的繼承人。一開始，她只是連同其他幾位特別的女孩一起提到克勞蒂達的名字，希望他能從這幾位女孩中挑選一個；但過了不久，她就再也不提其他名字，心心念念只有克勞蒂達了；而且她長篇大論地表示，只有完成這場聯姻，她才能獲得真正的快樂，並希望她兒子能同意她的選擇。

但是斐迪南對於這場婚姻，除了懊惱之外，再無他想；而他母親急切的耳提面命，只讓他對於克勞蒂達的印象更加糟糕罷了，因為她對他而言是個徹頭徹尾的陌生人。最後，他決定前往首都一趟，韓賽爾先生與他的女兒克勞蒂達會在那裡參加嘉年華活動。他希望在順著母親的意之前，自己至少能夠先認識這位小姐；他也暗自希望能找到更多理由來反對這項婚事，而不是像他家老太太所說的，只是他年少輕狂的反骨罷了。

孤獨的森林、夜色中的馬車裡，他在腦中構築著一幅幅過往人生的畫面，快樂的記憶在回憶中顯得似乎更加幸福。在他心中，未來的日子似乎無法產生能與過往匹敵的樂趣；而他越是在已經消逝的過去中追求快樂，他就越不願意面對似乎早已命中註定的未來。因此，儘管馬車在崎嶇的路上行動緩慢，他還是覺得自己前往旅途終點的速度太快了。

最後，馭馬伕開始安慰起自己，一半的旅程已經結束了，剩下的路則是一片平坦的好路，但斐迪南卻命令馬伕在接近的村莊中停下，決定休憩一晚再繼續上路。

村莊前往旅館的路兩旁，坐落著一座座花園，而各種樂器的悠揚樂聲，讓斐迪南認為，村民是在慶祝某種鄉村慶典。他想著加入他們所能帶來的快樂，並希望這樣的娛樂活動能稍微驅散他心中的陰鬱。但他更仔細聆聽，便發現這樣的音樂與尋常旅館中的音樂並不相同；而吸引他注意的樂聲來自於一幢漂亮的房屋，裡頭明亮的燈光，讓他更加確定這不是那種讓全村人同樂的慶典，而是一場參與人員經過篩選的音樂會。

馬車在一間外觀殘破的小旅館前停了下來。斐迪南又是客套又是侷促，向那裡的人詢問這裡的地主是誰。他們告訴他，地主住在相鄰小鎮的一座莊園內。旅者不再多問，只是向旅館主人要了這裡最好的房間。為了分散自己的注意力，他決定在村莊中散步，並讓腳步往音樂傳來的方向走；和諧的樂聲指引著他：他漫步前進，直到自己來到音樂會的屋外。一個小女孩坐在門邊，和一隻小狗玩著，隨著他的接近，小狗便叫了起來。還沈浸在遐想中的斐迪南，被這樣的偶遇喚回現實，便問小女孩屋裡住著什麼人。「我爸爸呀。」她微笑地說。「先生，請進。」她邊說邊緩緩走上階梯。

斐迪南猶豫了一會，不知道是否該接受這突如其來的邀請。但屋主從階梯上走了下來，用友善的語氣對他說：「先生，我們的音樂，也許是這裡唯一的吸引人之處了；但無論如何，這裡是牧師的寒舍，我們誠心歡迎您的參與。我和我們的鄰居，」他邊說，邊領著斐迪南進屋。「我們每週會輪流在各自家中聚會，舉辦小小的音樂會；今天輪到我了。您願意參與表演嗎？或是純粹當個聽眾？您比較習慣聆聽高級的音樂，而不是由業餘的音樂家們所演奏的，或是您比較喜歡一群人一邊談天一邊打發時間？如果您喜歡後者，歡迎您進去旁屋，我的妻子和一群年輕的朋友都在那裡：這邊是我們的音樂會，那邊則是他們的聊天室。」他邊說邊打開門，對著斐迪南微微一點頭，然後在自己的桌前坐下。旅人道了聲歉；但表演者很快就繼續彈奏被打斷的樂章。同時，牧師年輕漂亮的妻子，以最優雅的姿態，請斐迪南依照自己的喜好，選擇要前往音樂會，或是前往旁屋的聊天房間。斐迪南禮貌性地寒暄了幾句後，便跟著她走向相鄰的另一間房。

房裡的沙發旁圍著半圈椅子，上面坐著幾位男女。斐迪南的身影出現在房裡，使所有人都站了起來，而且面對這樣的打斷，似乎有些不安。圈子的中央有一張較矮的椅子，上頭坐著一位年輕活潑的女孩，背對著門，而當她看見所有人都站起身時，她便換了個姿勢，見到進來的陌生人後，臉色漲紅，看上去好像有些難為情。斐迪南請他們不要因為他而中斷談話；聽見這話，他們便紛紛就座，而房子的女主人邀請新來的客人坐在沙發上，與兩位年長的婦人同坐，並把她自己的椅子拉好。「是音樂吸引你而來。」她對他說：「但我們這裡，沒有樂聲；我當然也喜歡聽音樂：但我無法和我丈夫分享單純對節奏與和弦的熱愛；我的幾位朋友和我想法如出一轍，因此當我們的丈夫在外頭享受他們最愛的娛樂，我們也在這裡享受社交對話，不過有時，我們談天的聲音對那些藝術家們來說太吵了。今天，我舉辦了一場約定已久的茶會。這裡的每個人都要分享一個鬼故事，或是類似的其他故事。你看，我的朋友比那群音樂家多得多了。」

「女士，請妳准許。」斐迪南回答：「讓我加入妳的聽眾吧；雖然我並沒有解釋神祕之事的天賦。」

「不會有問題的。」一位美麗的深髮女子說：「我們已經同意，不去和任何人要求解釋，儘管這些故事都號稱是真的，但解釋就破壞了鬼故事的樂趣啦。」

「這樣就太好了。」斐迪南說。「但我顯然打斷了其中一個故事；可不可以請妳——？」

留著一頭亞麻色長髮的年輕女孩，從小椅子上站了起來，臉又紅了；但女主人拉過她的手臂，大笑出聲，並讓她來到圈子的中央。「來吧，孩子。」她說。「別板著一張臉，坐下吧，好好說妳的故事。這位紳士也會分享他的故事。」

「你保證會說故事嗎，先生？」年輕的女孩問斐迪南。他微微一鞠躬作為回應。於是，她坐回主講者的椅子上，開口說起：

「我自小有一位朋友，名叫茱莉安娜，每個夏季都是在父親的莊園度過的。那個莊園座落在浪漫的鄉村裡；遠處高山圍繞，橡樹森林與美麗的溪谷包圍著它。那是一處祖產，在茱莉安娜父親的家族流傳了好幾代；因此，他沒有做任何裝修，只是希望能將它維持在傳承到他手中的樣子。

「一屋子的古董中，他最珍愛的，便是家族的畫廊；那是一間有著穹頂的房間，高挑、陰暗，哥德式的裝潢，裡頭掛著他祖先的肖像畫，幾乎與真人同樣尺寸，掛滿房間逐年黯淡的牆壁。根據某些傳統，他們都是在這裡用餐的：而茱莉安娜時常告訴我，每到吃飯時間，她就無法抑制心中的恐懼與憎惡；她也時常假裝身體微恙，好避免進入這間可怕的房間。在所有的肖像中，有一個女性的畫作，看起來似乎不屬於這個家族；茱莉安娜的父親不知道那是誰的畫像，也不知道為何那幅畫會出現在他祖先的畫像之中；但它看起來已經在那裡存在很長一段時間了，因此我朋友的父親不願意將它拿下。

「茱莉安娜每次看到那幅畫，就會不由自主地一陣哆嗦；她也告訴我，在她嬰兒時期，她就一直感受到一股秘密的恐懼，但卻找不出原因。她父親覺得這是幼稚的行為，因此有時會強迫她一個人待在那個房間裡。但隨著茱莉安娜年紀漸長，這幅畫像所帶來的恐懼，只是日漸增加。她會哭著求她父親別把她單獨留在那裡——『那幅畫，』她會這麼說：『看著我的眼神並不是陰鬱或恐怖，而是哀傷。它好像一直想把我拉過去，好像隨時要張開嘴巴和我說話——那幅畫一定會害死我的。』[5]

「最後，茱莉安娜的爸爸終於放棄要征服女兒的恐懼。某天晚餐時，她所感到的恐懼讓她再全身痙攣，她覺得自己看見那幅畫的嘴唇動了起來；而醫生建議她父親把她恐懼的原因給移除。於是，那幅恐怖的肖像便從畫廊搬到了閣樓中，一間無人使用的房間門上方。

「這麼做後，接下來的兩年，她都沒有再受到驚嚇。她的皮膚恢復光澤，讓所有人十分意外；她一直以來的恐懼，使她長期下來變得蒼白又虛弱：但那幅肖像和伴隨而來的恐懼已經消失，而茱莉安——」

「喔！」女主人發現說故事者刻意停頓下來時，便微笑著喊道：「承認吧，孩子；茱莉安娜的美貌吸引到了一位仰慕者——是不是？」

「正是如此。」年輕女孩繼續說下去，面色通紅。「她訂婚了；她的未婚夫在婚禮前一天來和她會面，她帶著他走過莊園，並帶他去到閣樓，眺望遠山美麗的景色。然後她在毫不知情的情況下，突然意識到自己進入了那間掛有詛咒肖像的房間。完全不清楚內情的陌生人，看見一幅畫單獨在那裡，自然會問那是誰。但看著那幅畫、認出它的存在，就讓可憐的茱莉安娜尖叫一聲，往門口跑去，這一連串的動作，也僅僅是一瞬間的事。也許是她開門的動作過猛，致使肖像搖晃墜落，或是這幅畫邪惡的命定時刻終於來到，我並不清楚；但就在那一刻，這位可憐的女孩只是想要逃出房間，躲避她的命運，而畫就這樣掉了下來；因恐懼而摔倒的茱莉安娜，被沈重的畫作給砸中，再也沒有站起來。」

聽眾們一陣沈默，只為不幸的茱莉安娜發出一聲聲錯愕與興奮的驚呼。只有斐迪南好像不受大家的情緒影響。最後，坐在他附近的一位女士打破了沈默，說道：「這個故事是真的；我認識這個美麗女兒死於一幅致命畫作的家庭：我也看過那幅畫；就像那位小姐所言，那幅畫帶著一股足以貫穿心臟、無以言述的善意，因此我無法直視它太久；但也像妳所說的，它看起來充滿了溫柔的悲傷，好像那對眼睛會動，像是擁有生命一般。」

「通常來說，」女主人邊說邊打了個冷顫。「我不喜歡肖像畫，也不允許我身處的房間裡掛有肖像畫。他們說當本人過世時，肖像畫也會跟著變得蒼白；而且畫像與本人越像，它們就越讓我聯想到死者般僵化的五官，讓我心生厭惡。」

「就是這麼回事。」說故事的年輕女孩說。「我比較喜歡人物正在進行某件事的肖像畫，因為這個人物就和賞畫的人沒有任何關係了；但簡單的肖像畫，人物的眼睛就只是毫無生氣地望著經過的人們。這種肖像畫對我來說，就和彩色的雕像一樣，是違反繪畫原則的。」

「我也這麼認為。」斐迪南說。「妳讓我想起小時候也看過一幅這種肖像，那種可怕的印象是一輩子無法忘懷的。」

「喔！請告訴我們吧。」亞麻色頭髮的年輕女孩還坐在矮椅上，便迫不及待地說：「你必須要來接手我的位置啦。」她立刻站了起來，打趣地強迫斐迪南與她交換位置。

「可是，」他說。「這個故事和妳剛才分享的有點太像了；所以請容許我——」

「這不重要。」女主人說。「這種故事永遠也不嫌多的；而我有多討厭看著那些恐怖的肖像，我就越享受聽別人說看到它們的眼睛或腳看起來在移動的故事。」

「但我是認真的。」斐迪南佯裝要破壞他們的約定。「以這個美好的傍晚時分來說，我的故事實在太可怕了。我得承認，光是想到這個故事，我就一陣哆嗦，儘管已經過了好幾年了。」

「這樣更好，這樣更好！」幾乎所有的與會者都喊道。「你勾起我們的好奇心了！而且你的親身經歷會讓故事更精彩，因為我們就更無法質疑裡頭的事實了。」

「嗯，其實並不是我的親身經歷。」斐迪南發現自己有點太過頭了，便趕緊解釋。「而是我的一個朋友，但我完全信賴他說的話，就像是我親眼所見一樣。」

聽眾繼續央求著，斐迪南便開口說了起來：「有一天，我和這個朋友正在爭論幽靈與預兆之類的事情，他就告訴了我這麼一個故事：

「他說，我的大學同學邀請我和他一起去他父親的莊園度假。那年的春天來得不尋常地晚，因為前一年的冬天又長又冷冽。因此春天的來臨更顯得愉快和充滿期待，讓我們的假期更是愉悅。我們在美好的四月時抵達他父親的住處，那裡綠意盎然，充滿生機。

「我朋友和我在大學裡就是住在一起的，因此，他在寫給家人的信中，也建議他們

「我朋友和我在大學裡就是住在一起的，因此，他在寫給家人的信中，也建議他們安排我們住在一起：因此我們最後住在相鄰的房間裡，那裡我們可以看見美麗的花園與鄉村景色，遠處的森林與葡萄園圍繞在外。幾天後，我就已經完全適應屋裡的生活，也認識了那裡的人，而不論是家人、或是那裡的僕役，對我和我朋友是一視同仁的。他的弟弟們，白天不太會見到我，不過晚上會來我或我朋友的房間。他們的妹妹是個可愛的十二歲女孩，就像新發芽的玫瑰般甜美而活潑，將我當作哥哥般看待，並藉這個頭銜拉著我去花園看她所有的寶藏，在桌邊幫我服務，並用她想要的東西來裝飾我的房間。她的在乎與關注讓我留下了無法忘懷的印象；關於她的記憶，在那間莊園可怕的場景從我腦中褪去後，仍會持續存在著。在我抵達的那一天，我就注意到有一幅巨大的肖像，掛在一間接待廳的牆上，而我必須穿過那裡才能到達我的房間；但我四周有太多新鮮事物分散我的注意力，因此我並沒有仔細看過它。當時，我只是不得不注意到，雖然我朋友的兩個弟弟非常黏我，晚上也非得要跟我一起回房間，但他們每次要穿越掛著這幅畫的接待廳時，他們都會展現出異於往常的厭惡感。他們會抓著我，要我用手臂抱著他們走；而如果我不得不牽著其中一個人的手，那一個孩子就會用另一隻手遮住臉，儘可能少見到那幅肖像。

「我知道孩子們都會害怕龐然大物、或者是真實尺寸的東西，我當然樂意給我的兩個小朋友勇氣。但越仔細想著讓他們那麼害怕的肖像畫，我也不可避免地感受到一定程度的恐懼。那幅畫中是一個騎士，穿著遠古時代的鎧甲；一條灰色的披風從他的肩膀垂到膝蓋；他的其中一隻腳向前伸出，好像就要從畫裡踢出來；他的表情，則是我恐懼的來源。我從來沒有看過自然界裡有那樣的臉。那張臉混合著死亡的靜謐，以及一種暴力與邪惡的慾望，就連死亡都無法抹滅它。也許有人會懷疑，畫家是把死者屍體的臉孔直接複製到畫布上去了。每次只要我想要仔細端詳那幅畫，我就會感受到不亞於那兩個孩子的恐懼。我朋友也不喜歡那幅畫，但並沒有讓他感到害怕：他的妹妹，是唯一一個能夠面帶微笑、看著那可怖人像的人；而當我發現自己也討厭那幅畫時，她便用熱情的口吻對我說：『那個男人並不壞，但他的確非常不快樂。』我朋友說，那幅肖像中的人，是他們家族的第一代創始者，而他父親不尋常地珍愛這幅畫；那幅畫從不知何時就一直掛在那裡，他們不可能無聲無息地將它取下的。

「後來，我們的假期來到尾聲，時間也不留情地奪走了我們喜愛的鄉村的時光。家庭的主人知道我們很不願意離去，也捨不得他友善的家庭、莊園以及四周的美好景色，便對我們投入無盡的和藹與照顧，使我們離去前的那一日充滿了一連串鄉村特有的風格：所有的活動都不帶有一絲藝術氣息；一個接著一個，毫不間斷。當我朋友的女兒發現父親很是滿意的時候，她臉上便出現了愉快的光芒；艾蜜莉（這個可愛的女孩）臉上掛著快樂的笑容，用她的計畫帶來許多驚喜。她的計畫出乎父親的意料，我也意外地發現，他們父女之間有相當高的信任感，而且艾蜜莉在那一天的慶祝活動中，扮演了活躍的角色。

「夜晚降臨；花園裡的聚會解散，但我可愛的朋友們都還在我身邊。兩位小男孩在我們前方蹦蹦跳跳，追逐著五月蟲，並搖晃樹叢，希望更多五月蟲飛出來。露水凝結，在花朵與草葉上反射著月光，留下銀色的光點。艾蜜莉抓著我的手臂；小妹妹領著我再一次造訪所有的溪流和其他地方，我早已和她或她的家人去過無數次。在莊園門前，我再度重複了一次我對她爸爸所做的承諾，說秋天還會再來。『秋天。』她說：『就跟春天一樣美麗呢！』我是多麼樂意推開一切邀約，來完成這個承諾啊。艾蜜莉回去她的房間，我則照著習慣前往我的房間，還帶著那兩個小朋友：他們快樂地爬上階梯；而在我們經過一連串昏暗的房間時，我驚訝地發現，那幅恐怖的肖像並沒有消滅他們歡騰的笑聲。

「至於我，我腦中和心裡想的全是即將來臨的旅程，以及我在這間莊園裡充滿了多少愉快的經歷。這些愉快的日子佔據了我腦中的畫面；當時我的想像力，充滿了青春的活力，亢奮異常，因此當我朋友無法抵抗睡意的來襲時，我仍然清醒。我站在窗邊，好再看一眼我和艾蜜莉行走多日的鄉村美景，並再一次回味我們的足跡。在月亮的微光下，我回憶著每一個造訪過的景點。夜鶯在我們愉快歇息的溪谷旁鳴叫；我們時常歌唱著航行的小河，銀色的波浪正喃喃低語著。

「我沈浸在遐想中，忍不住在腦海對自己說：這樣溫柔而單純的喜愛，也許將隨著夏日的花朵枯萎；經過幾個季節更替的摧殘後，花朵將凋零，果實將摧毀，因此，我真希望接下來的秋季能夠用它的寒冷，將我此刻充滿喜悅的心給包覆保存起來！

「這樣的思緒令我深感憂傷，因此我離開窗戶，因為焦慮而在鄰近的幾個房間中漫步；然後我突然發現，自己就站在我朋友祖先的那幅肖像前。月光以最不尋常的角度落在畫像上，使人物像是在移動一般；而光線的反射，也使人物像是一個真實存在的物體，好像要準備逃離四周的黑暗似的。它死氣沈沈的面容被最深沈的憂傷給取代；它上了彩釉的眼睛，成了宣洩悲傷的唯一阻礙。

「我的膝蓋打顫，踉蹌地退回自己的房間裡：窗戶還是開的；我再度在窗邊坐下，希望能用清新的夜晚空氣與美麗的鄉村景緻，來驅散我方才經歷的恐懼。我的視線落在一排古老的椴樹上，從我的窗邊一路延伸至一座已然倒塌的古塔遺跡旁，那裡時常成為我們在鄉間遊玩時的地點。恐怖肖像的記憶逐漸淡去；但突然間，眼前的古塔中升起一股濃霧，穿越那一排椴樹，直朝我而來。

「我既緊張又好奇地打量著這團雲霧——它逐漸接近；但又一次被樹木粗壯的枝幹

給遮住。突然間，在路上稍亮一些的地方，我認出了和那幅可憎的肖像上一樣的人影，同樣穿著我再熟悉不過的灰色鎧甲。它朝莊園前進，動作好像有些猶豫：當它踩在路上時，聽不見腳步聲；它經過我的窗前，頭也不抬，並從後門進入莊園廊柱下的房間裡。

「我忐忑不安地朝床鋪跑去，並欣慰地看見那兩個孩子正睡在兩側。我發出的聲響驚醒了他們；他們的動了動身體，很快又陷入沈睡。焦慮使我失眠，我翻過身，想要喚醒其中一個孩子來陪我說話，但當我看見那個可怕的身影就站在孩子身旁時，我卻失去了所有移動的力量。

「恐懼使我釘在原地，動也不敢動，眼睛也不敢眨。我看著那個幽靈朝孩子走來，溫柔地親吻他的額頭，接著它繞過床，也親吻了另一個孩子的額頭。[6]在那一刻，我就失去了意識；隔天早上，當兩個孩子的雙手把我給喚醒時，我寧可相信那一切都只是一場夢。

「離開的時刻近在眼前。我們再一次在一片長滿紫丁香與野花的溪谷吃了一頓早餐。『我希望你能再更照顧自己一點。』莊園的主人在談天時說道：『我看見你昨夜在花園中散步，但身上穿著並不適合潮濕天氣的衣物；我怕這樣莽撞的行為會為你召來感冒與發燒。年輕人都喜歡幻想自己百毒不侵；但我不得不再跟你說一次，請接受一位朋友的建議吧。』

「『其實呢。』我回答。『我覺得我已經得了非常嚴重的病，因為我從來沒有看過這麼可怕的幻覺：我現在能夠理解，夢境是如何將一個幻想的物件轉換成最真實的幻影。』

「『你是什麼意思？』主人焦慮地質問道。我將前一晚的遭遇告訴了他；而我驚愕地發現，他的反應不是驚訝，而是徹底地驚慌。

「『你是說，』他用顫抖的聲音補充道：『那個幻影親了兩個孩子的額頭嗎？』我回答他說的沒錯。接著，他以挫敗至極的聲音喊道：『我的天啊！那麼他們兩個都要死了！』」

直到此時，所有的聽眾全都一聲不吭、一動不動地聽著斐迪南的故事；但當他說出最後一句話時，大部分的觀眾們都顫抖著；而在他前面說故事的那位女孩，則發出了一聲尖叫。

「想像一下。」斐迪南繼續說。「我朋友聽到這麼一句意料之外的話，會有多麼震驚。前一晚所見的異象已經讓他十分焦慮；但莊園主人悲傷的聲音刺穿他的心，靈界真實存在的證明，似乎也摧毀了他的信仰。那不只是個夢境、妄想或是高燒所致的幻影！而是一個神祕而真實的信使，從靈界而來，經過他身邊，站在他的沙發旁，而它致命的吻將死亡的病菌種在了那兩個孩子的胸口。

「他徒勞地請求莊園主人解釋這不尋常的事件。他的兒子拚命要求父親說明，同樣也未果。但這起事件顯然引起了全家人的擔憂。『你們太年輕了。』老主人說。『也太早了！現在你們只當是一件怪事，你們平靜的心靈，不應該被這些可怕的事給攪亂。』

「當他們來宣布一切都打理好，可以上路時，他才意識到，他在講述這個事件時，主人把艾蜜莉和兩個小兒子都支開了。他焦慮地離開了莊園主人，兩個小孩現在便回到他身邊，幾乎不願意離開。艾蜜莉則站在一扇窗邊，對他做出告別的手勢。三天後，年輕的莊園繼承人接到了他兩個弟弟的死訊。他們都在同一個晚上去世了。

「你瞧。」斐迪南以更愉悅的口氣說，好平衡他的故事在聽眾身上加諸的悲傷與憂愁。「我的故事並沒有對其中的異事做出任何解釋；解釋這樣的故事，只會破壞故事的動機：那甚至不能讓你真正了解這起神祕事件的主角，所有的故事裡都要有這麼一個角色。但我知曉的也並不多；年老的莊園主人直到過世，都沒有解釋這故事背後的原因給兒子聽，我也沒有更好的方式能結束這個故事，畢竟，若我為了滿足人們的想像而捏造出一個能夠解釋一切的理由，那麼就失去意義了。」

「這對我來說似乎並無必要。」一位年輕男子說道。「這個故事就和前一個一樣，在現實中已經結束，也給了在茶會中的每個人滿足感。」

斐迪南回答：「如果我有辦法解釋肖像與兩個孩子在同一晚相繼過世的神祕關聯，

或是茱莉安娜看到那幅畫時的恐懼感以及她的死亡，我也許就不會同意你的說法。但我並不介意你感到滿足。」

「但是。」年輕男子說：「如果你早就知道這些關聯了，這對你的想像力又有什麼好處呢？」

「這毋庸置疑，當然是有好處的。」斐迪南回答：「想像力需要透過它所代表的物件來獲得完整；就像好的判斷也需要證明想法的正確與準確性。」

女主人對於這些抽象的爭執並無偏頗，選擇站在斐迪南這一邊：「我們女士們總是抱有好奇心；因此當我們抱怨一個故事沒有完結時，請不要覺得意外。這對我來說就像是看了莫札特的《唐璜》歌劇最後一幕，卻沒有看到前一幕的故事；我也很確定，沒有比完整看完最能使人滿足的了，儘管最後一幕通常有著無限的價值。」

年輕男子保持沈默，但更像是因為禮貌，而非被說服。有些人已經準備離去；斐迪南徒勞地在人群中搜尋那位亞麻色頭髮的女孩，人也已經來到門邊，但一位方才在音樂會上見過的年邁的紳士，突然問他，剛才那個故事裡的主角，是不是叫做梅爾辛先生。

「正是這個名字。」斐迪南有些酸澀地說。「你怎麼知道呢？難道你認識他的家人。」

「你說的是一字不差的事實。」不知名的老紳士說道。「這位年輕男子現在在哪裡？」

「他正在旅行。」斐迪南回答。「但我很訝異——」

「你和他還有聯絡嗎？」老先生質問道。

「有。」斐迪南回答。「但我不懂——」

「那好。」老先生說。「告訴他，艾蜜莉還想著他，而如果他想要了解一個和她家族有關的秘密，他就必須儘早回家。」

說完，老先生便搭上他的馬車，在斐迪南從驚訝中恢復過來之前，就消失在他的視線之外。他徒勞地四下張望，希望有人能告訴他這人是誰：但其他人都已經離開了；現在房子已經準備上鎖，而他若在這裡質問好心接待他的牧師那人的身分，就顯得太不得體了。他不得不憂傷地回到旅館，把調查留到隔天早上再進行。

斐迪南在朋友父親的莊園離去的前一晚所經歷的恐怖事件，使他逐漸淡忘了艾蜜莉；而在那之後緊接著的旅行所帶來的各種分心之物，也使他的注意力更加遠離艾蜜莉的記憶：但此刻，關於艾蜜莉的記憶，鮮明地流竄過他的心頭，由於他前一晚所講述的故事以及與老先生的對話，使回憶更加清晰：此時，它比發生當下所留下的印象更為深刻、更為強烈。現在，斐迪南認為在那位亞麻色頭髮的女孩身上看見艾蜜莉的身影。他越回想她的面容、她的雙眼、她的聲音、她優雅的動作，就越意識到兩人之間的相似性。

當他提到老莊園主人所說的魅影時，她發出了尖叫聲，以及她在故事結束後就神祕的消失；還有她與斐迪南家族的關係（她故事中死於意外的年輕女孩茱莉安娜，其實就是斐迪南的姊姊），這一切都更加證實了他的猜測。

他整個夜晚都在思索與計畫，不斷分析自己的難題與懷疑；斐迪南等不及白晝的來臨，好獲得真正的答案。他前往自己追隨音樂而至的牧師宅邸；接著，透過自然的對話推敲，他逮到機會，詢問前一晚來訪的賓客姓名。

但很不幸地，他卻沒能獲得關於亞麻色頭髮女孩和老紳士想要的解答。牧師前一晚太享受在音樂中，他沒有太過關注有誰來訪；而儘管斐迪南用最鉅細彌遺的方式描述了對方的穿著與特質，牧師卻無法想起他如此迫切想得知的那幾個名字。「真是不幸。」牧師說：「我的太太並不在家；她應該能夠給你所有想要的資訊。但根據你的形容，我想亞麻色頭髮的年輕人應是韓賽爾小姐——但是——」

「韓賽爾小姐！」斐迪南有些激動地大喊。

「我想是的。」神職人員回答。「你認識那位小姐嗎？」

「我認識她的家庭。」斐迪南回答。「但她的外表和那一家人都長得太像，我想她應該是沃特堡的年輕女主人，她和哥哥長得太像了。」

「那很有可能。」牧師說道。「那你認識不幸的沃特堡主人囉？」

「不幸？」斐迪南驚叫一聲。

「原來如此。」牧師接著說道。「那你也不知道最近發生在沃特堡莊園的事吧？年輕的莊主也許是在旅遊的途中看過了太多美麗的花園，因此迫不及待地想要改造莊園四周的鄉村景緻；但是一座古塔的遺跡似乎會成為他計劃的阻礙，他便下令要人把遺跡給拆除。他的園丁們徒勞地向他提出，從莊園一側的一整片古老椴樹旁看出去，將會是一幕壯觀的景色，他們也會建造新的花園。一位自幾代前就服侍他們的老僕役，聲淚俱下地請他保留過去時代的珍貴之物。他們甚至告訴他一個在當地流傳的傳統，說沃特堡的莊園之所以能存在，是因爲靈界與那座古堡的保存息息相關。

「那位莊園主人，是個知識分子，對這些傳說不屑一顧；事實上，這些傳說只是更加深了他這麼做的決心。於是這些工匠們便投入工作：古塔的牆是由巨大的石塊所建成，抵擋了工具與火藥的威力很長一段時間；當時的建築師看似將這座塔建造得足以站立到永遠。

「最後，他們的堅持與勞力還是將塔給拆了。其中一塊石塊滾到旁邊去，滾到一塊被瓦礫與樹枝覆蓋的空地，掉進一個大洞裡。在陽光的照射下，他們找到了一扇通往地下秘密通道的活門，由巨大的樑柱所支撐——但在他們繼續搜索之前，先去通知了年輕的莊園主人，報告他們的發現。

「莊園主人來到現場，好奇地和兩位僕役一起進入地洞，想要一探究竟。他們找到的第一樣東西，是生了鏽的鐵鍊，深埋在岩石中，只是為了先前封閉地洞所用。而在石頭的另一側，則是一具穿著幾世紀前的女性服制的屍體，這具屍體意外地逃過了時間摧殘；旁邊是一具骷髏，幾乎完全被摧毀。

「那兩名僕役說，當年輕莊園主人看到那具屍體時，他以驚恐不已的語調大叫道：『老天！就是她的肖像畫砸死我的未婚妻的！』說完後，他便昏厥在屍體旁。他身體倒地時所造成的震動，讓骷髏粉碎成灰燼。

「他們把莊園主人帶回宅子裡，讓內科醫喚醒他，但他的神智再也沒有恢復。也許是封閉地洞裡有害的空氣造成了這場悲劇。幾天之後，這位莊園主人便在神智不清的狀態下死去了。

「這件事太過奇異，也許可以將他的死與塔的毀滅聯想在一起，而他們家族再也沒有任何男丁存留。繼承的契約是經由奧索皇帝[7]認證的古物，也都還在他家中的檔案室裡。這份契約的內容一直都是由父傳子，口頭交代，作為家傳的秘密，現在再也無人知曉。而這位莊主的未婚妻，確實也是被落在她身上的肖像砸死的，這是事實。」

「我昨天有聽那位亞麻色頭髮的小姐講過這段故事。」斐迪南回答。

「這位小姐很有可能就是莊園女主人艾蜜莉。」牧師回答。「因為她就是那位不幸新娘的友人。」

「女主人艾蜜莉不住在沃特堡的莊園裡了嗎？」斐迪南問。

「自從她哥哥死後就不在了。」牧師回答：「她就和母親家的一位親戚住在李賓佛的莊園裡，距離這裡並不遠。因為他們還無法確定那做沃特堡的城堡該屬於誰，她便明智地決定先迴避了。」

斐迪南所得知的資訊，足以讓他放棄前往首都的計畫了。他感謝牧師給他的指引，並動身前往艾蜜莉現在所住的莊園。

當他抵達時，天色還明亮。整趟路途中，他都想著那位楚楚可憐的少女，他前一晚卻太遲才想起她是誰。他回想著她說的每個字，她的聲音，還有她的動作；當他的記憶中有所空白時，他的想像力便替他補足了年輕的活力，並重新燃起喜愛的火焰。他心中有些責備艾蜜莉沒有認出他來，好像他自己就有記得對方似的；為了確認他的面孔是否已經完全從她記憶中抹去，他請僕人傳話是一位陌生人有家庭急事要見她。

他不耐煩地在他們安排的房間裡等待著，一面發現掛在房中的肖像裡，也有前一晚讓他心神蕩漾的年輕女孩。當門打開，艾蜜莉進房時，他正在端詳那幅畫。

驚訝使斐迪南無法恰當地回應艾蜜莉優雅的招呼。眼前這位並不是擁有亞麻色頭髮的漂亮女孩，也不是他腦海中印象的人。這女孩就是艾蜜莉，帶著所有言語可形容的美，遠遠超越斐迪南的預期：儘管他記得她的一舉一動都極具魅力，但現在眼前的人就像是得到大自然的恩賜，所有的一切都變得更加完美。斐迪南目瞪口呆了一陣：他不敢提到自己的情感，也不敢提到那幅肖像，或是發生在沃特堡的其他奇事。艾蜜莉只談到童年時期的快樂時光，並稍微帶到她哥哥的死。

隨著夜晚的到來，亞麻色頭髮的少女和那位老紳士一起進了房間。艾蜜莉將他們介紹給斐迪南，老紳士是韓賽爾男爵，而女孩則是他的女兒克勞蒂達。他們立刻想起他是前一晚見過的陌生人。克勞蒂達責備他匿名求見的舉動；他則突然發現這一連串的事件將他與自己母親期望的妻子、他新產生好感的對象、以及答應要解釋神祕肖像的秘密的有趣陌生人給連結了起來。

這座莊園的女主人很快就來加入了他們的圈子，斐迪南認出她就是前一晚坐在他身邊的女士之一。考量到艾蜜莉的心情，他們便跳過了所有斐迪南感興趣的話題；但在晚餐過後，男爵便來到斐迪南身旁。

「我懷疑……」他對他說。「根據你昨天說的故事，你只是一個旁觀著，但現在卻焦慮地想要知道那故事背後的解釋，可見事實並非如此。我一開始就認出你了；我也知道，你所分享的朋友的故事，其實就是你自己的故事。但我沒辦法告訴你更多資訊，我只有我知道的部分：但也許這樣就足以讓你拯救我視如己出的艾蜜莉免於苦惱與不安；

而根據你昨晚說的故事，我想你對她現在仍很有興趣。」

「拯救艾蜜莉免於不安。」斐迪南溫和地說。「請你解釋吧，我該怎麼做？」

「我們在這裡無法深談。」男爵回答。「明天一早，我會再來，我們在你的房間會面。」

斐迪南請他今晚就來，但男爵不為所動。「我不希望我的故事成為某種奇聞軼事。」他說。「我只想要告訴你發生在兩個家庭之間非常重要的事件。因此，我想早晨的清新空氣，能夠減緩我的故事所帶給你的恐懼感。因此，若是方便的話，我希望能早上再接待我。我喜歡天亮就起床；而我總是能將中午前的時間安排妥當。」他補充說道，露出微笑，並轉過身去面對其他人，好像在講其他事不關己的話題。

斐迪南一晚都焦慮不已，心思一直圍繞在早上要和男爵談話的內容上；天才剛亮，男爵就出現在他的窗邊。「你知道。」男爵說。「我娶了沃特堡老主人的妹妹為妻；這樁婚事並不是因為我們交情深厚，但在婚後，我們兩人的友誼就此建立了。我們會交換心中最隱密的想法，而如果一方沒有展現出相同的興趣，我們都不會擅自採取任何行動。但老莊園主人有一個秘密一直沒有告訴我，若不是因為一場意外，我也應該永遠不會知曉。

「一時之間，修女之岩的魅影被人看見的傳言傳了出來，那是當地農民為那座古塔取的名字。理性之人對於這則傳言只是一笑置之：隔天晚上，我焦慮地想要揭發這個鬼魅的真面目，並且已經能預想我的勝利，但讓我驚訝的是，老主人極力想要打消我的念頭；我越堅持，他的論點就變得越嚴肅；最後他以友情作為要脅，要我放棄這個計畫。

「他的堅持引起了我的興趣；我問了他幾個問題；甚至把他的恐懼視為某種疾病，並鼓勵他對症下藥：但他很苦惱地對我說：『兄弟，你知道我對你是一片真心；但這個秘密是屬於我的家庭的。只有我的兒子能承接這個訊息，也只有在我將死之時才會傳承給他。所以請不要再問我了。』

「我沒有再和他爭論，但我暗自搜集了許多流傳在農民之間的傳統。最廣為人知的是，修女之岩的魅影只有在莊園的家庭成員有人將死時才會出現；而彷彿是為了印證這句話，幾天後，莊園主人最年輕的兒子就去世了。老主人似乎有意識到這一點，他下令要護士給予他最好的照顧；並且在被預感影響的狀況下，他請了兩位醫生住進城堡裡。但這麼嚴密的保護，才是造成孩子死亡的原因；護士太過專注地抱著懷中的孩子，經過修女之岩時摔了一跤，孩子當場就死了。她說她看見孩子四肢攤開，在石頭之間流血不止；她嚇到面孔著地地摔倒，等她回過神來時，那個孩子就躺在自己的血泊中，就在她看見他鬼魂的位置上。

「我不會拿一位不識字的女子所說的話來叨擾你，因為在這種狀況下，人們的想像總會超越現實的事物。我沒辦法從家族的記錄中獲得更多有意義的資訊，因為所有的重要文件都鎖在一口鐵箱中，鑰匙在離開城堡的主人手中。但我透過族譜和其他類似的文件，發現這個家族從來沒有男性血親的分支；但除此之外，我的調查一無所獲。

「最後，我在我的朋友將死之時得到了一些資訊，但那些訊息是遠遠不夠的。你記得，當他的兒子還在旅行時，父親就突然因為重病身亡了。在他去世前一晚，他派人來找我，並把身邊所有人都打發走，轉向我，對我說：『我知道我所剩時間不多了，而且會是我家族中第一位來不及把秘密傳給兒子的人。這秘密能保護我們家的安全。向我發誓你只會把這秘密告訴我的兒子，我就能瞑目了。』

「我以友情與榮譽起誓，他便開口了——

「『如你所知，我這一族的起源已不可考。手寫紀錄中，第一位被記載下來的祖先是迪瑪，伴隨奧索皇帝來到義大利。他的歷史也是鮮為人知的。他有一個敵人，名叫布魯諾，他根據傳統復仇殺了布魯諾的獨生子，並將布魯諾囚禁在現在所知的修女之岩古塔中直至死亡。這座古塔經過時間的摧殘仍然屹立不搖。單獨掛在接待室裡的那幅肖像，就是迪瑪的；而如果我們的家族傳統是真的，這幅畫是由死神所繪。事實上，幾乎不可能有人能夠觀察、甚至完整捕捉這麼可怖的五官。我的祖先們試著在這可怕的身影上抹上石灰；但夜晚到來時，他的色彩就會穿透石灰，再度變得鮮明；也是在夜晚時分，據說迪瑪會身穿畫中的鎧甲四處遊蕩；他會親吻家族的後裔，讓他們步向死亡。我的三個孩子都得到了這死亡之吻。據說，這是一位修道士給他的詛咒，要他為自己的罪行付上代價。但他不能摧毀自己所有後代：只要古塔的牆還存在，只要一塊石頭還堆疊在另一塊石頭之上，沃特堡莊園的家庭就會存活下去；而迪瑪的靈魂會一直在世間遊蕩，永無止境為他的家族分支帶來死亡，卻又無法完全殲滅。他的族類永遠不會滅絕；而他的懲罰只有在塔的遺跡被完全毀滅時才解除。他以真誠的關愛養大了敵人的女兒，並將她嫁與一位有錢有勢的騎士；但儘管如此，修道士並沒有解除他的詛咒。迪瑪預想未來他的後代有一天會滅絕，便焦慮地做了要解放自己的準備；也因此他事先安排了祖產的繼承，以免在他的家族滅絕時措手不及。他的遺囑是由奧索皇帝認證：從沒有人打開過，也沒有人知道它的內容。這份遺囑就藏在我們家中的秘密檔案室裡。』

「說了這些話，對我朋友來說就是巨大的消耗。他要求我讓他休息一會，但很快就再也說不出一個字。我接受了他的委託，要把這個秘密轉交給他的兒子。」

「儘管如此——」斐迪南說。

「儘管如此。」男爵說。「還是給你的朋友多一點正面評價吧。我時常看見他獨自站在那間接待室裡，雙眼直盯著那幅可怕的肖像：然後他會走其他房間裡，看看其他掛在那些地方好幾個世代的祖先肖像；他的情緒清晰可見，然後他會再回到家族第一人的肖像面前。我偶然聽見過他喃喃自語的獨白，使我深信不疑，他是家族中第一個有膽直視之人，決心要將迪瑪的靈魂從這樣的懲罰中釋放，並將犧牲自己來解救家族脫離這個籠罩已久的詛咒。也許他失去至親的悲傷，更加深了他的決心吧。」

「喔！」斐迪南深情地喊道。「多像是我朋友會做的事啊！」

「但是在他的一腑熱血之中，他卻忘了要保護自己妹妹的感情。」男爵說。

「這話怎麼說？」

「正因如此。」男爵回答。「我才會告訴你這些事，並把這個秘密交予你。我告訴過你，迪瑪對敵人的女兒展現出父愛，給了她豐厚的遺產，並將她許配給一位有權勢的騎士。聽好了，這位騎士就是艾迪伯特・梅爾辛，凡繼承了這姓氏的人，都是他的直系血脈。」

「這是真的嗎？」斐迪南喊道。「他是我的祖先！」

「是的。」男爵說。「根據這些跡象判斷，迪瑪當時就計畫，梅爾辛家族將要在他自己的家族滅亡後繼承他的財產。因此，為了聲明你可能的權利——」

「絕不——」斐迪南說。「只要艾蜜莉還——」

「我也認為你會這麼說。」男爵回答。「但是你要記住，在迪瑪在世的年代，沒有人認為女孩有繼承的權利。你考慮不周的盲目慷慨，對艾蜜莉來說甚至是有害而無益的。因為擁有繼承權的下一個順位，也許就不像你有這麼俠義的想法了。」

「作為一位親戚，雖然只是女方的親戚，我還是進行了一些必要的計算；我認為當他們揭開遺囑時，你必須也要現身在沃特堡的城堡裡，並立刻聲明自己是艾迪伯特唯一後裔的身分，而你應有權立刻繼承這筆遺產。」

「那麼艾蜜莉呢？」斐迪南質問。

「至於該為她做些什麼。」男爵回答。「這部分就是你的決定了；但你可以確定她會獲得適當的分配，因為她的命運將落在一位和她出身相當的男子手中，他也知道該如何看待她的地位，並會根據自己的價值與尊嚴做出決定。」

「那麼。」斐迪南說。「我有權盼望艾蜜莉把應屬於她的財產交給我嗎？」

「這你去和艾蜜莉討論吧。」男爵說道。對話就此結束了。

斐迪南欣喜地跑去找了艾蜜莉。她的回答和他想像中的一樣坦白；兩人也毫不遲疑地表明了對彼此的熱情。

接下來的幾天就在混亂而愉快的氣氛中過去了。莊園的人們都參與著兩位戀人的幸福之情；斐迪南最後也寫了一封信給母親，申明自己的選擇。

他們準備著移居去沃特堡城堡，但一封信的到來卻一口氣摧毀了斐迪南的快樂。它的母親拒絕承認他與艾蜜莉的婚事：她說，她的丈夫在臨死之前，堅持要他迎娶韓賽爾男爵的女兒，所以她絕不容許斐迪南和其他人結婚。她丈夫發現了一個家族秘密，因此他不得不強調這一點，這事關兒子的福祉以及他家庭的幸福；她已經答應了丈夫，因此有義務遵循承諾，儘管這意味著違背兒子的意願。

斐迪南徒勞地請求母親改變心意；他重申自己是家族的最後一位男性後裔，但卻不打算放棄艾蜜莉。對於他的請求，她並不生氣，但也沒有商討的餘地。

男爵很快就從斐迪南的不安與焦慮中，發現他的欣喜已然消逝；雖然他充滿信心，他也很快就得知斐迪南悲傷的原因。因此男爵寫了一封信給梅爾辛夫人，並對梅爾辛主人在臨死前奇異的要求表達錯愕之情：但他只從她那裡得知，她會前往沃特堡，親眼見見她許給自己兒子的女性，以及她兒子自己的選擇；也許還能親自說明這非比尋常又複雜的事。

春天的來臨喚醒了萬物，斐迪南在艾蜜莉、男爵與男爵女兒的陪同下，一起來到沃特堡的城堡。他們花了幾天的時間，為這趟旅行做足準備。斐迪南與艾蜜莉滿心希望梅爾辛夫人的出現，能夠消除他們相愛的阻礙，也希望在看見他們兩個的相處後，能放下心中的顧慮。

幾天後，她也到了，以最熱情的態度擁抱了艾蜜莉，稱呼她為親愛的女兒，但同時又為無法真心將她視為女兒表示遺憾，因為她必須要達成對死去丈夫所做的承諾。

最後，男爵說服她解釋這莫名堅持背後的原因，而她在短暫掙扎後，終於給出了以下的說法：

「男爵大人，你一心希望我解釋的秘密，和你的家庭有著密切關係。因此，若你讓我能擺脫長久以來的緘默，我也會很樂意放下我的顧慮。如你所知，一幅致命的肖像奪走了我的女兒；而我的丈夫在這悲傷的意外後，便決心要移除這幅帶來不幸的畫作：他下令把它與一堆老舊的家具放在一處，並親眼看著它被送到目的地。在搬移的過程中，他發現畫布後方的一小片背板因為墜落的緣故而崩落，打開背板後，他在裡頭找到了一份古老的文件。根據文件，這幅肖像的主人名叫巴莎．韓賽爾；她的目光只關注在自己的女性後裔身上，若任何一位女子被這幅肖像所殺，便會被視為她與神和好的祭品。在那之後，她便能看著韓賽爾與梅爾辛家族透過愛而連結；在她獲得解脫後，她也能享受在她後裔誕生的喜悅之中。

「這就是我丈夫急於成就的動機，透過這一樁婚事，他便能完成巴莎的遺願；因為女兒的死，使巴莎對他而言變得極為重要。你瞧，我也基於同樣的原因，想要遵守與死去丈夫所做的承諾。」

「主人沒有給出比這更有說服力的理由嗎？」男爵質問道。

「可以很肯定地說，沒有了。」夫人回答。

「那很好。」男爵回答。「若妳所指的文件上的解釋和死者的另一份證明大相逕庭，妳會更願意相信事實而不是書寫的文字嗎？」

「這無庸置疑。」夫人回答。「沒有人比我更希望能將這不幸的承諾給拋開的。」

「那麼，我要告訴妳。」男爵說。「那位造成妳女兒之死的巴莎女士的屍體，就出現在沃特堡這裡；而針對這一點，以及這個古堡裡的其他秘密，我們的疑惑很快就要得到解答了。」

男爵這次不願再解釋更多，只告訴夫人，藏在檔案室中的文件，將會提供所有必要的資訊，並建議斐迪南應盡快完成所有與繼承相關的程序。照著男爵的安排，在所有其他的調查展開之前，他們必須先打開檔案室裡的秘密文件。當地的執法人員，以及在場的第二順位繼承者，都對文件的其他部分感到好奇不已，急著想要反駁這樣的安排；但男爵堅持說，這份家族的秘密只限這位目前還不知名的繼承者所有，因此在沒有這位繼承人的同意之下，沒有人有資格一探究竟。

這樣的理由奏效了。他們跟著男爵來到收藏家族文件的大房間裡。他們在裡頭找到一口鐵箱，已經接近千年沒有被人打開過了。一條巨大的鐵鍊捆住了鐵箱，兩端鎖在牆上與地上；但對這個神聖的物件而言，皇帝的封蠟比所有的鐵鍊和鎖更有保護作用。他們立刻找到並移除了封蠟，打開粗壯的栓子，並從鐵箱中拿出了不受時間摧殘的古老包裹。裡面的文件就如男爵所預想的一樣，承諾若沃特堡的家族滅絕，便將這幢房屋的繼承權給了梅爾辛家族，而在男爵的建議下，斐迪南早已準備好證明自己是梅爾辛家族的法定繼承人的文件，而第二順位繼承人只能悻悻然地接受。於是，斐迪南便順理成章地繼承了。隨著男爵的暗示，他便立刻用自己的封蠟將箱子再度封上。在那之後，他慷慨地款待了在場的陌生人們；當天晚上，在他所繼承的古堡中，只剩下他的母親、艾蜜莉、男爵、與男爵的女兒。

「今晚。」男爵說。「我們應將時間獻給這棟古堡中迄今所有的擁有者，介紹一位新人進入這間屋子。我們應慎重進行這項義務，將文件帶到大廳裡宣讀，將迪瑪遺囑的補充文件看個清楚。」

所有人都立即同意了這項提議。艾蜜莉與斐迪南的心充滿了希望與恐懼；他們心存懷疑、不耐地等待著巴莎的故事，因為在經歷過這麼多世代之後，她的故事與其他的事件產生了如此無法理解的衝突。

大廳點上了燈；斐迪南打開鐵箱；男爵檢視著古老的文件。

一會之後，男爵喊道：「這會給我們所有需要的答案。」說完，他便從箱子中拿出幾張紙。在包裹著文件的紙上，畫著一名和善形象的騎士像，身穿十世紀的鎧甲，圖片下方的文字寫著「迪瑪」；但他們幾乎無法把他和接待室中可怖的肖像聯想在一起。

男爵自願翻譯這些由拉丁文所寫成的文件，並請大家包涵可能會因為倉促而翻譯得不完全。聽眾們好奇不已，很快就同意了；他便讀出以下內容：

「我，聖加爾修道院之修道士圖帝倫[8]，在勳爵迪瑪的同意下，寫下以下內容：全部據實書寫，無任何省略或篡改。

「我前往梅斯為聖母瑪利亞雕刻畫像，我們救主的母親開啟了我的雙眼，使我得以審視她的聖體並雕刻於石頭上，供真正的信徒崇拜，迪瑪勳爵因此而發掘了我，並邀請我回到他的城堡，讓我為他畫下遺傳後世的肖像。我在城堡的接待室中展開繪畫；隔天，當我回到城堡要繼續工作時，我發現有人更改了這幅畫作，這幅肖像令人難以直視，跟我先前畫的形象完全不同，因為畫中的人物看起來就如同屍體一般。我恐懼地顫抖著，將這些恐怖的模樣抹去，憑著記憶重新畫了迪瑪主人的畫像；但隔天，我再度發現那雙不知名的手，一夜之間又改了我的畫作。我的恐懼更深了，下定決心在夜晚解開謎底；我再度以他真正的模樣，重畫了騎士的肖像。當天午夜，我拿了一把火炬，小心翼翼地前往接待室，我看見一個身型如孩童的鬼魅；它拿著一支鉛筆，正動手將迪瑪的畫像加上那張恐怖的死者之臉。

「發現我進房後，鬼魅便緩緩轉過身來看著我，我看見了它可怖的模樣。我恐懼至極：再也無法前進一步，並退回自己的房間祈禱到至天明；我不願再去打斷夜之死靈的工作[9]。早晨，當我發現迪瑪的肖像變回了前兩晚的模樣，我再也不敢修改鬼魅的作品。我前往找尋騎士迪瑪，告訴他我所見之事。我給他看了畫作。他驚恐地顫抖著，向我坦白了他的罪行，請求我的寬恕。接下來的三天，我召集了許多聖徒來協助他進行贖罪的苦修之行，他因為謀殺仇敵而感到羞愧，所以要在地窖中度過餘生。但我告訴他，因為他殺害了一位無辜的孩子，他的靈魂只有在家族滅絕的時候才能獲得安息；造物主將用他後代的死來作為那位孩子死亡的懲罰，在他每一代的後裔裡，將會有一位孩童在年幼的時候死去；而他的靈魂，則會在夜晚遊蕩，就像那個孩童的鬼魅所描繪的那樣；他會透過一個吻，來賜死每一代被他選中、為他的罪犧牲的孩子，就像他殺死仇敵的孩子所做的那樣；而只要他將仇敵餓死的那座高塔還在，他的家族就不致滅絕。然後我便赦免了他的罪。他立刻將自己的爵位轉給兒子，並將仇敵的女兒扶養長大，嫁給了英勇的騎士艾迪伯特。他立下遺囑，若他的家族滅亡，他便將所有的財產留給這位騎士的後代，並將這份遺囑呈給奧索皇帝認證。完成這些工作後，他便退居至高塔附近的一個洞穴，他的遺體也埋葬在那裡；他死得像一位虔誠的隱士，並以嚴酷的懲罰來償還他的罪行。他的屍首放入棺材中後，看起來就和那幅肖像一樣，在他被赦免後，我就能毫無阻礙地完成那幅畫了。而我奉命在他死後寫下並簽署這份文件；我將這份文件與皇帝的證明信，一起收藏在一只鐵箱中封印起來。我向上帝祈禱，能儘速接走他的靈魂，並讓他的身體脫離死亡，進入永生！」

「他的願望已經達成了。」艾蜜莉深受感動地喊道。「他的肖像再也不會散播任何恐懼了。但我得承認，他的形象以及那幅可怕的肖像，都讓我無法想像圖帝倫修士所說的恐怖罪行。我很確定，他的仇敵一定是傷害了他，否則他是絕不可能犯下如此令人髮指的罪的。」

「很有可能。」男爵邊說邊繼續尋找著箱中的文件。「我們應該會在這裡找到一些解釋。」

「我們也得找到跟巴莎有關的解釋。」斐迪南低聲說著，一邊膽怯地看了艾蜜莉與他母親一眼。

男爵回答：「這個夜晚是屬於死者的；讓我們先放下自己的憂慮，將注意力放在過去的靈魂身上吧。」

「確實。」艾蜜莉說道：「將這些文件鎖在箱中的不幸之人，正熱切地期望有重見天日的一天；我們就別再拖延時間了吧。」

在檢視過幾篇文件後，男爵便讀出了以下的字：

「迪瑪的自白。」他繼續讀下去：「願你平安與康健。當這張塵封無聞的文件被取出時，我盼望我的靈魂已經進入了永恆的安息。但為了各位好，我便下令將我的懲罰訴諸文字，好讓你們知道，報應是來自於神，而不是人。因為大部分的人並不知曉如何審判，我再次懇求，你們不要在心中定我的罪，請憐憫我；我的悲傷幾乎與我的罪行同樣深；若不是有人傷害我的心，我的靈魂是做夢也不會想到這些惡行的。」

「艾蜜莉的猜測是多麼準確啊！」斐迪南喊道。

男爵繼續讀道：「我名叫迪瑪；我被賜姓李奇，儘管我當時只是一位聲名不彰的騎士，唯一的財產只是一座小城堡。當奧索皇帝受到美麗的奧德雷妲召喚前往義大利時，我和他同去；而我在帕維亞受到世上最美麗的女子垂愛，也是我希望成為城堡中女主人的對象。很快地，我們的婚期就近在眼前了，皇帝派人來接我。他的心腹布魯諾．韓賽爾已經見過了巴莎——」

「巴莎！」在場所有人一口同聲地喊道。但男爵不讓其他人打斷他，繼續翻譯下去。

「有一天，由於他的功績，皇帝准許他求任何他想要的東西，他便懇求皇帝將我的未婚妻賜給他。奧索錯愕不已——但他已經作出了承諾。我在這位賜我財富、土地與榮耀的皇帝面前，請求他不要將巴莎奪去：因為她比這世上其他事物都還要珍貴。皇帝勃然大怒，硬是奪走我的未婚妻，下令摧毀我的城堡，並將我打入大牢中。

「我詛咒他的權力和我的命運。但巴莎美好的身影出現在我的夢境中；我日日都透過夜晚甜蜜的幻影來安慰自己。最後，我的看守者告訴我：『我可憐你，迪瑪；你因為自己的忠誠下監，但巴莎卻拋棄了你。明天她就要嫁給那位大人——這是皇帝的命令，以免夜長夢多。你就隨心向他索討這場不名譽的損失應當的補償吧。』這番話讓我的心都凍結了。當天晚上，我夢中出現的不再是巴莎優雅的模樣，而是可怕的復仇之靈。隔天早上，我對看守者說：『去告訴皇帝，我願意將巴莎讓給布魯諾，但作為補償，我要這座塔，以及足夠我建造新城堡的土地。』皇帝很滿意這個答案；因為他時常懊悔自己粗暴的衝動，但他又無法改變自己做出的決定。因此他將囚禁我的這座塔賜以及四周足以建造四翼城堡的土地賜給我。他也給了我更多的金銀珠寶，足以讓我打造比他摧毀的那座更高大的城堡。我為自己娶妻，好延續我的族裔，但巴莎仍在我心中佔有一席之地。我也蓋好了城堡，並有地道能通往曾經是我囚牢的高塔、以及我仇人的住所——布魯諾的城堡。等通道完成，我便潛入他的堡壘，假扮成他的一位祖先的靈魂，站在他兒子的床前，這是他與巴莎所生的孩子。孩子四周的女子害怕不已，我傾身面向孩子，他的模樣幾乎和母親如出一轍，而我親吻了他的額頭；但這是個死亡之吻，我的嘴唇上塗有一種秘密的毒藥。

「布魯諾與巴莎將這視為天譴，他們覺得這是他們對我做的惡行所帶來的懲罰；因此他們將自己的第一個孩子奉獻給上帝所用。由於那是個女孩，我便饒過了她。但巴莎再也沒有懷上別的孩子；而布魯諾不悅地意識到他的家族幾乎要被殲滅，便休了他的妻子，像是在為他強行娶走她而贖罪，並另娶了別的女子。不幸的巴莎在一間修道院找到落腳處，並將自己一生獻給上帝。但她已經失去理智；有一天，她從修道院跑了出來，來到我在她的背叛後被關押的高塔，向我坦承罪行，而憂傷也在那裡奪走了她的性命；由於她的身分，那座塔才被稱為修女之岩。我在夜間聽見她的啜泣，當我前往高塔時，又在那裡找到了她一動不動的軀體；她身上佈滿夜晚的露珠——她已經死了。於是，我下定決心要為她的死復仇。我將她的屍體放在塔下的一間密室裡，又透過我的地道觀察了仇人的生活作息，然後趁其不備攻擊他，將他拖到放有妻子屍體的密室裡，就這樣將他留在那裡。皇帝不滿他休了巴莎，便把他所有的財產賜給我，作為我在那之後所有不公平待遇的補償。

「我將所有的地道封閉起來，將他的女兒希德嘉當作自己的女兒養大。她後來便愛上了艾迪伯特·梅爾辛。有一晚，她母親的幽靈出現在她面前，提醒她已經被奉獻給神了，但這個異象並沒有動搖她嫁給艾迪伯特的決心。在她成親的那一晚，她母親的魅影再度出現，告訴她：『由於妳違反了我的誓言，我的靈魂將永不得安息，直到我殺死妳的一位女性後裔為止。』

「這件事使我請來頗具盛名的聖嘉爾修士圖帝倫，好讓他畫一幅巴莎在修道院瘋狂的時期的肖像畫送給她女兒。

「圖帝倫在肖像後方封入一份文件，內容如下：

「『我名叫巴莎；我將看著我的女兒們，希望有任何一位能免於因我而死，使我能贖罪，並與上帝和好。此後，我便能看著梅爾辛與韓賽爾兩家透過愛而結合，當他們的後裔出生時，我便能感到快樂。』」

「就是這個。」斐迪南說。「這篇文章將我與艾蜜莉拆散；但事實上，這篇文章是將我與她更穩固地結合了！巴莎在贖罪的過程中祝福了這樣的結合；因為我和艾蜜莉的婚姻，正是讓巴莎與迪瑪的後裔再度團結在一起。」

「如何？」男爵向夫人質問道。「這樣的解釋還有什麼疑惑之處嗎？」

夫人唯一的回應，便是擁抱艾蜜莉，並把她的手交在兒子的手中。

所有的人都歡欣鼓舞。克勞蒂達身邊尤其圍繞著一種愉悅氣氛；她的父親開玩笑地責備她，不該這麼明目張膽地表達自己的喜悅之情。隔天早上，他們便移除了接待室們上的封印，好看看那幅可怕的肖像中的憂傷感是否有減去一些，但他們發現那幅畫在一夜之間褪色許多，原本看起來十分銳利的顏色，現在變得溫和、平淡許多。

不久後，那位在聽完故事後急著和斐迪南爭論肖像之謎的年輕人也到了。克勞蒂達毫不掩飾自己對他的感覺；他們發現她的快樂並不只是來自於艾蜜莉能夠如償所願，也是因為這對她自己所帶來的好處。事實上，若不是梅爾辛夫人將自己加諸在克勞蒂達身上的那些安排給撤銷，她的父親是不可能同意她的選擇的。

「但是。」斐迪南問克勞蒂達的意中人。「你不會怪我們堅持尋找這些謎團的解答嗎？」

「當然了。」他回答：「但當我先前保持相反觀點時，我也是同樣無私的。我要向你坦白，當你的姊姊出意外時，我也在場，我便發現了藏在畫像後方的文件。我自然和你父親後來作出了一樣的解讀，但我沒有多說；因為那份文件的出現，後續的發展，使我意識到了我的愛。」

「不完美的解釋都很糟糕。」斐迪南笑著回應。

這些新發現，使快樂的氣氛感染了城堡中的每個人，又因為這美麗的季節而更加歡欣。戀人們等不及要在秋季的落葉中慶祝他們的婚禮。而當報春花再一次宣告春天的到來時，艾蜜莉誕下了一位可愛的男嬰。

斐迪南的母親、克勞蒂達與她的丈夫、以及其他家庭的朋友，包括那位喜歡音樂的牧師和他美麗嬌小的妻子，全聚集在宅邸裡，慶祝孩子的浸禮儀式。負責儀式的牧師問他們要為孩子取什麼名字，眾人便異口同聲地說出了「迪瑪」，好像他們先前就約定好似的。等到浸禮結束，斐迪南帶著愉悅的心，在親戚與賓客的伴隨下，帶著兒子前往接待室，站在他先祖的肖像前；但那幅畫已經無法辨識了；所有的顏色、形象——全都消失無蹤，一絲痕跡都不留。

4 阿培爾的故事首次在一八〇五年於德國問世，並在他的選集《蟬》（一八一〇年）中再度選錄。接著，它又再度被選錄進《鬼故事》中（並無標註阿培爾的名字）；並在一八一二年由尚·巴提耶斯·貝諾特·埃里耶斯（一七六七年至一八四六年）匿名譯為法文。此書後又由莎拉·伊莉莎白·奧特森譯為英文，並於一八一三年以《死者故事》為名出版（我們所選用的是奧特森的版本，而她在此文前加上了選自莎士比亞《冬天的故事》中的引言作為開場，原作裡並沒有此一段落）。瑪麗·雪萊、丈夫波西·雪萊、她同父異母的妹妹克萊兒·克雷蒙特、拜倫、以及他的伴侶約翰·波利多利，在一八一六年的夏日夜晚，會一同進行《鬼故事集》的作品朗讀（至於她們是以法文或英文作為朗讀的內容，不得而知），拜倫便挑戰他們每個人都寫一篇鬼故事。當一八三一年，瑪莉·雪萊的小說《科學怪人》再版時（此書的種子便是在那場寫作比賽中埋下的），她便回憶著那本書中的情節：「有一個故事是關於某個家族的罪惡家長，他的悲慘厄運，便是要在他屋中所有的孩子來到命定之年時，給予他們死亡之吻。他巨大、陰暗的身影，像哈姆雷特的幽靈一樣披著全身盔甲，但面罩是拉起的。在午夜時分，飽滿的月光籠罩之下，他緩慢地沿著陰暗的道路前進。身影消失在城堡牆壁的陰影下；但是很快地，城門被打開，腳步聲傳來，房間的門打開了。他走到正值青年的孩子們身旁，一個個都還沈浸在健康的睡眠中。他彎下腰來親吻男孩們的額頭時，永恆的悲傷落在他的臉上，從那一刻起，男孩們便像花朵一樣枯萎在莖上。從那以後，我再也沒有看過這些故事了。但是他們的故事，在我心中，就像昨天才讀過的一樣新鮮。」她的摘要中並沒有提到《家庭肖像》的故事！

5 英國著名的鬼獵人彼德·安德伍德（一九二三年至二〇一四年）建立了一套鬼的分類學（一開始的鬼只有八種，後期他又拓展到十種），其中一種便是附身物件。附身物件包含了肖像、骷髏、武器、住宅結構、或是娃娃（尤其是在美國）。

6 「死亡之吻」是鬼故事中常見的題材之一（請見《甜蜜威廉的鬼魂》民謠），也許起源於猶大給耶穌的定罪之吻。

7 作者似乎把只在西元六十九年時統治過羅馬三個月的奧索皇帝（Otho）與統治過神聖羅馬帝國幾乎整個第十世紀的奧托一世與二世（Otto）給搞混了。

8 圖帝倫（Tutilon），或者更常出現的名稱是圖帝羅，是十世紀真實存在的一位修道士，也是極有成就的畫家、雕刻家與作曲家。他被封為聖徒，稱為聖圖帝羅，在天主曆上的紀念日為三月二十八日。

9 中世紀時，有許多鬼故事都圍繞著牧師與修道士。十一世紀時，梅澤堡的主教提馬特（Thietmar of Merseburg）便紀錄了許多故事，包含了一篇死亡之靈聚集在一座重建的教堂中，並將當地的牧師燒死在祭壇上，因此這位修道士確實有許多理由感到恐懼。

帷幕古室

The Tapestried Chamber, or The Lady in the Square

華特．史考特

華特．史考特（西元一七七一年至一八三二年）最廣為人知的作品，便是他的經典蘇格蘭／英國小說；《威弗萊》（*Waverly*，西元一八一四年）被譽為第一本歷史小說，此外，還有《羅布．羅伊》（*Rob Roy*，西元一八一七年）、《拉美莫爾的新娘》（*Bride of Lammermoor*，西元一八一九年）以及《薩克遜英雄傳》（*Ivanhoe*，西元一八二〇年）。他最早的成名作是他的史詩作品《最後的歌者》（*The Lay of the Last Minstrel*，西元一八零五年）及《瑪米安》（*Marmion*，西元一八〇八年）。他是一位多產的詩人、散文家、劇作家和小說家，名下至少有二十本小說。當《科學怪人》一八一八年第一次刊出時，史考特就是這篇作品的擁護者，但他——和很多其他人一樣——以這位匿名作者是波西．雪萊。以下的故事是一八二九年份，三篇出現在《紀念品》雜誌中的其中一篇，出版於一八二八年十二月。儘管他的長篇故事許多都引用了民間傳說或是鬼怪傳說，這篇卻是史考特唯一一篇純粹的鬼故事，許多專家也將其視為第一篇重要的短篇鬼故事。

大約在美國戰爭[10]結束時，在約克敦投降的康沃爾利將軍的部隊、和其他在不公正而悲慘的爭執中被囚禁的軍官，皆返回自己的國家，並在休養生息之後講述他們的冒險經歷。他們之中有一位將軍，S小姐稱呼他為布朗，但據我所知，這只是為了避免在敘述中使用無名氏所帶來的不便。他是一位品德高尚的軍官，也是一位對家庭和成就高度重視的紳士。

布朗將軍因為一些事情前往西邊的郡[11]，但某一天早上，他發現自己來到一座小鎮的附近，這裡的風景美得不同凡響，特別有英國風情。

這個小鎮，有一座莊嚴的古老教堂，塔樓見證了久遠以前的奉獻精神，它坐落在草場和玉米田中，面積不大，被古老而遼闊的樹籬木所包圍與分隔。這裡幾乎沒有現代改造的痕跡。這裡的環境，既沒有腐朽的寂寞，也沒有新奇的喧囂。房屋古老但維護得很好。美麗的小河往城鎮的左側流去，既不受水壩的束縛，也不受限於引道。

距小鎮南方一英哩處，穿過一片古老的橡樹和糾結的灌木叢，可以看到一座城堡的砲塔高高聳立。這座城堡的歷史可追溯到約克和蘭開斯特戰爭[12]，但似乎在伊麗莎白女王與繼任者在位期間做了一些重大的改造。這座城堡並不大，但無論裡頭住著什麼樣的人，那些住戶必定還住在城牆之內；至少，這是布朗將軍從有著刻紋的古老煙囪中所冒出的煙氣判斷而來的。

城牆沿著公路延伸兩百至三百碼，而從不同的角度看向那片林地的景色，會發現裡面似乎是堆滿的。其他視角的畫面依序在眼前展開：現在是古城堡的正面模樣，然後又變成了別具特色的高塔側影；前者充滿了伊莉莎白時代怪誕的風格，而其他部分簡約而堅固的建築，似乎代表著這些部分只是為了防禦，而不是為了裝飾而造。

透過城堡附近的樹木而看見的景色使他心情愉悅，這位軍人便決定前往一探究竟，想知道那裡有沒有任何家庭肖像、或是其他值得陌生人滿足好奇心的物品。在他離開林地的附近後，便來到一條鋪設平整的乾淨道路，並在一間生意興隆的旅店前停了下來。

在策馬離去之前，布朗將軍向旅館主人詢問那座他相當傾慕的莊園城堡，然後又驚又喜地得到一位貴族的名字，我們可以將他稱為伍德維爾大人。多麼幸運！布朗將軍的早期記憶中，在學校與大學中都與年輕時的伍德維爾大人有所聯繫，而經過幾個問題的確認後，他很肯定那就是住在這座美麗莊園中的主人。幾個月前，他因父親病故而被升為貴族，而正如將軍從旅館主人那裡所聽見的，守喪期已經結束，現在正值秋天的美好季節，他繼承了父親的財產，並和自己的交心朋友聚會，享受在國內聞名的各項運動。

對旅行的將軍而言，這是個好消息。法蘭克・伍德維爾是理查・布朗在伊頓公學的學弟，也是他在基督教會的密友；他們志趣相投，而真誠的布朗將軍，為自己年輕時的朋友擁有這麼一座漂亮的宅邸衷心感到高興，而旅館主人邊說邊點點頭，使了個眼色，表示這片地產完全符合他的身分，並為他增添了尊榮。因此將軍決定暫停旅行，畢竟他的事也不急，並在這樣美好的條件下，前往拜訪自己的老朋友。

經過充分休息的馬匹，只需要將將軍旅行用的馬車拉到伍德維爾城堡。一位門房在守門人的小屋接待他，這座小屋是新潮的哥德式建築，就和城堡的風格一樣，同時又對前來的訪客有示警的意味。門鈴的聲音顯然打斷了屋內人們的遊戲，因為當將軍進入莊園的院子時，幾位年輕男子正穿著運動服裝在四周休息，一邊打量、一邊批評著管家手中牽著的狗，隨時準備加入他們的活動。

當將軍從馬車上下來時，年輕的伍德維爾大人便來到大廳的入口。有那麼一瞬間，他的眼神像是在看一個陌生人，因為他朋友的樣子因戰爭所帶來的疲倦與傷痕有了非常劇烈的改變。但將軍一開口，這樣的不確定感便消失無蹤了，接著他們之間溫暖的問候，是兩人無憂無慮的童年與青年時期共享無數快樂日子的證明。

「如果我能許一個願望，親愛的布朗。」伍德維爾大人說。「那就是讓你在這裡與我一起同樂，今天是個我和朋友們視為節慶的好日子。請不要以為在你與我們分別的日子裡，我就忘了你。我一直都追蹤著你所經歷的危險、你奪下的勝利、你的不幸，而我很高興，不論勝利或失敗，我的老朋友一直都是為人所盛讚的。」

將軍得體地回應，並恭喜他朋友得到的新頭銜以及這個美麗的莊園與宅邸。

「不，你什麼都還不知道呢。」伍德威爾大人說。「我相信你在更加了解這座城堡之前，你是不會想要離開的。確實，我得坦白，我現在所住的地方相當寬敞，但那間老房子的部分，就像其他這一類的住宅一樣，並不像外牆看起來的那麼大。但我們可以給你安排一間舒適的古典房間，我想你在軍中的經驗，已經讓你住慣了更糟糕的寢室吧。」

將軍聳了聳肩，笑了起來。「我想是吧。」他說。「你的莊園中最糟糕的房間，也絕對比老菸草桶[13]好多了。在荒野戰的時候，我晚上都是和一小支軍團一起睡在桶子裡的。那時候我就像第歐根尼[14]一樣，甚至有點太喜歡我的木桶了，還徒勞地想要把他帶去我的下一個駐紮地；但我當時的指揮官不願意給我這樣的奢侈享受，所以我還哭著向我心愛的大桶子告別。」

「嗯，既然你對住處並不挑剔。」伍德維爾大人說。「那你就留下來至少一星期吧。我們這裡不缺槍、狗、釣魚竿、魚鉤以及上山下海的各種活動，你也許無法在娛樂上投入精力，但是我們可以在追求娛樂的方式上投入精力。但如果你喜歡槍桿和獵犬[15]，那麼我就會和你一起去，這樣我就能看看你的射擊技巧有沒有進步，畢竟你已經在平定印地安人的戰爭中打過仗了。」

將軍愉快地接受了他朋友所有友善的提議。早晨的男性運動結束後，這群朋友們在晚餐時間再度聚首，伍德維爾大人便藉這個場合介紹了他久違的朋友，而他的賓客們則多是些有頭有臉的人物。他讓布朗將軍聊起他一路上所有的經歷，而每一個字都凸顯出他的英勇與理智，儘管他在最危急的場合出生入死，他都有著冷靜的判斷。賓客們景仰地聽著他的話，因為他展現出不同凡響的勇氣——這是所有人都希望自己能擁有的特質。

在伍德維爾城堡的第一天，結束的方式就和這類莊園的生活方式所去無幾。主人的招待包含了許多美好的安排；美酒伴隨著音樂，後者正好是年輕主人的拿手項目；還有許多人熱愛的撲克牌及撞球；但隔天早上的娛樂活動需要早起進行，因此過十一點後沒多久，賓客們都紛紛回到他們的寢室去了。

年輕主人親自帶著布朗將軍前往安排給他的房間，而正如他先前所言，房間很舒服，但很傳統。大床是十七世紀末的風格，窗簾的絲綢已經褪色，邊緣都鑲了失去光澤的金子。但床單、枕頭與毛毯，和軍營裡的「豪宅木桶」比起來還是讓人愉快多了。

壁掛的掛毯中散發出一絲陰鬱的氣息，古老而優雅地遮蓋了小房間的牆壁，並隨著從古老的格子窗中掠過的秋風輕輕地起伏著。廁所和鏡子也是本世紀初的風格，上頭纏著紫紅色的絲綢，房裡還有數百個形狀怪異的盒子，是五十多來年的陳舊佈置，為房間帶來古老卻不憂鬱的氣氛。房裡的兩支大蠟燭光線耀眼明朗，只有壁爐中燃燒的煙霧能與它們抗衡，將光芒和溫暖傳進舒適的房間中。儘管外整體看起來十分古老，但並不會使現代人的需要或期待產生任何不便。

「這是一間傳統的寢室，將軍。」年輕的主人說。「但我希望你不會因此而太想念你的菸草桶。」

「我是沒有特別的嗜好。」將軍回答：「但如果要我選，我絕對會選這間房間，而不是你家其他更現代的房間。相信我，當我發現這裡結合了舒適的現代氣質與充滿價值的古典味道，又想起這是你家傳的財產時，我覺得這裡比什麼都好，甚至比倫敦能提供最好的飯店更好。」

「我相信——毫不懷疑——你能在這裡舒舒服服地休息的，親愛的將軍。」年輕的貴族說道；他和將軍握了握手，再一次祝福將軍晚安，然後退出房間。

將軍再度環顧周遭，並在內心恭喜自己回歸平靜的生活，尤其在想到他後來遭遇的困境與危險，這樣的對比更顯得珍貴。他褪去衣物準備奢侈地休息一晚。

在此，和大多數這類的故事相反，我們把將軍留在寢室中直到天亮。

隔天一早，賓客們聚集準備吃早餐，卻獨缺了布朗將軍。對其他賓客來說，他似乎是伍德維爾大人最敬重的一位，所有的接待好像都是為他而準備。對於將軍的缺席，伍德維爾不只一次表達自己的意外之情，最後決定派一位僕人去找他。僕人回來後，說布朗將軍一早就乘船出海了，完全不管天氣滿是水霧不利於航行。

「軍人的傳統啦。」年輕貴族對他的朋友們說。「很多軍人都有習慣性的警覺心，因為他們習慣一早就起來執勤警戒，一大早就睡不著了。」

但伍德維爾大人所提出的解釋，似乎也無法說服他自己，在等將軍歸來的過程中，他沈默而心不在焉。當將軍終於現身時，已過早餐鈴響將近一個小時了。他看起來疲憊不已，而且發著燒。在當時，一個男人的頭髮是一天當中最重要的工作之一，上粉與梳理代表了他的時尚品味，就像現在的人有沒有繫領帶一樣；但此刻，他的頭髮卻是一團亂，四處披散，沒有上粉，而且被露水沾濕。他的衣服像是胡亂套上的，對一位軍人來說更顯得不可思議，因為在廁所裡整裝照理說也是他的勤務工作之一；而他的面容看上去憔悴而枯槁得令人不忍直視。

「親愛的將軍，你將我們早上的時間都偷走了呢。」伍德維爾大人說。「或者其實你不像我所期待的或是你看起來的那麼喜歡那張床呢。你昨晚睡得還好嗎？」

「喔，很棒啊——真的很棒——我這輩子從來沒睡得那麼好過！」布朗將軍很快地說，但他朋友還是感受到一股難為情的氣氛。他很快喝掉了一杯茶，然後拒絕了其他放在面前的食物，或者乾脆視而不見，似乎有些出神。

「你今天要打獵嗎，將軍？」他的主人朋友問道，但直到問了第二次，才得到一個非常突兀的答案：「不，我的主人；很抱歉我沒有這個榮幸在府上再待另一晚了；我已經訂了驛馬車，馬上就會來這裡接我。」

所有在場的人都十分意外，伍德維爾大人立刻回答：「驛馬車，我的好朋友啊！你已經答應我在這裡住一星期了，怎麼會需要用到馬車呢？」

「當我一開始見到你時，我相信我也許說了我可以多待幾天。」將軍難為情地說：「但現在我發現這是不可能的。」

「這有點誇張啊。」年輕貴族說道。「你昨天看起來挺無拘無束的，你今天也不可能收到任何傳令的；因為我們的郵差還沒有從鎮上過來，所以你不可能收到信的啊。」

布朗將軍沒有再做任何解釋，只是喃喃說著他有無法排開的任務並堅持要離開，無論他的朋友怎麼反對都沒有用。朋友看出了他的決心，因此放棄繼續遊說。

「親愛的布朗。」他說。「既然你堅持要走，那至少讓我帶你看看露台上的風景吧，現在水霧正在蒸發，很快就能看到美景了。」

他打開一扇飾窗，一邊說一邊走上露台。將軍機械式地跟上他的步伐，看著主人伸手指向一片遼闊而豐富的風景，一一將有趣的景物介紹給他，但將軍卻似乎沒有聽見他朋友所說的話。他們繼續往前走，直到伍德維爾大人成功將將軍帶到離其他友人都夠遠的地方，才轉過來，以嚴肅的口吻對他說：「理查．布朗，我親愛的老朋友，現在我們終於獨處了。請你以朋友的身分與軍人的榮譽感回答我。你昨晚真的有睡好嗎？」

「非常非常不好，主人。」將軍用同樣嚴肅的口吻說道。「昨晚的睡眠悲慘到我無法忍受第二晚，不只是在這座城堡的土地上，甚至連從這個制高點所看出去的鄉村之中都不行。」

「這真是太糟糕了。」年輕的主人像是自言自語地說著。「那一定是那間房裡有什麼問題。」他再度轉向將軍，說道：「看在上帝的份上，我親愛的朋友，請務必告訴我你發現了什麼不舒適的地方，我以屋主的身分保證，那些問題不會再發生了。」

這樣的要求似乎讓將軍十分不適，頓了一會才回答。「我親愛的主人。」最後他說。「昨晚發生在我身上的事情是如此詭異而不愉快，我甚至難以向你詳細說明；若不是因為如此，我確實想滿足你的要求。我擔心，我的坦承會導致相同痛苦和神祕的情況發生在你身上。對其他人而言，我要是說出實情，他們會認為我是個心性軟弱的迷信傻子，被自己的幻想嚇得魂不守舍；但你自小就認識我了，並不會認為我還保留著小時候那種驚慌與脆弱。」他頓了頓，他的朋友便回答：「請不要擔心，我對你的坦白有著絕對的信心，不管那聽起來有多麼不可思議。」伍德維爾大人說。「我知道你的性格堅定，並不會懷疑你的個性。我也知道你的榮譽感及我們的友情，同樣都會讓你毫不誇大地說出你昨晚所見的事物。」

「那好吧。」將軍說。「看在你的真誠上，我會盡可能地把故事說完；但我寧可面對一尊大砲，也不想逼自己回想昨晚令人憎惡的記憶。」

他又頓了頓，但伍德維爾大人沈默而專注地看著他，他猶豫了一陣，便繼續說起他昨晚在掛著帷幕的古室中的遭遇。

「昨晚你離去後，我便褪去衣物準備就寢；但床前壁爐中的木頭燃燒得發亮，而我回想著意外與你重逢後，所想起數以百計愉快的童年回憶，讓我無法馬上就睡著。我必須說，這些回憶都是愉快且美好的，尤其在耗盡體力、疲憊不堪、歷經危險之後，這樣平靜的生活帶來無窮的快樂，殘酷的戰爭後，能與友善的朋友重新聯繫上，也是無比的幸福。

「這些愉快的回憶逐漸籠罩我的意識，讓我緩緩進入夢鄉，但我突然被絲綢長袍的摩挲聲以及高跟鞋踩在地上的聲音給驚醒，好像有個女人在房間裡行走。在我起身拉起布簾一探究竟之前，我就看見一個嬌小的女子從床與壁爐之間走過去。她的身影背對著我，我能從她的肩膀和脖子的姿態看出，她是一位年老的女性，穿著古老的袍子，我想那是女性稱之為外袍的外衣——那是一種長袍，身體部分寬鬆，但在脖頸與肩膀處收束成寬廣的打褶，衣長及地，後方拖著長長的衣襬。

「我覺得她闖入我房中的事十分詭異，但也只單純認為這是莊園裡的一位老婦人，穿著她祖母的服裝。而你也說過你這裡的房間有些不夠，所以我想也許只是她忘了自己的房間被安排給我住，所以在半夜十二點又回到了她原本的房裡。我這樣說服自己後，便在床裡翻了個身，並輕咳一聲，好讓這位入侵者知道我的存在。她緩緩轉過身，但是我的天啊！主人，她讓我看見的畫面真是驚人至極！

「我甚至不用猜測就知道她是什麼樣的存在，也不用懷疑她是否還有生命。在那張死屍的面孔上，仍刻印著生前驅使她生命的最惡毒、最可怕的慾望。她的身體彷彿是從墳墓中爬出的某種最兇惡的罪犯，而她的靈魂則像是從地獄的永火裡回歸，好集合成過往的犯罪之軀。我從床上驚坐起來，雙手撐著床鋪，緊盯著這個恐怖的鬼魂。老女人像是很快地朝床邊踏了一步，彎下身，正對著我驚恐不已的面孔，她可怖的身軀距離我只有不到半碼，臉上的獰笑像是具象化的惡魔般邪惡而嘲諷。」

說到這裡，布朗將軍停了下來，用手抹去可怕的回憶在他的眉頭上所帶來的冷汗。

「我的主人。」他說。「我可不是個懦夫。我的職業使我遭遇過所有人間能帶來的危險，我也能自豪地表示，理查·布朗從未讓他的軍人之劍所蒙羞；但在這個情況下，被一個惡靈的注視、掌握在手中，我所有的堅定都消失了，所有的男子氣概都離我而去，如同烈焰中的蠟般融化，我的寒毛直豎。我的血液像是凝結了，我向後癱倒，像一位鄉村姑娘或十歲的孩子般陷入恐慌之中。我無法猜想自己躺在那裡多久時間。

「但當城堡的鐘聲敲響一點時，我就被驚醒了。鐘聲好大，像是就在我的房裡似的。我過了一會才敢睜開眼，深怕自己會再看見那恐怖的鬼魂。但當我召集了全身的勇氣睜開眼睛時，她已經不見了。我的第一個念頭是搖鈴，叫醒僕役，並搬到另一間閣樓房間或是穀倉，好確保不會再撞見她。不，我得承認，我的決心動搖了。不是因為害怕讓自己的模樣曝光，而是因為搖鈴設立在壁爐旁，我怕走過去時，會在遇上那個惡魔老婦人。我認為她還在房裡的某個角落蠢蠢欲動。

「我就不設法解釋後來我所感受到的忽冷忽熱的高燒了。我的夜晚在片段的睡眠、警覺地守夜，以及中間半夢半醒的狀態中過去。許多可怕的鬼怪出現在我身邊；但我先前所見的事物與後來的這些有著明顯的不同，我知道後者都只是我自己的幻想、與過度緊繃的神經所帶來的產物。

「最後，白晝終於降臨，我帶著病懨懨的軀體與混沌的心智離開了床鋪。作為一位男人與軍人，我感到十分羞愧，但我卻恨不得能盡快逃離那間鬧鬼的寢室，這念頭戰勝了其他一切的考量；因此我用最快、最隨便的方式穿上衣服，並逃離你的宅邸，好呼吸一些新鮮空氣，讓自己的神經舒緩下來。這夜間恐怖的奇遇使我動搖不已，我相信她絕對是來自另一個世界。大人，你已經聽我說完了我衣衫不整、急於離開你城堡的原因。我相信我們能在其他地方再見的，但願上帝保守我，不要在這屋簷下再待上任何一晚！」

儘管將軍的故事聽起來十分奇異，但他的語調認真至極，使人無法對他的故事產生質疑。伍德維爾大人一次也沒有質疑他是不是在做夢，或是試圖為這超自然的遭遇提出任何可能的解釋，例如這只是某種異想天開的想像或是視神經在作祟。相反地，他似乎非常相信這件事的真實性，在一段長長的停頓後，他真誠地向自己的老朋友表示，他很遺憾他在宅邸裡度過了如此折騰的一晚。

「我很難過你受苦了，親愛的布朗。」他繼續說。「這真是我自身最難以想像，卻最不愉快的經驗。我得告訴你，至少在我父親與祖父的時代，你昨晚所住的那間房一直都是封閉的，因為那間房總被超自然的景象與聲響所侵擾。輪到我接手後的這幾週，我發現城堡的房間並不足以我招待所有的朋友，因此我不能容許超自然的存在佔據這樣一間舒適的寢室。我將那間被稱為帷幕古室的房間給打開了；我在不破壞裡頭古典氣氛的狀況下，加入了新的現代家具。

「但由於這房間鬧鬼的傳言在家中流傳甚盛，附近鄰居和我的許多朋友也都知曉，我怕住進這個房間的人會對其有些偏見，也許會讓鬧鬼的消息再度傳開，這樣我想把這間房間納入使用的心意就會被破壞了。我必須承認，親愛的布朗，你昨天的出現，縱然有上千種讓我開心的原因，但最棒的是，你能讓我破除關於這個房間的謠言，因為你的勇氣是無庸置疑的，你的心思對這件事也沒有任何先入為主的看法。因此我認為你是最適合進行我實驗的人選了。」

「千真萬確。」布朗將軍有些急促地說：「我欠你太多了，大人——的確欠你太多了。若照大人的話所說，我大概會記得你的『實驗』所帶來的結果好一段時間了。」

「喔，你這樣說就太不公平了，親愛的朋友。」伍德維爾大人說。「你只要想一下，就知道我絕不可能預知你會有這樣不快樂的體驗、或是有這麼痛苦的經歷。昨天早上，我還對超自然的存在一概不信呢。不，我很確定，如果我告訴你這個房間的傳言，那麼這些傳言自會引誘你選擇住在那裡。這是我的疏失，也許是我的過錯，但你會遇到這麼奇異的遭遇，也絕非是我的錯。」

「真的很奇異！」將軍的脾氣再度平緩下來。「我也知道你用我過去看待自己的方式來看待我，將我視為一位堅定而勇敢的男人，並不是你的錯。但我現在驛馬車已經到了，我也不好再耽誤你的良辰美景了。」

「不，我的老朋友。」伍德維爾大人說。「既然你沒辦法再多留一天，我也沒有辦法挽留你，那請至少再給我半個小時吧。你一直都喜歡賞畫，我這裡正好有一個肖像畫廊，有些甚至是出自范戴克[16]之手，紀錄著這片土地與過往城堡的主人。有幾幅畫，我想你會喜歡的。」

儘管有些不樂意，布朗將軍還是接受了他的邀請。很顯然，只有將伍德維爾城堡遠遠拋在腦後，他才能真正鬆一口氣。但是他無法拒絕朋友的邀約；此外，對於他方才向滿是好意的朋友發牢騷的行為，他也有些慚愧。

因此，將軍跟著伍德維爾大人走過幾間房間，進入一條掛著畫作的長廊。伍德維爾大人為他的客人一一指出人名，簡單介紹這些大人物在畫中行為的一些故事。布朗將軍對這些瑣碎的小細節不感興趣。這些畫像確實是家族畫廊裡會很常出現的畫作。這裡一幅騎士為了神聖的使命而摧毀一幢房屋的畫像；那裡又是一位女士與富商通婚後恢復尊榮的畫像；那裡掛著一幅勇者的人像，他曾經為了與流亡的貴族聯手而陷入危險；這裡有一位祖先曾在革命戰爭時為威廉扛過武器；那裡又有一位曾在輝格黨與托利黨之間遊走的祖先。

當他們走到畫廊的中央，伍德維爾大人正強迫將軍聽他說到「違反自己的理智底線」。布朗將軍突然停了下來，驚訝的表情中摻雜著恐懼。他的眼神落在一位老太太的肖像上，畫裡的女士穿著一件外袍，看上去像是十七世紀末的裝束。

「就是她！」他大喊。「就是她，那個身材、那個面容，只是昨晚出現在房中的老女人表情更可怕！」

「如果是這樣。」年輕的貴族說。「那你所看見的恐怖景象就真的無庸置疑了。這是我一個邪惡的祖先，她所犯下的罪行，在我箱子裡的家族檔案中有著詳細的紀錄。我不想一一講給你聽，那些罪都太可怕了；但我可以說，在那間房裡發生了亂倫與凶狠謀殺的事件。我會將那間房再度鎖上，像我的先祖們做的那樣；連你這麼勇敢的人都嚇壞了，我可以阻止這件事再發生在其他人身上。」

這對朋友相見時是如此充滿喜悅，卻以天壤之別的情緒分別了——伍德維爾大人下令將帷幕古室摧毀並鎖上；布朗將軍則前往尋找比較沒那麼美麗的鄉村、比較沒那麼有權勢的朋友，好遺忘自己在伍德維爾城堡內所度過的痛苦之夜[17]。

10 這裡指的是美國獨立戰爭。
11 英國西邊的郡；布朗將軍是位英國軍官。
12 英國的內戰被稱為玫瑰戰爭，發生在十五世紀中。
13 在殖民時期，菸草桶的尺寸非常的大——足足有四十八吋長，直徑則有三十吋寬。
14 第歐根尼（Diogenes）是西元前四世紀的一位希臘哲學家，相信貧窮的好處，時常睡在一個陶罐裡。
15 布朗將軍是受邀參與獵狐活動。
16 安東尼．范戴克是十七世紀的法蘭德斯畫家，在英國紅極一時。他為查理一世所畫的肖像對英國的肖像畫法有著深遠的影響。

17 布朗的經驗是鬼故事結合了廣為流傳的民間傳說「鬼壓床」，認為有惡魔或女巫（而不是幽靈）坐在不幸的受害者胸口。所謂的「鬼壓床」也許是從睡眠癱瘓症的症狀所衍伸而來。

灰戰士

The Gray Champion

納撒尼爾・霍桑

納撒尼爾．霍桑（西元一八〇四至一八六四年）是一位美國短篇與長篇小說作家。他最廣為流傳的小說是《紅字》（*The Scarlet Letter*，西元一八五零年）及《七角樓》（*The House of Seven Gables*，西元一八五一年）；他的作品多半發生在新英格蘭地區，並帶有黑暗的浪漫主義語調，與他家鄉所流傳的清教徒精神正好相反。他是一位多產的作家，早期多寫短篇小說，許多包含超自然的主題（包含以萬聖節為背景的經典《年輕人布朗》）。這篇故事最早於一八三五年一月，刊登在《新英格蘭》雜誌上。

很久以前，新英格蘭所承受的錯誤對待，比後來引發獨立戰爭的種種威脅更加沈重。查理二世冥頑不靈的兒子詹姆斯二世[18]，廢除了所有殖民地的憲章，並派出殘酷、無紀律的軍隊奪走我們的自由，並危害我們的信仰。愛德蒙·安德羅斯爵士的政府與暴政統治幾乎並無二致。總督和議會由國王任職，完全獨立於國家；未經人民同意，直接命令、或由人民代表同意而制定法律和徵收稅款；公民的私人權利受到侵犯，所有地產的所有權都被宣佈無效；新聞的限制壓抑了抱怨的聲音；並在我們自由的土地上進駐一批傭軍，鎮壓所有的不滿。兩年來，我們的祖先一直沈浸於苦悶的順從之中，無論是來自國會議員、攝政王、還是強盛的君王，這種順從之情始終確保了對祖國的忠誠。但直到這樣邪惡的時期開始之前，這種忠誠都只是名義上的，殖民者約束著他們，他們享有的自由遠遠超過英國本地人的特權。

最後，流言說奧蘭治親王正在執行一個冒險的計畫，若成功了，那將會是公民權和宗教權的勝利以及新英格蘭的救贖。這一切都還只是街坊耳語。也許傳言是假的，也許他的嘗試會失敗；而無論如何，膽敢反抗詹姆士國王的男人都會被送上斷頭台。但這樣的情資卻產生了長足的影響。人們在街上帶著神祕的微笑，並對他們的壓迫者投以大膽的目光；重要的是，一種柔和而靜謐的悸動存在於廣闊的大地之上，彷彿一點點信號，就能使整片土地從低迷的沮喪中甦醒。

統治者意識到自己的危險，便決定展現軍事實力，也許也能透過更嚴厲的措施來確認自己的專制政權。一六八九年四月的一個午後，愛德蒙·安德羅斯爵士和他的心腹議員們，在酒酣耳熱之際，召集了州長衛隊的紅衣軍人，並在波士頓街頭集合。當部隊開始行進時，太陽已經快要下山了。

在不安的危機中，鼓聲滾滾而過，不像是士兵的進行曲，而是對居民的呼喚。匯集許多大道的國王大街，注定成為這起事件的背景，在近一個世紀後，大英軍隊與反對暴政而奮鬥的人民，又要在此碰頭。自從清教徒們到來已經過了六十年，但這群後裔們仍展現出他們強壯且陰鬱的特質，在這樣嚴峻的局勢下更為明顯。他們穿著樸素的服裝，面容嚴肅，表情陰鬱卻不動搖，言語中仍夾帶著聖經的箴言，並對上帝的祝福抱有強大的信心，當受到來自曠野的威脅時，便會顯示出傳統清教徒的身分。的確，現在還不是舊精神消亡的時候；因為那天，在一幢獻給教會使用，讓流亡者居住的房屋前，有一群人在樹下敬拜。其中包含國會的老兵們，臉上掛著陰沈的微笑，認為他們古老的武器還有機會再次攻打斯圖爾特的議會。這裡也有菲利普國王戰爭的退役軍人，這些人凶狠地燒毀了村莊，屠殺了年輕人與老人，而全國各地的靈魂都以他們的祈禱來幫助他們的燒殺擄掠。幾位牧師散佈在人群中，與其他暴民不同，他們對牧師是如此充滿敬意，好像他們是神聖不可侵犯的。這些聖徒們的目的在於使人民安靜而不是要驅散他們。在這個一點點動亂都有可能使整個國家陷入混亂的時刻，政府官員攪擾這個小鎮寧靜的用意，成為大家質問的首要重點，而有許多人給出各種各樣的解釋。

「撒旦現在要出手了。」有些人喊道：「因為它知道自己的時間不多了。我們所有敬虔的牧師都將被打進大牢裡！我們會在國王街的市集大火中看到他們！」

不同教區的信徒們圍著他們的牧師，後者則平靜地舉目望天，如使徒般的莊嚴，像是戴上了他們職業中象徵最高榮譽的殉道者的冠冕。事實上，那時候確實有人期待，新英格蘭可以出現一位自己的約翰．羅傑斯[19]，做出足以出現在眾人晨禱中的犧牲。

「羅馬教皇下令要誅殺教徒了！」其他人喊道。「我們全都要死了，男人和小孩都逃不過！」

沒有人能證實這些謠言的虛實，但較有智慧的一群人相信總督的目標並不是那麼殘暴。舊憲章制度下的前任總督布萊德史翠，是第一批移民中的重要人物，據說正在此地。因此他們合理懷疑，艾德蒙．安德羅斯爵士想要藉由閱兵儀式耀武揚威，同時藉由轄制了反對聲音的首領，來壓抑這些敵對勢力。

「我們為舊憲章總督而戰！」支持這一論點的民眾大喊：「我們的舊憲章好總督布萊德史翠！」

雖然這呼聲是人群中最大聲的，但布萊德史翠的現身仍使眾人一驚；這位高齡九十歲的前任總督出現在一扇門口的台階上，並以他獨有的中庸態度，請求大家服從法定的領導者。

「我的孩子們。」偉大的老人說。「不要草率行事。不要哭嚎，只要為新英格蘭的福祉祈禱，並耐心等待上帝的作為！」

事件很快就會定調了。這段時間裡，隆隆鼓聲越發增強、越發深沉，從康希爾而來，在街道上迴盪，伴隨著軍隊整齊的腳步聲，湧上了人民聚集的這條街道。兩隊士兵出現，佔據了道路，肩上扛著火繩槍，在黃昏中點燃的導火線像是一排燃燒的火炬。他們穩定的步伐就像運轉中的機械，毫不留情地輾壓過任何膽敢擋道的事物。接著，伴隨著道路上人們困惑的腳步，一隊騎馬的紳士出現了，愛德蒙．安德羅斯就在正中央。他雖年齡甚長，卻挺直背脊，與軍人無異。他身邊圍繞著的全是他的心腹議員，也是新英格蘭最邪惡的仇敵。他的右手邊是我們最大的敵人愛德華．藍道，柯頓．瑪瑟稱他為「該死的混蛋」，他摧毀了我們古老的政府，並終生帶著悲傷的詛咒，直到他入土。另一邊則是布利文，一邊騎著馬，一邊對著四周的人耍著嘴皮，語帶嘲弄。杜德利跟在後方，居高臨下地俯視著眾人，好像十分不屑與人民忿忿不平的目光對視。他是這群壓迫者中唯一一個當地人，與這群惡徒共同欺壓著他的祖國。港口一艘護衛艦的船長，以及王室派來的兩三名文官也與他們同行。但是最吸引眾人目光、激起內心最深沉感受的人物，卻是國王禮拜堂的主教，他身穿祭司服，騎在治安法官之間，恰巧代表了教團與迫害之間的關係、教會與國家之間的聯合、以及所有將清教徒趕到曠野的可憎之物。最後一隊雙排的士兵，在後面負責壓隊。

整個場面就是現在新英格蘭的寫照與政府扭曲的道德觀，這不是任何正常形成、或是依民意而組成的政府該有的模樣。一邊是虔誠的信徒，帶著悲戚的容顏，服裝肅穆；另一邊則是一群專制的統治者，中間是高貴的教堂牧師——他們的懷裡揣著耶穌受難像，身穿華服，因紅酒而臉紅，以不公正的權威為榮，嘲笑遍地痛苦的人民。一旁的傭兵只等著一聲下令，就能血洗街道，這是他們鞏固政權的唯一辦法。

「喔！主啊。」一個聲音在人群中喊道。「賜與祢的百姓一個戰士吧。」

這聲如差使般的吶喊嘹亮，引出了另一個重要的角色。人群退縮了，擠在這條街的盡頭，而士兵們前進的距離還未超過街道的三分之一。人群與軍隊之間隔著一段空曠的距離，高大的建築物之間鋪著一片寂靜，建築的陰影幾乎如暮色般籠罩。突然，眼前出現一個古老的身影，像是從人民中間冒出來，獨自走在街道中央與武裝部隊對峙。他穿著至少有五十年歷史的清教徒舊服制，深色斗篷和尖頂的帽子，大腿上繫著沉重的劍，手中握有一支手杖，支撐著他年邁的身體。

走離人民一段距離時，老人慢慢轉過身，露出一張年邁卻充滿威嚴的臉，垂在他胸前的白色鬍鬚使他看起來備受尊敬。他做了一個既是鼓勵、也是警告的手勢，然後又回過身，繼續前進。

「這個身穿灰衣的老人是誰？」年輕人向父祖輩問道。

「這位尊貴的弟兄是誰？」年長者自問著。

但沒有人能回答。人群中的祖父輩、那些年有八旬以上的人，不敢置信自己居然遺忘了如此具有威嚴的長者，他們一定看過這位老人，因為他應是屬於溫斯洛政權，與老議員們一起立法、祈禱、並帶領他們對抗野蠻人。稍年長一點的中年人也應該要記得他，因為他的頭髮在他們年幼時就已經如此斑白，就像他們現在一樣。還有年輕人！他們怎麼會對他印象全無——威嚴的長者，帶著舊時代的風俗，他應該用可怕的禱詞，在他們童年時光亮的頭頂上祝禱過才是啊？

「他是從哪裡來的？他想做什麼？這個老人是誰？」迷惑的群眾低語道。

此時，這位尊貴的陌生人，正拄著手杖在街道中央獨行。他越接近行進中的士兵，他耳中的鼓聲就越響亮，老人挺起身子，姿態更顯高貴，年齡的衰老像是從他身上褪去般，雖然頭髮斑白，卻有著無比的尊嚴。他以戰士的步伐朝前走去，腳步與軍樂並行。年紀大的民眾在街道一側聚集，整隊士兵與官員們則在另一側，直到雙方之間距離僅剩二十碼時，陌生的老人握住手杖的中段，向前舉起，像是領導者的權杖。

「站住！」他喊道。

他的雙眼、面孔以及命令的莊嚴態度，如同戰吼般的聲音，既能在戰場上發號施令，又像是能向上帝祈禱，無人能抗拒他的指令。在老人伸出手臂一聲令下，鼓聲戛然而止，前進的兵線也停了下來。一股強烈的熱情在民眾之間擴散開來。那種命令的姿態，結合了領導者與聖者的模樣，如此蒼老、如此不起眼，穿著如此古老的樸素服裝——這樣的外型，只屬於久遠以前的宗教戰士，在暴君的鼓聲呼喚下，戰士從墳中甦醒了。民眾發出驚嘆的呼聲，期待著新英格蘭能獲得救贖。

總督與他的手下，發現他們的隊伍意外地停了下來，便策馬向前奔來，好像他們打算讓受驚而打著響鼻的馬直接輾過眼前的老者。但老者紋風不動，只是用嚴厲的視線掃視著四周圍繞他的人群，最後目光落在愛德蒙・安德羅斯爵士身上。彷彿這位身穿灰衣的老人才是這裡的統治者，而代表了王室主權與掌控力的總督與議會，以及他們後方的士兵，除了服從之外，也沒有任何選擇。

「這個老傢伙是誰啊？」愛德華・藍道兇狠地大喊。「繼續前進啊，愛德蒙總督！叫士兵前進，叫這老頭和他的同胞一樣，要麼讓開，或是被踐踏！」

「不，不。我們得尊敬長輩。」包利文大笑道。「你沒看到嗎，他可是位上了年紀的老貴族呢，沈睡了三十年之後，對於時代更替毫不知情。他大概還想要以老諾爾之名要我們退下呢！[20]」

「你瘋了嗎，老頭？」愛德蒙・安德羅斯爵士以嚴厲的口氣大聲質問道。「你竟膽敢攔阻詹姆斯國王總督的軍隊？」

「在此之前，我曾阻攔過國王親自率領的軍隊。」灰衣老人以強硬的姿態回答道。「我之所以在這裡，是聽見受欺壓之人的哭喊，將我從長眠的隱密處喚醒；人們懇切地請求神的幫助，因此我再度化為肉身，為了祂神聖而古老的使命。誰提到詹姆斯的名字呢？英格蘭的王座上再也沒有天主教的暴君，儘管他的名字一度讓人們聞之色變，但待到明天中午，它就會成為這條大街上的笑柄。[21]退下吧，你這總督，退下吧！你的權力將要隨著這片黑夜結束——明天，你將被打入大牢！——退下吧！以免我對你降下斷頭台的詛咒！」

民眾越走越近，聽著戰士的宣言。他的口音生澀，好像不習於與人對談，因為他已經在死亡中沈睡太久了。但他的聲音攪動著民眾的靈魂，他們與士兵們正面對質，有些人帶著武器，或隨時準備將大街上的石頭變成他們的兵器。愛德蒙・安德羅斯爵士看著老人，接著將嚴厲而冷酷的視線轉向民眾，並看見他們身上燃著熊熊的憤怒之火——這是凡人難以激勵、卻也同樣難以熄滅的熱情；然後他再度將視線轉向悄然站立在一片空曠處的年邁身影，無人敢接近。他沒有說出任何一句話，讓人無法猜測他的想法。但不論是被灰戰士給震懾住，或是人民要脅的姿態，這位壓迫者顯然都放棄了，並下令士兵警戒著、緩緩向後方撤退。在隔天日落之前，總督、他身邊驕傲的心腹，都成了階下囚，不久之後，詹姆斯退位的消息也傳開了，威廉國王的名字則傳遍新英格蘭。

但灰戰士何去何從？有些人說，當軍隊從國王大街上退卻，人民則在後方喧鬧騷動之時，年老的總督布萊德史翠看上去似乎比實際年齡更老了一些。有些人則平靜地說，他們看著那位尊貴的長者緩緩融入了昏暗的暮光之中，漸漸從他們眼前消失，直到他原先所在之處只剩下空曠的街道；所有人都口徑一致地說，那位老者已經消失了。那些人民期待著他再度出現，在暮色與清晨中搜尋，但再也沒有見到他，不知道他的喪禮是何時，更不知道他的墳墓所在。

灰戰士究竟是誰？也許可以在法院的紀錄中找到他的名字，也許被判了刑，比實際年齡更強盛，留名後世，因為他教導了君王謙卑的功課，並為此留下了高尚的典範。我聽說，當清教徒的後裔要展現祖先的精神時，灰戰士就會出現。經過了八十年，灰戰士再度出現在國王大街；又經過五年，在四月清晨的微光中，他站在雷辛頓聚會所旁的綠地上。這裡立著大理石的方尖石碑，石頭上刻著獨立戰爭中第一批倒下的人們。而當我們的父祖輩在邦克山上辛勤地蓋著防護牆時，那天夜裡，老戰士也出現了。也許時間已久，但他又造訪了！他只在黑暗、逆境與危急之中現身。但若是本地的暴君欺壓我們，或是入侵者的腳步踐踏我們的土地，灰戰士也許就會再度出現；他是新英格蘭代代相傳的精神；他的暗影行走在危險之前，是對新英格蘭的承諾，他的後世子孫將世世代代守護他們的血脈。

18 詹姆斯二世在位期間為西元一六八五年至一六八八年。

19 約翰．羅傑斯是威廉．丁道爾的支持者，在西元一五五五年二月四日時，於英格蘭的史密斯菲德遭受火刑，是瑪麗皇后統治下第一批新教徒的殉道者之一。

20 老諾爾（Old Noll）是對英國護國公奧立佛．克朗威爾（西元一五九九年至一六五八年）的俚語稱呼。

21 詹姆斯二世是英國、蘇格蘭與愛爾蘭最後一位羅馬天主教的君王，於西元一六八八年十二月正式退位，並由他的新教徒大女兒與她的丈夫威廉三世繼位。

麗姬雅

Ligeia

愛德格・愛倫・坡

關於美國的大師級短篇小說作家及詩人愛德格・愛倫・坡（西元一八〇九年至一八四九年），實在也不必多說什麼了，更多的也許是遺憾他只寫了六十多篇的小說，而且在他還在世時，在祖國幾乎沒有名氣。愛倫・坡最廣為人知的傑作多落在懸疑與驚悚類別，並被尊稱為偵探小說之父，也是十九世紀最棒的恐怖小說作家。接下來的這篇故事，也許是愛倫・坡所寫最接近傳統鬼故事的作品。這個故事在一八三八年首次出現在巴爾的摩的美國博物館，也是愛倫・坡自己所寫的短篇小說中，他個人最喜歡的一篇。

意志存在於萬物之中，永恆不死。誰知曉意志的神祕本質，以及它的生命力？上帝

也是一種偉大的意志，使其意向遍布地上萬物。人除非是因為意志力薄弱，否則不會屈服於天使，也不會敗在死亡手中。

——約瑟夫・格蘭維爾[22]

我的靈魂現在再也記不起，我是如何、何時、甚至在何地，第一次見到麗姬雅的[23]。在那之後已經過數年，我的記憶也在痛苦的折磨下逐漸消失。也許我現在無法回想起這些細節，因為我所愛的她，性格、淵博的知識、獨特嫻靜的美以及令人心神蕩漾而著迷的低沈嗓音，悄悄地、穩定地走入我的心底，使我從來沒注意、也不知道它們的存在。但我想，我第一次、也最頻繁與她相遇的地點是萊茵河附近一座古老、腐朽的大城市。她的家庭——我肯定聽她提起過。那一定是個十分久遠前的日子。麗姬雅！麗姬雅！我埋首在使任何外在世界都黯然失色的研究中，但這個詞——麗姬雅的名字——便能將她早已離世的身影帶到眼前。而現在，當我提筆時，我才意識到，這位曾經是我的朋友、未婚妻、研究夥伴，最後成為我的愛妻的女子，我竟從來不知道她的姓氏。這是我的麗姬雅給我的一個遊戲嗎？或者這是在考驗我愛情的力量，在試探我該不該開口問這個問題？或者這只是我的一種任性——是我在最熱情委身的神龕中所獻上的，最浪漫的祭品？我對於事實都只有模模糊糊的印象——這樣一來，我完全記不起這些事發生的情境，又有什麼好奇怪的呢？確實，如果真如他人所說，世界上有名為浪漫的女神，那麼，那位擁有翅膀、專門破壞他人婚姻的黑暗埃及女神阿斯塔蒂[24]，一定就是她破壞了我的婚姻。

但在我的記憶中，還有一個細節我沒有遺忘。那就是麗姬雅本人。她的身形高挑纖細，在她最後的日子裡，則更顯得削瘦。我無法描繪她的舉止是如何端莊、優雅，她的步履是如何輕盈、靈巧，她來去像一縷輕煙。我從來察覺不到她走進我的書房，直到她用低沈而甜美的嗓音說話，把纖纖玉手搭到我肩上，我才意識到她來了。她姣好的容貌，世上沒有哪個女孩能和她相比。那是一種如鴉片所產生的夢境之美——一種飄渺、振奮人心的面貌，比籠罩在迪洛絲[25]的女兒們沈睡靈魂上的幻影更加神聖、莊嚴。她的五官，絕非那種標準模板、無神論者所讚揚的一般大眾端莊之美。費魯拉姆爵士形容美的型態時曾說：「沒有一種真正的美，是毫無奇特之處的。」這句話真是再真實不過了。雖然我說麗姬雅的五官並非傳統端正的美——雖然我確實將她的可愛之處視為「完美」，也覺得她臉上的確有些「奇特」之處，但我卻無法找出她與眾不同的地方，也無法找到我覺得她「奇特」的原因。我端詳過她高聳而潔白的額頭——完美無瑕這個詞用來形容她神聖的面貌仍覺平淡！

她的肌膚白皙與最純淨的象牙難分軒輊，那種銳利的線條與起伏，太陽穴上方的區域是如此寬闊而優美；還有她烏黑、光亮、濃郁而自然蜷曲的長髮，像荷馬史詩中所形容的風信子般美麗[26]。我凝視她鼻子精緻的線條——只有在希伯來人的傳統圖騰中，才見過近似於它的完美形象。它們同樣有著光滑的表面，鼻尖的弧度幾乎不可測，鼻翼和諧又自由奔放。我觀察過她甜美的嘴，來自天堂的東西也不能勝過它——上唇短翹，往內收的下唇柔軟、性感。靈活的酒窩以及說話時潔白的牙，幾乎能反射出光線，每一絲聖潔的光芒都反映著她的寧靜嫻熟，卻又比任何微笑更能令人歡欣。我檢視她的下巴——在這裡，我同樣看到了空氣般的溫和線條，柔軟而端正，圓潤而富有靈魂，像古希臘的塑像——如同雅典的阿波羅洛斯讓兒子克里米尼昂在夢中所見的那樣[27]。我也看著麗姬雅的那雙大眼。

她的雙眼，沒有任何遠古的典範能夠比擬。在我的愛人眼中，也許就藏著費魯拉姆爵士所暗示的秘密。我相信她的眼睛比任何人類都來得大，比任何東方部落居民的銅鈴大眼更圓。在偶然的時刻——在極度的歡愉之中——這奇異的雙眼會變得比其他時候都更引人注目。在這樣的時候，她的美——也許是在我火熱的幻想中才會出現——那種像是凌駕於世界之上、世界之外的美——如天堂的純潔處女般美麗[28]。她的虹膜是最濃郁的黑，上方則覆蓋著纖長捲翹的睫毛。她的眉毛看起來有些不整齊，也有著同樣的色澤。我在她雙眼中所看見的「奇異」之處，卻不是指形狀、顏色、或是器官本身的驚艷程度，而是指它其中的表情。啊，那是言語難以形容的呀！藏在那深邃的大眼中，是單靠聲音無法表達的靈魂深度。麗姬雅的眼神！我耗費多少時間在思索她的眼神！我曾花了一整個夏季夜晚的時間，奮力想要測度它。藏在我摯愛的雙眼背後的——比德謨克利特之井更深遂[29]——究竟是什麼呢？究竟是什麼？我是如此執著於發掘它的真面目。那雙眼睛！那雙又大又明亮、聖潔無比的雙眸！它們成了我所觀望的明亮雙星，我則是它們最忠誠的觀星家。

在許許多多令人費解的人類心智意象中，最令人激動的莫過於這個現象——我相信在學術界，也沒有人注意到過——那就是，當我們試著回想已被久遠遺忘的事物時，總會發現自己就處在快要回憶起來的邊緣，卻至終卻無法真正想起。因此在我仔細端詳麗姬雅的雙眼時，我總會發現自己是如此接近它們真正要表達的意思——感覺到它們正在向我靠近——卻又不全然屬於我——最後卻又徹底消失。而且（這是最奇異的謎團！）我在宇宙的萬物之中，竟找到了能與她的雙眼相提並論的事物。我想說的是，當麗姬雅的美貌盪入我的靈魂，像是供奉於神龕那樣永駐我心，她的雙眼總能喚醒一股一直沈睡在我體內的感動，而在真實世界中也有事物能帶給我類似的感覺，但我尚不能為那種感覺下定義、也無法分析它，甚至沒辦法持續仔細地觀察它。有時我能在觀察快速生長的藤蔓、一隻飛蛾、一隻蝴蝶、一枚蟲蛹或是流動的清水之時體驗到那種感覺。我在眺望大海、在流星的殞落時感受到這種感覺。我曾在老者的眼神中體會到這種感覺。當我在觀測星空時有一兩顆星宿（特別是位於天琴座中其他較大恆星旁邊，一顆亮度只有六的小星星），能讓我感受到那股感動。當我聽見弦樂器的特定樂聲時，心中就會湧起這股感覺，書籍的某些段落也會帶給我這樣的感受。在其他數不清的例子中，我特別記得一段約瑟夫·格蘭維爾的話（也許只是因為它的古典氣息——誰知道呢？）總能特別激起我的感動——「意志存在於萬物之中，永恆不死。誰知曉意志的神祕本質，以及它的生命力？上帝也是一種偉大的意志，使其意向遍布地上萬物。人除非是因為意志力薄弱，否則不會屈服於天使，也不會敗在死亡手中。」

隨著時間過去，我再度思索後，使我感覺到英國道德家的話與麗姬雅的一些性格之間有某種細微的連結。她想法、舉止、言談中的熱情，也許就是這股強大意志力的展現，在我們交往的這段時間中，沒有比這更能證明其存在的證據了。我無法估量她的熱情，只能透過她美麗的雙眼，以及如魔法般的旋律、音調，獨特而平和的低沈嗓音，還有她平時話語中強烈的能量來略知一二。

提到麗姬雅的學識，她的知識淵博，是我所認識的女人中最博學多聞的一個。她熟知古典的語言，而我所知曉的現代歐洲方言，她也都精通。在各種備受推崇的主題、最深奧的學術領域，她也無一不曉。說來也奇怪，我怎麼會到這麼晚才意識到這一點？我說過她的知識是我認識的女子中最淵博的——但又有哪個男子能徹底精通心理、物理、數學與科學呢？我當時並不像現在這麼清楚地認知到，麗姬雅的才學是如此淵博、如此驚人；但那時我仍充分意識到她對我有著至高無上的支配權，讓我像個孩童般信任她，她引領我穿梭在形上學的混亂世界中。在我們新婚時期，她俯身於我身邊，指導我研究那些很少有人研究、世人知之甚少的學問時，我是多麼躊躇滿志、多麼欣喜若狂、心裡滿懷憧憬和希望，我實實在在地感覺到那美妙的遠景在我眼前慢慢展開，沿著那漫長的、燦爛的、不為人知的道路，我最終將獲得一種因為太珍奇神聖而不能不禁絕於世人的智慧！

因此，經過數年後，當我看著我已打好的基礎前程灰飛煙滅時，那樣的悲痛便是可想而知了！沒有了麗姬雅，我只是個在黑暗中摸索的孩子。她的存在，而且僅僅是她閱讀的模樣，就足以生動地展現出我們潛心研究的先驗主義的許多奧秘。在麗姬雅眼裡所散發的光芒之下，那些巧妙的智慧之語變得比土星的鉛更為黯淡[30]。後來，她的目光越來越少落在我所研讀的書頁上了。麗姬雅病了。她活躍的雙眼帶著一股太過耀眼的光芒；潔白的手指變得如蠟般透明，帶著死亡的氣息；而她高聳的額上，青色的血管會隨著最微小的情緒波動而鼓起、下陷。我知道她逃不過一死——而我奮力與殘酷的愛瑟瑞爾搏鬥著[31]。而使我吃驚的是，我那熱情如火的妻子甚至掙扎得比我更加強烈。她堅毅的天性堅信，當死亡來臨時，她並不會感到恐懼——但那並不是真的。沒有任何言語能夠形容她與死神之影的奮力對抗。看著這樣的她感到痛苦，我可以安慰她、分析道理給她聽，但她只想活著，她對於生命的瘋狂渴望使所有的安慰與道理都顯得很愚蠢。然而，直到最後，她熱烈的靈魂做出最後一陣掙扎之時，她外在舉止的平靜才顯現出破綻。她的聲音變得更溫柔、低沈，但我並不想多提她當時低聲囈語時說出來的瘋狂話語。我一邊傾聽她的話，大腦一邊高速運轉著，受到那股超越生死的語調所吸引，那是人類有限的生命無法參透的假設與意志。

她對我的愛無庸置疑；而我早該知道，在她這樣一位女子的胸襟中，愛會凌駕於所有的情感之上。但在將死之時，我才完全感知到她的愛之深。她握著我的手好長的時間，對我傾訴傾慕、癡狂滿溢的愛。我何德何能，能夠獲得她這樣的感情？我怎麼配得上，在她臨死之際費盡力氣對我吐露這些話語？但我無法再就這一點深思下去了。我只能說，麗姬雅對愛的狂放，最終是毫無回報、完全白費了；我最後才知道她對生命的渴望是如此強烈，但生命卻流逝得如此之快。我無法用文字描述她對於生命的瘋狂的執著和強烈渴求。

在她離世的那個午夜，她強硬地將我呼喚到床邊，請我為她朗讀一段她幾天前自己所作的一首詩。我照做了。

啊！歡愉的夜晚
在這寂寞的晚年
一位天使收起翅膀
戴著面紗，淚流不止
坐在戲院中，觀賞
一齣關於希望與恐懼的戲
樂團斷斷續續地
演奏著天國的樂章

演員們，如同高高在上的神祇
低聲呢喃
四處飛舞
如木偶般的凡人來來去去

追尋著沒有形體的神明
他們反覆改變著場景
揮舞著如鷹的翅膀
卻不可見！

多麼混亂的戲碼！喔，確實
不要忘懷
人群永無止境的追逐
一抹無法攫住的幻影
在不斷回到原點的圓圈中
不停打轉
而劇情的靈魂是瘋狂、是罪
以及恐懼

但是看哪，就在人群的路徑之中
闖入了一隻爬行的身影！

一隻血紅的的生物蠕動著
爬到舞台上
它扭動著！扭動著！帶著致命的疼痛
演員們成了它的食物
而天使們哭泣著
看著它沾滿人血的獠牙

滅了——光線全滅了！
在顫抖的身軀上
布幕，如同喪禮的棺木
如颶風般高速落下
慘然而憔悴的天使
站起身，揭開面紗，證實
這齣戲是名為「人類」的悲劇
英雄則為征服者之蟲[32]

「喔，神啊！」當我讀完時，麗姬雅便跳了起來，顫抖地伸出雙臂，尖叫著。「喔，神啊！聖父啊！事情再也沒有轉圜餘地了嗎？這個征服者再也不可能被征服了嗎？我們難道不是您的一部分嗎？誰，誰知曉意志的神祕本質，以及它的生命力？人除非是因為意志力薄弱，否則不會屈服於天使，也不會敗在死亡手中。」

然後，像是被情緒抽乾了力量，她潔白的手臂垂了下來，陰鬱地回到病榻上。而在她吐出最後的氣息時，她的嘴唇中逸出一絲低沉的話語。我彎身將耳朵靠近，又再度聽見格蘭維爾所寫的那段話：「人除非是因為意志力薄弱，否則不會屈服於天使，也不會敗在死亡手中。」

她死了；痛不欲生的我再也無法忍受獨自孤單地生活在萊茵河旁昏暗而腐敗的城市裡。我並不缺乏世俗的財富。麗姬雅帶給我的，遠超過凡人尋常能得到的財富。因此，在經過幾個月痛苦、毫無目標的遊蕩之後，我便在英格蘭最原始、最渺無人煙的地方買了一間修道院，並進行一番整修。這棟建築物陰鬱沉悶的莊嚴感與周圍近乎原始的滿目荒蕪，讓人聯想到說不盡的愁思、道不盡的回憶，與我萬念俱灰的心情非常符合，正是這股強烈的被拋棄之感驅使我來到這遙遠國度的無人之境。但儘管修道院的外觀破敗，我卻帶著一點幼稚的任性，將內部裝飾得富麗堂皇，並暗自希望這樣的行為能減輕我的憂傷。說我愚蠢也好，我從小就對美有著某種興趣，而現在，這股哀傷的情緒又再度喚起這個興趣。在那些華麗而優美的帷幕中，在埃及式的莊嚴雕刻中，在狂野的飛簷與家具中，在鑲金的地毯繁複的花樣中，甚至可以看出我當時的狂顛。我成了鴉片的奴隸，我的行為舉止都瀰漫著一層我夢中的色彩。但我就不多著墨這些荒誕的事了。我只說一件事，那就是在我的心神最混亂之時，我竟娶了特雷曼家族金髮碧眼的羅維娜·特雷瓦尼恩小姐作為我的新娘，作為我難以忘懷的麗姬雅的替代者，我領著她進入了那間被詛咒的房間。

時至今日，那間新房裡的裝潢和一切細節都還歷歷在目。那個貪婪的家族，為了貪戀金子，竟願意將他們摯愛的女兒送入這一間充滿矯飾的房間？我說過，那房間中的各個細節都還記憶猶新，但我卻可悲地淡忘了總體的布局，沒有任何方法能夠阻止這回憶在我腦中不斷上演。那個房間位於如城堡般的修道院其中一座高塔上，是個五角形的寬敞空間。房間的南面是一大片未經切割的威尼玻璃落地窗鍍著鉛灰色的色澤，因此透過玻璃照進來的陽光或月光，都會在室內蒙上一層灰濛濛的色彩。在這片大玻璃的上半部，長著一片古老的藤蔓，一路延伸到高塔的牆面上。陰暗的橡木天花板高聳無比，巨大的拱形上裝飾著繁複而詭異，半歌德、半德魯伊式的器具。在拱形天花板的正中間，用一條金鍊吊著同樣材質的巨大香爐，雕刻著阿拉伯式的花紋，香爐的孔眼設計得十分精巧，以致於繚繞的斑斕火焰像是金蛇狂舞。

一些東方樣式的地毯與燭台散佈在房間各處，婚床是低矮的印度樣式，用黑檀木精細雕刻，有著高大的床柱和頂棚。在房間的五個角落都矗立著一個巨大的黑色花崗岩棺槨，這些文物來自古代與路克索作戰的國王陵墓，棺蓋上刻著無法辨識的複雜花紋。但整個房裡，最不可思議的是那些帷簾幔帳，那些高聳的牆甚至不成比例，從天花板到牆腳都掛著厚重、寬闊的幔帳，幔帳的材質與鋪在地上的地毯、褥上的罩單、床鋪上方的華蓋，以及半掩著窗戶的巨幅羅紋窗簾相同，都是最貴重的金絲簇絨。帷幕上不規則的點綴著許多阿拉伯舞姿的人形，每個人型大約一呎寬，並以最烏黑的色彩畫出服裝上的花紋。但從某一個特定的角度，才能看見這些人形的真實模樣。這種繪製方式是當時十分流行、手法十分古老的精巧設計，使幔帳在不同角度看起來變化萬千。對一個剛進入房間的人來說，它們看起來就像是普通的怪物；但從更遠的位置看過去，這樣的外型就漸漸消失了；但隨著參觀者腳步移動，他便會發現周遭全是詭異的日耳曼迷信中的鬼怪形象。隨著幔帳背後不斷吹拂的強風，更是加強了這鬼魅的效果，使整個房間籠罩在可怕而詭異的氣氛之中。

在這樣的新房中，我與特雷曼家的女兒度過了新婚的第一個月，這一個月裡卻充滿了不安。我的妻子厭惡我陰晴不定的脾氣，她總是迴避我、也說不上愛我，這一點我很清楚，但這樣反而使我暗自高興，我也以一種魔鬼才有的惡意來嫌棄她。我的記憶再度湧現（喔，這是多麼深切的哀悼！），回想著我的摯愛麗姬雅，那位值得敬重、美麗、卻香消玉殞的女性。我陶醉在回憶中，想著她的純潔、她的智慧、她的高尚品格、她優雅的天性、她的熱情、以及她那火熱的至尊至愛，因此，我的靈魂中的愛火比她的熱愛更加猛烈。在我抽完鴉片後的夢境中（習慣性地抽鴉片如枷鎖般纏繞著我），我會大聲呼喊她的名字，像是如果我夠懇切、夠熱烈、對死者的熱愛夠強，我就能將她帶回她所拋下的世界——啊，她真的永遠離開了嗎？

在這段婚姻第二個月的開始，羅維娜小姐卻突然生了病且遲遲不見好轉。高燒使她夜不能寐；而在她半夢半醒之間說起高塔中的房間裡有著怪聲與動靜，但我認為那只是她病中恍惚的幻想，或是那間房間裡鬼魅裝飾的影響。最後她終於康復，但只過了一小段時間，第二波強烈的疾病再度讓她臥病不起；而她一直都十分孱弱的身軀，在這起病痛下再也沒有康復。她的病情在這之後仍十分兇猛，也不斷復發，復發的週期越來越短，讓她的神智與肉體越漸衰弱，醫生們也大惑不解，所有的治療手段都無法見效。隨著這顯然已經病入膏肓、人力無法去除的痼疾日益加重，我發現她逐漸變得緊張且暴躁，常容易因為小事產生恐懼。她再次和我說起那些聲響——微小的聲響——還有幔帳不尋常的飄動方式，頻率更高、口氣也更堅持。

九月下旬的某天晚上，她又再度提起這令人不舒服的話題，態度比以往更為強硬，引起了我的注意。她剛睡了非常不適的一覺，而我在一旁看著她削瘦的面容，半是緊張、半是恐懼。我坐在她的黑檀木床旁的一張印度地毯上。她半身坐起來，並用懇切的耳語低聲說著她所聽見、但我聽不見的聲響，以及她所看見、但我看不見的怪異動靜。風快速地吹動著幔帳，而我很希望能夠說服她（我得承認，我並不完全相信她），那些幾乎不可聞的呼吸聲、或是牆上移動的鬼影，都只是風的吹拂下所產生的自然現象而已。但她蒼白的面孔，讓我知道，無論我想要怎麼說服她，都會是徒勞無功。她像是快要暈倒了，但我臨時找不到可以召喚的僕人。我記得她的醫生有給她開過一瓶藥，我便快速走到房間的另一端去拿那個玻璃瓶。但，正當我經過懸吊的香爐下方時，兩件不合理的事物吸引了我的注意。我感覺到某個擁有形體、但我看不見的東西經過我身邊；然後我看見香爐正下方，其中一條金色的地毯上，有一道影子，一道微弱、輪廓不清，如天使的形狀般的影子——像是布簾所投下的。但當時我正陷在毫無節制的服用鴉片所產生的興奮中，因此並不在意這些小事，也沒有告訴羅維娜。我拿到玻璃瓶後便再度回到她床邊，並倒了一整杯，舉到快要昏倒的妻子嘴邊。但她現在已經稍微恢復神智，並接過了酒杯。我則坐在一旁的地毯上，雙眼緊盯著她。然後我突然意識到床邊的地毯上，傳來了非常輕微、卻十分清晰的腳步聲；而下一秒，當羅維娜把酒杯舉到嘴邊時，我看見，或者我是在夢裡看見，有三、四滴鮮紅的液體，滴入了羅維娜的酒杯裡，像是從天花板上滴下來的。雖然我看見了——但羅維娜卻沒有。她毫不猶疑地把整杯喝完，而我也沒有告訴她這些景象，畢竟我認為這是因為她的恐懼和鴉片、以及夜晚時分所造成的鮮明幻想。

但我無法否認的是，在那幾滴紅色的液體出現後，我妻子的病情就急速惡化了；因此在接下來的第三個晚上，她的僕人已經在準備她的後事，而第四天，她的身體已經蓋上裹屍布，我伴隨著她坐在那間華麗的婚房裡。鴉片所引起的幻境，像影子般快速從我面前掠過。我躁動的視線落在房間角落的花崗岩棺、幔帳上的人形、以及頭上的香爐不斷竄出孔眼的火舌。我的斂目回想起先前的晚上，看見香爐下方的地毯上所出現的暗影。但那道影子已經不在了；我深吸一口氣，然後將目光轉向床上蒼白、僵硬的人體。我腦中閃過與麗姬雅的千萬個回憶，那種說不出的悲傷像洪水湧上心頭，那些感覺在她入殮後，仍然十分鮮明。夜深了，我內心懷抱著對人生中唯一摯愛的許多情懷，繼續凝視著羅維娜的屍體。

也許是午夜時分，也許更早或更晚，我並不記得時間了。我聽見一聲啜泣，低沉、輕微，卻非常清晰，讓我從幻想中驚醒。我覺得那聲音是來自於那張黑檀木床——死亡之床。我帶著恐懼仔細聆聽，但那聲音再也沒有出現。我緊盯著屍體，好觀察有沒有動靜，但它連一絲一毫的移動都沒有。但我不可能聽錯的，儘管十分輕微，我很確定我聽見了那個聲音，而我的靈魂因此而甦醒了過來。我更堅定也更固執的盯著那具屍體。過了好一陣子，仍沒看出可以解開這個謎團的跡象。最後，一絲非常淡、幾乎難以察覺的紅潮湧上了她的臉頰以及眼皮上凹陷的血管。我在那感覺心臟快停止了，帶著無以名狀的恐懼與敬畏，四肢也無法動彈。但我的責任感逐漸回到我的身上。我覺得我們太早開始準備後事了——羅維娜還活著。有很多事情需要立刻著手進行；但這座高塔與修道院中僕人居住的區域是分開的，所以我暫時叫不到人，如果我要找人幫忙，就得離開這個房間好一段時間，但我做不到。因此我拚命試著把她仍在游移的靈魂給喚回來。但才一會，她眼皮和臉頰上的顏色褪去，變得比大理石還要慘白；緊緊閉起的嘴唇顯得更為乾枯，帶著死亡才有的可怖色彩；她的身體泛起一陣黏膩與冰冷；一切又再次變得僵硬不動。我一陣哆嗦，跌坐回地上，並開始再度熱烈地幻想起麗姬雅的模樣。

一小時過去，我又聽見一陣模糊的聲音從床上傳來（這是真的嗎？）。我極度恐懼地仔細聆聽。那聲音又出現了——是一聲嘆息。我趕到屍體邊，並看見，我很確定我看見了，她的嘴唇輕顫，一分鐘之後，微微鬆開，露出一排貝齒。我心中充滿恐懼與詫異，視線變得模糊，理性逐漸喪失；而我用盡了全身的力量，才讓我自己再度進行了我的義務。現在，有一絲微光照在她的額頭、臉頰和喉嚨上；我感受到她的身軀散發出溫度；她的心臟甚至有了輕微的跳動。羅維娜又活了過來；而我又積極地開始試著喚回她的靈魂。我按摩著她的太陽穴，用濕布擦拭她的手，還有許多未受過醫學訓練、只能依賴經驗的事。但一切都是徒勞。那股血色再度褪去，心跳消失，嘴唇再度變得了無生氣，而且在那一刻，她的身體也變得冰冷，皮膚泛青，四肢僵直，外觀線條凹陷，像是已經放入墳墓中數天的屍體。

而我再次陷入麗姬雅的幻想之中——而又一次，（我邊寫邊打著寒顫）我聽見低沉的啜泣聲從床上傳來。但我就不想贅述那個恐怖的夜晚了。直到接近黎明的時份，我一直經歷著類似的事件；每一次那股生命力消失，她的屍體就變得比上一次更死寂；我一直在和一個看不見的仇敵對抗；而每一次掙扎，都使這具屍體的外觀產生了劇烈的改變。讓我快速地講到結論吧。

這可怕的夜晚已經幾乎要過去，這個應該已經死透的屍體，儘管她的情況應該是已經回天乏術了，但她一次又一次地動了起來，每一次的動靜比先前都更強烈。我動彈不得，僵硬地坐在地毯上，任天由命地被強烈的情緒掌控，驚訝之情也許是其中最微不足道的一種了。讓我再說一次，那具屍體又動了起來，而且比先前都更有力氣。生命之氣快速流經她的身體，若不是她的四肢已完全癱軟鬆弛，若不是她的雙眼仍緊閉，準備入殮的繃帶與白布也仍然纏在她身上，我可能會覺得羅維娜已經掙脫了死亡禁錮。但就算我還沒有完全接受這個想法，我仍無法否認接下來所發生的事：那具屍體閉著眼，從床上站了起來，以蹣跚的腳步，像是夢遊般，莽撞卻真實地走到了房間的正中央。

我連發抖都沒有、身體無法動彈，——這些無以名狀的畫面，快速略過我的腦海，使我癱瘓在地，僵直得如一塊石頭。我動也不動，只是盯著這個鬼魅。我的思緒錯亂，無法抑制腦中的千頭萬緒。羅維娜復活了嗎？這真的是羅維娜嗎？金髮碧眼的羅維娜·特雷瓦尼恩·特雷曼？我為什麼要懷疑？繃帶緊緊纏著她的嘴巴——但那也許不是他的嘴？她的臉頰像是正盛開的玫瑰般鮮紅，是的，這也許是特雷曼小姐潔白的雙頰。那個下巴，那對酒窩，真的是她的嗎？難道她在死亡的時間中長高了嗎？我是陷入了怎樣的瘋狂，才會產生這種想法？我伸出手，便碰到了她的腳！她從我手邊退開，被壽衣所綑綁的頭髮便披散了下來，落入房間吹拂的風中，頭髮又長又亂；這些頭髮比午夜的渡鴉更黑！現在，站在我面前的人影緩緩睜開了眼睛。「終於。」我尖叫道：「我怎麼可能認錯——這對熱情的黑色眼睛——就是我失去的摯愛——我的妻子——我的麗姬雅呀！」

22 雖然這樣的概念的確符合格蘭維爾的想法，但這些文字並非由約瑟夫·格蘭維爾（西元一六三六至一六八〇年）所寫。這個段落更像是由愛倫·坡所杜撰的。

23 「麗姬雅」的名字是源自於希臘神話，指的是其中一位海妖，意思是「聲音清亮的」。

24 伊絲塔、或稱阿斯塔蒂（Ashtophet），是遠古地中海地區的掌管愛情的女神。

25 這些女孩存在於阿波羅與她的雙胞胎姊姊阿緹米斯於神話中的出生地，負責接待女神。

26 在《奧德賽》中，荷馬將頭髮比喻成「風信子」，指的不是顏色，而是它的觸感與花瓣的形狀。

27 愛倫．坡指的應該是西元前一世紀著名的雕像「米洛的維納斯」，雕像的底部刻著「克里昂米尼，雅典的阿波羅多洛斯之子」。

28 「處女」（Houri）一詞出現在可蘭經中，指的是與真實信徒一同進入天堂的處女；可蘭經中說她們有著大而美麗的眼睛。

29 愛倫．坡在自己的故事《莫斯可漩渦沈溺記》開頭，引用了格蘭維爾的文字——這次真的是格蘭維爾所寫——裡頭提到了「德謨克利特之井」。德謨克利特是一位希臘哲學家，他將原子的存在理論化，他的「井」則是指他的知識。

30 在煉金術中，鉛金屬——透過煉金術能將鉛轉變成金子——是與土星並列的。

31 愛瑟瑞爾（Azrael）是希伯來文化中的死亡天使。

32 在愛倫．坡將此詩選入這篇文章裡時，它第一次是出現在一八四三年一月號的《葛拉漢紳士雜誌》中。

信號員

No. 1 Branch Line: The Signalman

查爾斯・狄更斯

我們可以說，查爾斯・狄更斯（西元一八一二年至一八七〇年）隻手復甦了鬼故事在英國的地位（或者說，至少讓這類的故事更受人尊重）。他被歷史學家們尊稱為「文學巨擘」，他的朋友兼傳記作者約翰・福斯特說他對鬼怪「有著無以描述的執著」。狄更斯在四十年的寫作人生中，寫了超過二十四篇鬼故事，包含現在永垂不朽的經典《聖誕頌歌》（*A Christmas Carol*，一八四三年）以及《被鬼纏身的人》（*The Haunted Man and the Ghost'sBargain*，一八四八年），有些選入了他的小說集裡，有些則是獨立的作品。接下來的這篇是出現在狄更斯晚年的故事，第一次問世時，收錄在《一年四季》雜誌裡（一八六六年聖誕刊）。

「哈囉！下面的人！」

當他聽見有人在喊他時，他正站在信號小屋裡，手中握著一隻旗子，旗面捲在短短的旗竿上。有些人也許會認為，根據地上的狀態，他應該不用懷疑聲音是從哪裡傳來的；但他並沒有抬頭看向我所站著的高聳山路，而是轉過身，看向支線[33]的方向。他的動作有些不尋常的地方，但我說不上來。我只知道，不尋常之處強烈得吸引了我的注意，他在下方深陷的壕溝中被陰影籠罩的身影，讓他看起來更加矮小，我則遠遠在他上方，耀眼的夕陽打在我身上，使我得用手擋著眼睛才能勉強看見他。

「哈囉！下面的！」

他再度轉身，這次從支線的方向轉開，抬起眼，看見我在他上方的人影。

「有沒有路可以讓我下去跟你說話啊？」

他抬頭看著我，沒有回答；我則低頭看著他，我懶洋洋地也沒有馬上再重複問一次。就在此時，地面和空氣出現了微弱的震動，緊接著便成了強烈的衝力，一股強力的氣流撲面而來，讓我踉蹌地向後退去，這股力量強到好似能將我扯下去。等到這股快速列車所帶來的熱氣經過我身邊，並朝地平線的方向前進後，我再度向下看去，便看見他正把剛才火車經過時所伸出的旗子給捲起來。

我又重問了一次。他頓了頓，這次似乎終於專心打量了我，然後用捲起來的旗子向我個高度某處打了個手勢，那裡距離我這裡大約兩三百碼遠。我對他喊道：「好的！」然後朝他指示的位置走去。我在那附近轉了一圈，看見一條之字形的簡陋下坡路，我便照著走了。

這條山路陡峭無比，而且下降速度快得很不尋常。地面上鋪著潮濕的石頭，隨著坡度下降，變得越來越濕滑。因此，這段路程漫長得足以讓我回想起，當時他似乎是帶著一絲奇異的不情願或勉強指路給我的。

當我的高度低得足以再次看見他時，我發現他正站在火車剛經過的鐵軌上，像是正在等待我的出現。他的左手撐著下巴，左手肘則撐在右手上，右手臂橫過胸口。他的態度看起來既期待又警戒，讓我不禁停下腳步思索了一下。

我繼續往下走上地面的鐵道。我朝他走去，現在終於看見他是個黝黑削瘦的人，留著深色的大鬍子，以及粗濃的眉毛。他的駐點是我這輩子見過最孤獨、最沈悶的地方了。兩側粗糙石牆溼氣重到反潮滴水，眼前看過去的唯一一條路，切出一道天空，這條路也只是這個地道的彎曲延伸罷了；另一個方向的路盡頭則是一片紅光，以及一條更為黑暗的隧道，巨大的結構中散發出粗野、陰沈且拒人於門外的氣息。這個位置基本上曬不到太陽，所以這裡有一股死寂的泥土氣味；冷風穿過這條壕溝，使我感受到一股涼意，好像我已經離開了原本生活的世界。

在他有所動作之前，我就已經近得足以碰觸到他。他的視線仍定在我身上，向後退了一步，並舉起手。

這是個寂寞的駐點（我剛才已經說過了），所以當我在上方俯瞰時，這裡就吸引了我的注意。我猜這裡沒什麼訪客；他應該不會不歡迎我吧？在他看來，我跟他說話，只是因為我是一個一輩子都被關在一個小空間裡最終獲得釋放、對這些偉大的建設產生無比興趣的人；但是我對我該使用的詞彙還不確定。因為，除了我本來就不太願意和人進行任何對話之外，這個男人身上還有些令我畏懼的東西。

他用著最好奇的目光打量著隧道口附近的紅光，四處搜索，好像有什麼事情不太對勁，然後又看向我。

那個燈光也是他的職權範圍嗎？

他以低沉的聲音回答：「你不知道那是什麼嗎？」

我仔細看著他專注的雙眼，以及陰沈的面容，我腦中竄過一絲可怕的想法，也許他是個鬼魂、而不是人。我一直在懷疑，他的精神是不是不大正常。

這次換我向後退了一步。但我這個舉動反而讓我發現他眼中也有著對我的恐懼。這使我方才可怕的想法煙消雲散了。

「你看我的眼神，」我勉強露出一個微笑。「像是你很討厭我一樣。」

「我只是疑惑，」他回答：「我以前是不是見過你？」

「在哪裡？」

他指向他剛才凝視的紅光。

「那邊？」我說。

他對我的警戒仍在，無聲地回答：「是的。」

「我的老兄啊，我在那裡要幹嘛？我從來沒有去過那裡，如果你真想知道，我可以保證，你從來沒有看過我。」

「我想是的。」他肯定地說。「對，我很確定。」

他的神色變得明朗，鬆了一口氣，我也是。對於我的問題，他的回答都胸有成竹，用字遣詞也精挑細選。他在這裡有很多事要做嗎？是的；他有許多責任；不過精準與警戒心是他最需要的，至於真正體力活的勞動倒是幾乎沒有。他需要變換信號，需要修整燈光，也需要時不時轉動把手，但也就是這樣了。有鑑於我很擅長利用的那些又長又寂寞的時間，他只說，他人生的例行公事已經將他塑造成了那副模樣，他也已經習慣了。他在這地道裡自學了一種語言（如果只看字形，在腦中憑自己想像隨意發音，也能算是學習的話）。他試著利用學習數學來打發時間，也學過一點代數，但他仍和童年時期一樣，對數學毫無天分。他在執勤的時候，真的有必要一直待在這條潮濕的地道裡嗎？他沒有機會離開這兩道石牆，回到陽光下嗎？怎麼說呢，這就要看時間與狀況了。在某些情況下，支線的火車會比較少，夜晚或白天都有特定時間是如此。因此在天氣晴朗時，他有時候的確會暫時離開這些陰影；但他必須隨時候在電子呼叫鈴旁待命，所以在他開小差的時候，他會以更焦慮的心情豎起耳朵等待鈴聲，這比我想像中的還要不能放鬆。

他帶我進入他的小屋，裡頭生著火，桌上擺著一本官方操作指南，裡頭有幾頁書角是折起來的，還有一台有刻度、指針的電報機，以及他剛才所提起的小電鈴。他說他其實沒有像我說的受過良好教育，（我希望我的說法沒有冒犯他）而且他受到的教育大部分也是來自於車站，他也說，這種智慧並不是大多數男人會想要的；他在工廠聽人這麼說過，在警隊聽過，甚至在軍中也聽人這樣講過；他也知道，這對大多數優秀的鐵道員工來說，這也或多或少是事實。在他年輕時（如果我願意相信的話，因為坐在這個小屋中，他自己也不太相信了），他曾經是自然哲學的學生，也上過一些課；但他後來因為不學無術，浪費了大好前程，每況愈下再也沒有起色。不過他沒有什麼好抱怨的，他自己掘的墳墓，那就乖乖躺好。他沒有時間再為自己開另一條路了。

我在這裡所記錄的一切，都是在他陰沈的視線看著火爐時說的。他時不時地會稱呼我「先生」，尤其是講到他小時候時——好像是要求我理解，除了我所親眼看見他的部分之外，他什麼也不是。他中間被電鈴打斷了幾次，必須讀幾條訊息或是發幾則回應。

有一次，他得走到門外，在一列火車經過時打個信號，並和駕駛說幾句話。在他執勤的時候，我觀察他的行為，發現他是十分精準且警戒的，話說到一半就會離席，完成必須工作前絕不說話。

我應該會認為這個男人會是最適任這個位置的人選之一，但在他和我說話的時候，他有兩次中途突然停了下來，面色凝重，轉頭看著沒有任何動靜的小電鈴，打開小屋的門（平常關上，好隔絕不健康的濕氣），然後看向隧道口附近的紅光。經過這兩次，他回來火爐邊的時候，身上都會帶著一股難以言喻的氛圍。當我們即將分別時，我也向他提起了。

當我準備離開時，我說：「你幾乎讓我覺得我遇到一個很知足的人。」

（我得承認，我這麼說是為了誘使他說出實話。）

「我想我曾經是吧。」他同意道，聲音和他第一次開口和我說話時一樣低沉。「但我很困擾，先生，真的很困擾。」

他如果還有辦法，肯定會收回這句話。但他確實這麼說了，我便立刻接了下去。

「什麼事？什麼事在困擾你？」

「我很難描述，先生。那件事真的很難提起。如果你再來拜訪我，我就試著告訴你吧。」

「我的確很想要再來拜訪你呀。你覺得什麼時間好呢？」

「我早上很早就下班了。明天晚上十點，我會再上工，先生。」

「我十一點過來。」

他謝過我，並送我出門。「我現在幫你打白燈，先生，直到你找到路上去為止。」他用獨有的低沈嗓音說道。「等你找到路的時候，不要出聲！等你走到上面的時候，也不要出聲！」

他的態度讓我覺得這個地方更冷了。但我什麼都沒說，只回答：「好的。」

「你明天晚上下來的時候，也不要出聲！現在讓我問你最後一個問題。你今晚為什麼要對我喊『哈囉！下面的人！』呢？」

「誰知道啊。」我說。「我的確是說了類似的話——」

「不是類似的話，先生。就是這幾個字。我聽得很清楚。」

「好吧，那就是這幾個字。我會這麼說，是因為我看到你在下面啊。」

「沒有其他原因了嗎？」

「我還有可能有哪些原因啊？」

「你不覺得這些字眼透露出什麼超自然的意思嗎？」

「沒有啊。」

他祝我晚安，並舉起燈。我沿著下行的支線鐵路行走（心中一直有火車要從後面衝過來的感覺），直到我找到那條路。爬上這條路比走下來容易多了，我很順利就回到暫居的旅館。

我很守時，隔天晚上，當遠處的鐘聲敲響十一點時，我的腳正好踩在之字形道路的最後一階上。他在底端等著我，手中的白燈亮著。「我一直都沒出聲。」等到我們站在一起時，我說：「我現在能開口了嗎？」

「當然可以，先生。」

「那就，晚安，我的手在這裡。」

「晚安，先生，我的手在這裡。」然後我們並肩朝他的小屋走去，進屋關上門，在火爐邊坐下。

「我下定決心了，先生。」我們一坐下，他便傾身向前，用幾近耳語的聲音說：「我要告訴你是什麼在困擾著我。我把你當成另一個人了，就是這件事困擾著我。」

「你說這個誤會嗎？」

「不是。是那個另一個人。」

「是誰啊？」

「我不知道。」

「跟我很像嗎？」

「我不知道。我從來沒看到臉過。他的左手臂會遮住臉，右手一直揮——很用力的揮。像是說，往這邊走。」

我順著他的動作看去，只見他用一隻手臂熱烈而使勁地揮舞著。「我的天啊，快讓開呀！」

「一個月黑風高的晚上。」男人說道。「我坐在這裡，然後聽見一個人大喊：『哈囉！下面的人！』我跳了起來，跑到門邊去看，就看見這個某人站在隧道口附近的紅光那裡，用我剛才表演給你看的動作對我揮手。他的聲音因為叫囂而沙啞，大喊著：『小心！小心！』然後又喊了一次：『哈囉，下面的人！小心啊！』我拿起我的燈，調成紅光，然後朝他跑去，一邊大叫：『怎麼了？發生什麼事了？在哪裡？』他就站在隧道外面。我跟他距離得非常近，讓我不得不好奇他為什麼用袖子遮著臉。我跑到他身邊，伸出手想要把他的袖子拉開，但他就消失了。」

「消失在隧道裡嗎？」我說。

「不。我追進隧道裡，跑了五百碼。我停下腳步，高舉起燈，看見遠處有人影，也看見水滴滴答答地從天花板上落在牆上潮濕的痕跡。我用更快的速度跑出隧道（因為我真的很討厭那個地方），並舉著紅色的燈在紅燈附近搜尋，然後我爬上一旁的鐵梯，來到上面的樓座，接著又跑了下來，躲回這裡。我朝兩條路都發了電報：『警告傳來。是否有異？』兩邊都回答我：『一切正常』。」

我竭力忍住背脊發涼的感覺，我跟他說，那個人影肯定只是他想像出來的幻影；還有這類幻是因為一種影響眼睛功能的疾病造成視覺失調，對此已經有許多病人感到困擾，有些人則開始意識到自己的病症，並透過實驗證實了這個病症。「至於想像中的呼喊聲，」我說。「好好聽聽風吹過這條人工地道時的聲音，以及電線在風中所造成的聲響吧。」

我們靜坐了一會，仔細聆聽，然後他說這個解釋很合理，他應該要再更留心風聲和電線的，尤其他都會在這裡獨自度過寒冷的冬天。但他拜託我不要打斷他，他還沒說完。

我向他道了歉，他便緩緩繼續說下去，一邊伸手碰了碰我的手臂。

「在他出現之後過了六小時，這條支線上著名的意外就發生了，在十小時內，那些屍體和傷者，就被帶進隧道裡，走過他原本站的位置。」

一股寒顫竄過我全身，但我用盡全力抵抗它。我附和說，這的確個徹底的巧合，在他心中造成了不小的陰影。但這種可怕的巧合確實不斷重複發生，而在面對這類事情時，他們不得不把這巧合也一起考慮進來。我補充道（因為我發現他應該又要說話來反駁我了），尋常人在過日子時，並不會把這麼多的巧合算進去。

他再度拜託我讓他說完。

我也再度為了我的打岔而道歉。

「這件事是一年前發生的。」他說，一邊再度抓住我的手臂，空洞的雙眼向後瞥了一眼。「過了六七個月，我也從那次的驚嚇中恢復過來，但有一天早上，在黎明時，我站在門邊，看向紅燈，然後又看見了那道鬼影。」他停下來，緊盯著我。

「他有出聲嗎？」

「沒有。他很安靜。」

「他有揮手嗎？」

「沒有，他只是靠在信號燈的桿子上，雙手擋在臉前。像這樣。」

我再度看著他的動作。那是一種哀悼般的動作。我在墳墓上的石像中看過這種動作。

「你有朝他走過去嗎？」

「我回到這裡，坐了下來，因為我需要好好想想，而且他嚇昏我了。當我再度走出門時，天色已經大亮，鬼影又不見了。」

「但什麼事都沒發生嗎？這次沒有意外了？」

他用食指點了點我的手臂，並點了幾次頭：

「那一天，有一輛火車駛出隧道時，我發現靠我這一邊的車窗上，有一堆手和頭轉向我，還有人在揮手。我及時看見，並對駕駛打了『停下來！』的信號。他立刻煞車，但火車還是向前滑行了一百五十碼左右。我追上去，並聽見了淒厲的尖叫與哭聲。一位美麗的年輕女子猝死在其中一節車廂裡，被人帶了下來，放在我們兩人之間的這塊空地上。」

我不由自主地將椅子向後推，看了看他所指的地面。

「是真的，先生，這是真的。我照著事情的經過告訴你了。」

我口乾舌燥，一句話也說不出來。風與電纜像是在為故事配音，發出一陣悲哀的哭嚎。

他繼續說下去。「先生，聽我說完，然後你就會知道我為什麼困擾了。那個鬼魂上星期又回來了。在那之後，他時不時就出現，出奇不意。」

「在那個燈號旁邊嗎？」

「在『危險』的信號燈旁。」

「他在做什麼呢？」

他又重做了一次那個象徵著「我的天啊，快讓開呀！」的動作，這次甚至更用力了一些。

然後他繼續說道：「我完全無法休息。他一直叫喚我，一次就是好幾分鐘，用非常痛苦的聲音喊著：『下面的人！小心！小心啊！』他站在那裡對我揮著手。他還按電鈴——」

我打斷他。「昨天晚上我在這裡時，你跑到門口，是不是因為他按鈴了？」

「兩次。」

「你瞧。」我說。「你的想像在誤導你。我一直看著電鈴，耳朵也聽得見聲音，我可以打包票，鈴聲真的沒有響。那兩次都沒有，只除了車站有真正的人要跟你聯繫的時候，它才響了。」

他搖著頭。「我從來沒有誤會過，先生。我從來沒有把鬼魂的鈴聲和真人的鈴聲混在一起。鬼魂的鈴聲是在電鈴裡傳出一陣奇怪的震動聲，我也沒有看到電鈴動起來。我不意外你沒有聽到。但是我聽到了。」

「當你跑去門外看的時候，鬼魂在那裡嗎？」

「在。」

「兩次都是嗎？」

他肯定地重複道：「都在。」

「你現在願意跟我去門外，看看他在不在嗎？」

他咬了咬下唇，好像很不願意，但還是站起了身。我打開門，站在階梯上，他則站在門廊。「危險」信號燈就在那裡，陰暗的隧道口也在那裡，高聳潮濕的石牆也在那裡。天空中佈滿星星。

「你有看到他嗎？」我問他，一邊仔細打量他的臉。他瞪大眼，但我自己同樣懇切地看向他所指的方向時，我也是一樣的表情。

「沒有。」他說。「他不在。」

「同意。」我說。

我們再度回到室內，關上門，坐回椅子上。我思索著要如何維持這次的佔上風，如果這能稱得上是佔上風的話。但他又用那種實事求是的口吻說起話來，好像我們兩人之間的事實無庸置疑，我又覺得我陷入了最弱勢的位置。

「這樣你就懂了，先生。」他說。「整件事讓我最困擾的地方是，鬼魂到底想表達什麼意思？」

我告訴他，我不確定我是不是全盤了解了。

「他這次要警告我什麼？」他說，視線直盯著火燄，偶爾才轉向我。「這次的危險是什麼？在哪裡？這條支線上的某處有危險。某種可怕的意外會發生。這是第三次了，不會錯的，尤其在那些前車之鑑之後。但這真的很困擾我。我能做些什麼呢？」

他抽出一條手帕，擦了擦滿額頭的汗。

「如果我打了電報通報危險，不管是往哪一條路發，我都給不出原因。」他繼續說著，一邊擦著自己的手掌。「我會惹上麻煩，而且一點意義也沒有。他們會覺得我瘋了。這會聽起來像這樣——訊息寫道：『危險！小心！』回覆是：『什麼危險？在哪？』訊息又寫：『我不知道，但老天啊，小心！』他們會把我換掉。不然他們還能怎麼辦？」

他內心的痛苦令人同情。對一個有良心的男人來說，這是一種心靈上的折磨，他要為了他人的生命承受這麼多的壓力。

「當他第一次站在『危險』燈號下的時候，」他繼續說，一邊抓耙著頭髮、揉摩太陽穴，看起來很痛苦的樣子。「如果意外不得不發生，為什麼不告訴我意外會發生在哪裡呢？如果可以迴避，為什麼不告訴我如何迴避呢？他第二次出現時，把臉擋了起來，為什麼不直接告訴我：『她要死了。讓他們把她留在家裡吧。』？如果他這兩次來只是要告訴我，這些警告都是真的，好讓我為第三次做好準備，為什麼現在不直白地警告我呢？上帝啊，我只是一個可憐的信號員，在這條孤單的支線上執勤！為什麼不去找更有公信力、更有權力的人呢？」

看著這個人的模樣，我知道為了這可憐人好，也為了公共安全，我現在只能想辦法幫助他保持理智。因此，我放下了關於那些虛虛實實的問題，只是向他表示，每個人都必須要竭盡職責，儘管他不理解鬼魂顯靈的原因，但至少他能感到安慰的是，他非常了解自己的職責。我發現，這樣做，比說服他自己是在幻想來得有用多了。他冷靜了下來；接下來這一晚的工作任務逐漸佔據了他更多的心力：我在凌晨兩點時離開了他的小屋。我提議可以留下來陪他整晚，但他拒絕了。

當我爬上小路時，我再度回頭看了一眼紅色信號燈。我一點也不喜歡它，而且如果我得睡在這個燈光之下，我一定無法安枕。我也不喜歡那起意外和死掉的女孩的事件。我也不打算隱藏這個感覺。

但在我腦中一直盤旋不去的想法，卻是如果換作是我，我會有什麼反應？我已經證明了這個男人很聰明、很積極、勤勉且謹慎；但在他現在的心智狀態下，他能維持多久？雖然只是個基層的工作，但他卻獲得多人信任，如果換作是我，我會願意賭上自己的性命，不斷精準地執行任務嗎？

我想要將他告訴我的事告訴公司的上層，但我總覺得這樣做會帶來更糟的後果，而且我應該要先向他坦白，並給他一點協調的空間才是。最後我決定提議陪他（現在也繼續幫他保密）去看這附近最優秀的醫生，並徵詢他的意見。他告訴過我，隔天晚上，他的執勤時間變了，他會在太陽升起後一兩個小時就下班，並在太陽下山時再上工。我也答應到時候再去找他。

隔天晚上，天氣很好，我提早出門散步。當我走到陡峭山路的頂端時，太陽還沒有完全下山。我告訴自己，我要散一小時的步，半小時去程、半小時回程，然後剛好可以去信號員的小屋。

在我出發之前，我來到山路邊緣，機械性地向下看，那是我第一次看見他的地方。我看見隧道口站著一個人，左手遮著眼睛，劇烈地揮舞著他的右手。我突然一陣哆嗦。

無以名狀的恐懼很快就消失了，因為我立刻發現，這個人影的確是個人，而且旁邊不遠處還站著另一小群人，他似乎正在對那群人重複著他的動作。「危險」信號燈還沒有點亮。它的桿子旁，用木頭和帆布搭起了一個小棚子，是我以前從未見過的，它看起來和一張床差不多大。

我強烈感到有事情不對勁，甚至有種令我反胃的恐懼感，覺得是我離開他，使得沒有人能夠照看、或是修正他做錯的事，於是，我用最快的速度跑下小路。

「發生什麼事了？」我問那些人。

「信號員今天早上死了，先生。」

「不是這個小屋的信號員吧？」

「就是他，先生。」

「不會是我認識的那個人吧？」

「如果你認識他，你就會認出他的，先生。」負責回話的人說道，一邊陰鬱地掀起帆布的一角。「因為他的臉還算完整。」

「喔，怎麼回事？這是怎麼回事？」當他們把帆布蓋回去時，我來回環顧著他們。

「他是被一台火車頭撞死的，先生。全英國沒有比他更熟悉自己工作的人了。但他不知怎麼的對外部的鐵路不熟。那時候天才剛亮，他點了燈，手中握著信號燈。火車頭從隧道裡出來的時候，他是背對它的，它就把他撞倒了。駕駛火車頭的人剛剛正在演示當時的情況呢。湯姆，表演給這位紳士看看吧。」

穿著粗糙黑衣的男子回到剛才隧道口的位置。

「我轉過隧道裡的彎，先生。」他說。「然後我就看見他站在隧道的盡頭，那個畫面像是透過一個透視鏡在看他。我沒有時間減速了，我也知道他是一個非常小心的人。但他似乎沒有聽見吹哨的聲音，所以當我們越來越接近他，我就立刻把引擎關掉了，並用盡全力對他大喊。」

「你說了什麼？」

「我說：『下面的人！小心！小心啊！我的老天，快讓開呀！』」

我一驚。

「啊，那真的很可怕。我一直對他喊著。我用這隻手擋著眼睛，不想看到那個畫面，又一直揮著這隻手，直到最後；但是一點用也沒有。」

我不再針對這件事做多餘的敘述了，但我只能指出，這個火車頭駕駛所提出的警告，不僅僅是包含了不幸的信號員口口聲聲說困擾著他的那番話，也包含了我自己——而不是他——所說的話，以及他表現給我的那個手勢，這也許不僅是個巧合。這些話我並沒有說出口。

33 這裡指的是火車的支線。故事裡的「他」是一位鐵道信號員，他的工作是待在鐵軌旁的信號小屋裡，並且（在故事的年代裡）用旗子示意行經的火車上的工程師，接下來的鐵道路況、或是該使用的支線等等。

自從我死後

Since I Died

伊莉莎白．史都華．菲爾普斯

伊莉莎白．史都華．菲爾普斯（西元一八四四年至一九一一年）是一位美國女性作家，她的作品挑戰了女性在婚姻中的傳統角色。她的作品共有五十七件，橫跨小說、詩作和散文，並在其中不斷強調，女性在家庭之外也有一席之地，而且應該自由追尋醫師、傳教士、藝術家等等的職業生涯。就像是下一個世代的柯南．道爾爵士那樣，菲爾普斯對於後世有著相當前衛且唯靈主義的看法。在美國南北戰爭造成超過四十萬死傷後，這樣的觀點是非常普遍的（柯南．道爾的唯靈論則是來自於第一次世界大戰後數以百萬計的死亡人數）。菲爾普斯針對後世寫了三篇小說，包含《天堂門半敞開》（The Gates Ajar，一八六八年）、以及接下來的這篇故事，後者首次問世時，收錄在《斯克里布納》月刊中（一八七三年二月號）。

你坐得多麼筆直呀！

如果睫毛的陰影在你的臉頰上騷動，如果你嘴唇上的灰線在顫抖的那一刻恢復張力；如果你的側臉稍微溫和了一些；如果你額頭上，那一道在左眉眉峰上的肌肉抽動了一下；如果你只想靜靜地坐著，坐在我的凝視之下；如果你動了動交疊的手指；如果你轉身往椅子後面看，或者抬起臉，半是纏綿，半是渴望，半是愛、半是懶散，並去思索風所發出的受挫的哭聲，我就站在它和你之間，背靠著半開的窗戶——啊，是的！我想，你嘆了一口氣，動了動吧。你抬起頭。那道小肌肉仍然一動不動；你嘴唇上的線條僵硬而緊繃；你臉頰上深刻的凹陷沒有溫暖的色澤，比打在牆上的白色月光長影更無血色。我靠在牆上；我伸出雙臂。

你抬起頭，看向我的雙眼。

如果你的身體打了個寒顫；如果你放在桌面上的手臂舉到頭頂上；如果你叫了我的名字；如果你因為恐懼而屏息，或是因爲愛而啜泣，或者奪門而出，或是大哭起來——

但是你只是抬起頭，看向我的雙眼。

如果我敢向你走去，也許再近一點；如果我可以越過你所呼出的氣息；如果我可以感受在你血管中流淌的活血；如果我能碰觸你的雙手、雙頰、嘴唇；如果我輕輕用手臂攬住你的肩膀——

那股沒有人心能夠想像的恐懼，那種沒有任何人面對過的命運，那道從沒有其他生靈所讀過的謎語，阻隔在你的肉體與我的靈魂之間。

我垂下手臂，沉入牆上月光的光束之間。我不用刻意去想，如果我的模樣出現在你的視線之中，會發生什麼事。我不會去想，如果我和你面對面，正面迎向你筆直的目光，可能會出現什麼後果。

啊，她坐得多麼筆直呀！她看著我的視線是多麼專注，多麼了無生趣！

現在，我不再擋在風與你之間，風便開始如泉水般湧入。它揚起了窗簾，在房間裡盤旋。它吹亂了我所靠著的珍珠白光束。我被困在風中。語言與文字在我身上掙扎。空氣中瀰漫著我破碎的聲音。

淚水與笑聲，柔軟嘴唇所發出的語音，以及低聲哭泣的起伏聲響，佔據了我全身。她會聽見嗎？她會轉頭嗎？她會因為認出我而張開嘴唇嗎？我們之間還有共同的語言嗎？或者，夜風能將我想說的話，送到她的眼前嗎？

我們坐在一起，聊過這個話題好多次。你還記得嗎，親愛的？你握著我的手。我看不見的淚水落在上頭；我們坐在樓上的落地窗旁，看著寂靜的夜色中，房子另一側的楓樹影子進入夢鄉，安穩無聲；綠色的古老窗簾像個催眠師般對我們揮手，但你覺得它更像是牧師。

「當我們分離時，妳就該離開了。」你說；我搖搖頭，你露出微笑——每次你這麼說時，你都會笑，但你每次都說類似的話。

我想我當時其實聽不懂你的意思。現在，當我看著你的雙眼，你卻看不到我；現在我對你伸出手，你卻碰不到我；現在當我喊著你的名字，你卻聽不見我——我終於理解你了，親愛的。你的智慧是來自於另一個世界。「活著，就是在朝死亡走去；我會死的。死亡就是生命；而你應該活下去。」

現在，我發著燒想著這句話。

這一定是——啊！多久之前的事呢？我很想念時間還能夠數算的日子。但我清楚地記得，我是在某一個下著雨的週日凌晨三點死去的。你小小的鐘站在桌上橄欖木的盒子裡，雨滴拍打著窗戶。我都注意到了，但你可能不知道。現在，我看著你口袋裡的錶；我沒辦法看出來指針是在移動，還是只是像心跳般來回跳動；金色的小指針站在那裡，麻木地、懇求地，指著三點。我思索著這件事。

當你說我「正在急速惡化」時，那些話聽起來就像是一首小時候的童謠般古老而熟悉。我聽見你在走廊上。醫生才剛離開，你走到母親那裡，雙臂攬住她的臉，並把手蓋在她的嘴上，好像剛才說話的人是她。她哭喊著，舉起衰老纖細的手；但你像永恆般靜止不動。然後我想到了：「死的人是她；我要活下去。」

我們總是焦慮地聊到死亡這件事，但現在當它就這麼出現在我們之間，我不知道為什麼它會造成我們這麼大的壓力。這讓我很不安。我在這裡時，總是很不安。各種事物，以及各種事物的幻想，這兩者之間的關係對我來說新穎而奇異。這裡是個神祕的所在。

現在，確實，對我來說，告訴你在你最後一次用嘴唇碰觸我、用你的手臂環抱我後，我都經歷了些什麼，似乎是一件再自然不過的事。

喔，扭曲、蒼白的嘴唇！失去生命、下垂的手臂！我告訴過你，我會回來的。我什麼時候讓你失望過呢？「來讓我看看死亡是怎麼回事。」你說。我現在來了。我可以讓你看看最美麗的景色，你眼中見過最甜蜜的事物。怎麼，看啊！我這樣不公平嗎？我很差勁嗎？你會瑟縮或顫抖嗎？你會轉開頭、或是把你緊繃而期待的臉遮起來嗎？

她會嗎？她有嗎？以後她會嗎？……

啊，房間變得越來越大！這一點我倒是可以告訴你。每天每天，它都變得越來越大、越來越亮。夜晚時，牆面震動著；玫瑰色的光點在牆上躍動，還有藍色的火焰，還有像樹葉影子般的窗格。牆壁向外擴張，空氣變得稀薄。但我試著告訴你，我沒什麼痛苦，也沒有恐懼。你憔悴的臉低頭看著我。我沒有辦法說話；當我試著說話時，我總是很掙扎，而你會說：「她在受苦！」親愛的，但是我沒有呀！

聽好了，我要告訴你那天晚上的事。太陽下山，露水降下。我覺得露水流進我的心中，但我仍然感受不到疼痛。牆壁震動著漸漸退去後，出現了一個山坡。原本坐落著老櫥櫃的地方，我看見一座山，有著一張火燄的臉，長著紫色的頭髮。我試著告訴你這件事，但你說：「她在出神了。」這句話讓我在心中笑出聲來，如果能出神，那該有多好！隨著夜晚籠罩了那座山莊嚴而凝視的面孔，天門便在我面前打開了；關於萬物的永恆大門為我打開它們生鏽的門閂，榮耀之王們在其中進進出出。地面上所有的國度，以及它們的權力，向我著招手，越過我逐漸衰竭的感官——廢墟與玫瑰，以及汝拉山的山脊，還有歌唱著的萊茵河；一道紅光照在人面獅身像的微笑上，沙漠風暴中的商隊，海上冰涼的海風，以及埋藏在無人之境的金礦，小鎮中坐在門邊為孩子唱搖籃曲的母親，為了裹腹而在潮濕小房間裡出賣靈魂的女人，巨大工廠中轉動的輪軸，從某處垂死的病榻旁傳來的祈禱聲——我試著搜尋，但找不到它在哪裡——還有戰爭的煙硝，破碎的音樂，還有在太陽升起之時，在河邊盛開的百合花——最後，是你的臉，親愛的，只有你的臉。

然後我發現，那個房間的牆壁與天花板都消失了。夜風吹拂。院子中的楓樹幾乎能掃過我的面頰。星星在我頭上閃耀，我想著雨已經停了，但我卻能聽見它，敲打著一扇我沒辦法看見的窗戶。

只有一樣東西阻擋在我與無限之間。就是你那痛苦、憔悴的臉。我最後一次望進你的雙眼裡。比死亡更強壯，它們懷抱著我，撫平我的心。我虛弱地舉起手，想要找你的手。你的掌握緊緊地綑綁著我，比墳墓更殘酷。我掙扎著，你大叫出聲，你的臉消失，我就自由了。

我站在床邊的地上。那是我原本躺臥休息的床，就在我眼前。你摀著臉，我看見你跪了下去。我把手放在你的頭上；你沒有動彈；我對你說話：「親愛的，回頭看看呀。」但你只是跪在那裡，動也不動。我在房間裡來回踱步，然後去看了我的母親，碰了碰她的手肘；她只說了一句：「她走了！」然後大聲啜泣起來。我大喊：「我沒有呀！」但她只是坐在那裡繼續哭泣。

房間的牆又出現了，屋頂也穩穩地待在園邸。窗戶關了起來，但門是開的。我突然焦躁了起來，跑了出去。

我在疾行的過程中與你擦肩而過，並撞倒了站在一旁的小夜燈；我看著它，以為它會倒下來，但它只像是被風吹到般晃了一下。

但我很焦躁，我繼續跑著。我在大廳遇到了醫生。這讓我覺得很有趣，我便停下來想了想。「啊，醫生。」我說。「不用勞動你上樓了。我今晚很好呀，你看。」但他沒有回應我；他看也不看我。他把帽子掛好，把手放在我靠著的扶手上，並踩著笨重的步伐上樓。

直到他幾乎走到頂端時，靠在扶手上的我才想到，他沈重的手臂一定有擦過我、甚至穿過了我，因為我就站在他握著的橡木扶手旁。

我看著他的腳落在我上方的階梯上，我卻聽不見任何聲音。「你的大靴子再也吵不到我了，先生。」我邊說邊點頭。「再也不怕啦！」

但他從我的視線中消失了，我還是聽不見聲音。

醫生沒有把前門的門閂拴上。

我才伸手一碰，門就向後鄭重地打開了。我跨了出去，走下階梯。我知道外面很涼，卻並不覺得冷。草上結著霜，東方有一道蒼白的光線，像是某個守了一夜的人的臉頰。花圃裡的花低垂著頭，聳起花莖；有一朵孤單的百合，我摘了起來，抱在胸口，我嗅聞著，它溫暖了我，友善地看著我的雙眼。我記得這讓我心情很好。我在雨中的花園漫步；我的腳沒有在濕搭搭的草地上留下痕跡，我也發現我穿的衣服沒有淋濕，也不冰涼。我坐在廣場上的花園椅思索著，並不想回屋裡。「再一下吧。」我想著，我就會回去屋裡，上樓去見你了。起居室窗戶的窗簾是拉起的，我一直在外頭閒晃，往裡面看去。

這段時間裡，東方的那抹白光逐漸淡去，空氣中微弱的熱氣與光點在我身邊聚集。

現在我還記得，花園角落的涼亭，是在我生病前我們最常坐著談天的地方；我想著：「她一定會很驚訝我一個人跑下來了。」我很焦躁，所以我又跑了起來。

親愛的，我是真想回去再看你一次。我看見我臥病在床的那個房間中亮著光；你的影子映在窗簾上；我在經過時，用著對生命與死亡的愛，為你祝福。

空氣中瀰漫著凋謝的花朵甜膩的氣味。鳥兒轉醒，天空亮了起來，我的四肢充滿了生命力。涼亭對我伸出溫柔的雙手——但我很焦躁，我繼續跑著。

大地在我面前展開，草場上盛開著花朵，一條河像一把彎刀般從我面前劃過，一棵棵樹木的雙臂交纏，想要留住我——但我還是很焦躁，我向前跑著。

屋子在我身後逐漸變小；我病房中的燈光，還有你在窗簾上的影子也是。但我還是很躁動。我向前跑。

一瞬間，我跌進了一個孤獨的空間。裡頭有沙、有石頭，還有呼呼吹過的風。我停下腳步，跪在沙上，並在這個地方思索著。我想著你，想著生與死，想著愛與痛苦——但這些都離我遠去了，就和那抹逐漸消失的微風一樣，黯淡、飄渺。一股顫抖與憂慮之情圍繞著我的靈魂。

「我一定是死了！」我大聲說道。我開口說話時，才意識到，我並不孤單。

太陽已經升起，而在一座古老的紅色巨石邊緣，我看見一位獨立於天地之外的存在，映在天上。我突然轉過身，看見了……

我應該說話的，但話語早已遠離了我！我應該說話的，但有一個比法律更強的力量約束了我！我從你凝視的目光中消失了嗎？那雙我的唇曾經親吻過的唇，在我哭泣的時候，能否不要顫抖？我永恆的靈魂曾深深愛過的靈魂，你能讓我的存在包圍著你，而不要像泉水一樣從我體內穿過嗎？你知道當你痛苦的雙眼看著我逝去的面孔時，我是怎麼度過的嗎？你知道我的雙眼看見了什麼、雙耳聽見了什麼嗎？你知道我想你、為你哭泣嗎？你知道我看著你、渴望著你嗎？你知道我都紀念著你孤單的日子與失眠的夜晚、哭乾的雙眼、以及呼喚我名字卻沒有得到回應的聲音嗎？你知道嗎？

哎，她知道嗎？還是她並不知道呢？我的靈魂給了我一種無法匹敵的恐懼。我聽見了她的呼喚，但我從她手中溜走了。她召喚著我，我卻失去了她。

她的臉淡去，她交疊、孤單的雙手，從我的視線中消逝。

是時候告訴她一個謹慎的答案了！是時候向她說一句寶貴的耳語了！就是此刻，我該告訴她，死亡很愚蠢，但生命卻是充耳不聞的！我該告訴她——

贊特太太與鬼

Mrs. Zant and the Ghost

威爾基·柯林斯

威爾基·柯林斯（西元一八二四年至一八八九年）維多利亞時期中期非常成功的英國小說家、短篇故事作家以及劇作家。他創作了超過十二本小說，他的作品在當時被稱為「感官小說」，是現代偵探小說與懸疑小說的先驅。《月光石》（*The Moonstone*，一八六八年）尤其是一篇重要的奠基之作，造就了後來《福爾摩斯》的成功與懸疑小說的崛起。《月光石》與他另一篇較早的成功之作《身穿白衣的女人》（*The Woman in White*），兩篇裡都有神祕的人物被當成超自然的存在。柯林斯是查爾斯·狄更斯的畢生好友，也許也因此被他對鬼怪的喜好影響了。接下來這篇故事原本是刊登於《愛爾蘭爐邊閒談》雜誌中（一八八五年九月三十日至十月十四日刊），原名稱為《鬼怪的碰觸》（*The Ghost's Touch*）。

第一章

接下來要說的是，一個脫離了肉體的靈魂重返地球的故事，並要帶領讀者來到神祕的新世界。

並不是在夜色的屏蔽之下，而是在亮晃晃的白晝，這個超自然的存在現身了。它並不是透過異象、也不是透過聲音宣揚，它是透過最不容易自欺欺人的方式來接觸到凡人的知覺：人類的感覺。

這起事件的紀錄肯定會製造出矛盾的印象。在某些人心中，它會引發種種懷疑；在另一些人心中，它則會揚起希望與信心；它也會讓人疑惑人類的命運，這是人們在幾世紀以來徒勞的搜尋之下仍無法解釋的事物。

本文作者在這篇文章中只作為敘述者的角色，他拒絕將自己的觀點強加在讀者身上。他回到了他原本藏身的黑暗之中，並將質疑與相信這兩種對立的力量留在這裡，讓兩者在古老的戰場上，再次進行這場古老的角力。

第二章

這起事件發生的時間，是在本世紀的頭三十年快要結束的時候。在一個四月初的美好早晨，一位名叫雷朋的中年紳士帶著他的小女兒露西出門，去西倫敦的森林公園——肯辛頓花園散步。

雷朋先生的少數幾個朋友，都（友善地）說他是個保守且孤獨的男人。也許用更適切的方法來說，他是一個將生命奉獻給唯一倖存下來的孩子的鰥夫。雖然他還不到四十歲，但讓他的生命有意義的事物，就只剩下露西一人了。

露西一邊玩著球，一邊往公園的南側邊緣跑去，那裡是最接近舊肯辛頓堡的地方。雷朋先生坐在庭園中的遮陽區，一邊看著女兒，一邊想起自己口袋裡還放著今天的早報，因此他決定休息一下，讀個報紙。這個時間點，公園裡沒有其他人。

「去玩吧，親愛的。」他說：「但要待在我看得到的地方喔。」

露西把球高高拋起；露西的爸爸讀起報紙。他才讀了不到十分鐘，就感受到一隻熟悉的小手搭在他的膝蓋上。

「玩累了嗎？」他問道——雙眼還看著他的報紙。

「我害怕，爸爸。」

他立刻抬起眼。孩子蒼白的臉嚇了他一跳。他把她抱到膝上，吻了吻她。

「不要害怕，露西，我在陪妳呀。」他溫柔地說。「怎麼了？」他從涼亭處往外看，看見樹木之間有一隻小狗。「是因為那隻狗嗎？」他問。

露西回答：「不是狗——是那個女士。」

從涼亭看過去，視野中沒有任何女人。

「她有對妳說話嗎？」雷朋先生問。

「沒有。」

「那妳為什麼害怕呢？」

孩子的手環著她爸爸的脖子。

「小聲一點，爸爸。」她說。「我怕她聽到我們。我覺得她瘋了。」

「為什麼你這樣想呢，露西？」

「她走到我旁邊。我以為她要跟我說話。她看起來生病了。」

「嗯，然後呢？」

「她看著我。」

然後，露西就不知道要怎麼繼續說下去了，因此她沈默起來。

「聽起來沒什麼特別可怕的。」她爸爸說道。

「是的，爸爸——但她看我的時候，好像沒有看到我。」
「嗯，然後發生了什麼事呢？」
「那個女士很害怕——那讓我也很害怕。」孩子又一次重複道。「我覺得她瘋了。」
雷朋先生意識到，也許這位女士是個盲人。他站起身，打算一探究竟。
「在這裡等著。」他說。「我馬上回來。」
但露西雙手緊緊抓著他；露西堅持說她不敢一個人。於是他們一起離開了涼亭。
那位陌生人終於出現在視野之中，正靠在一棵樹幹上。她穿著寡婦的哀悼服裝。她蒼白的臉色、空洞的目光，的確會造成孩子的恐懼，才會讓露西得出那樣的結論。
「走過去一點。」露西低語道。
他們往前走了幾步。現在他可以輕易看出，這位女子十分年輕，並被病痛所侵蝕——但顯然在以前是個很有魅力的女子（在現在的狀況下似乎是很可疑的結論）。當父女兩人往前走了一些時，她就發現了他們。她猶豫了一下，便離開樹旁；她做出準備要說話的姿態，然後又突然停了下來。她空洞的雙眼因為驚恐的情緒活了起來。如果先前還不夠明顯，現他更肯定，她並不是他以為的孤獨又無助的可憐盲人。但與此同時，她臉上的表情又令人匪夷所思。就算他們這兩個陌生人突然從她眼前消失，她大概也不會有更驚恐的表情了。

雷朋先生以最和善的聲音與姿態開口。

「我覺得妳看起來不太好。」他說：「有什麼我能幫得上忙——」

接下來的話他都說不出口了。他實在無法理解眼前的狀況；如果他沒看錯的話，現在她臉上奇怪的表情再清楚不過了，她的表情確實顯現出她看不見也聽不到他！她沈重地嘆了口氣，緩緩走開，像是十分失望又沮喪。他的視線跟著她，又再次看見了那隻小狗——那是一隻皮毛柔軟的英國純種梗犬。這隻小狗一點也不像同品種的其他狗一樣躁動。牠低垂著頭，挾著尾巴，蹲在地上一動也不動，像是被嚇壞了。一陣呼聲讓牠跳了起來，並無精打采地跟著她離去。

走了幾步之後，她突然又站住了。

雷朋先生聽見她在自言自語。

「我又感覺到了嗎？」她說，好像有一種讓她畏懼或難過的懷疑之情攫住了她。過了一會，她緩緩舉起雙臂，輕柔地張開，對著眼前的空氣做出擁抱的動作。「不。」等了一陣子之後，她哀傷地對自己說。「也許明天吧，今天沒有了。」她抬眼看向清澈的藍天。「美麗的陽光，珍貴的陽光啊！」她低語。「要是那時候發生在黑暗中，我大概已經死了。」

她又一次呼喚那隻小狗，然後緩緩邁開步伐。

「她要回家了嗎，爸爸？」孩子問道。

「我們跟著看看吧。」父親回答。

此時，他很肯定這個可憐的女孩絕不能在沒有人照看的狀況下獨自出門。出自於人性中的憐憫，他決定要試著與她的朋友們溝通看看。

第三章

年輕女子從最近的出入口離開了花園。她在走入肯辛頓附近洶湧的人潮之前停下腳步、戴上面紗。她沿著肯辛頓大街走了一小段路，然後進入了一間外觀高級的房屋內；其中一扇窗戶上貼著一張寫著房間出租的小卡。

雷朋先生等了一會，然後他敲了敲門，詢問自己能否與屋子的女主人見面。僕人帶領他來到一樓的一個整齊卻缺乏裝飾的房間裡。一個白色的小東西在黯淡的咖啡色桌面上特別顯眼。那是一張名片。

孩子的好奇心使然，露西拿起那張卡，並一個個字母大聲讀出來：「Z——A——N——T。」她重複道。「這是什麼意思？」

父親接過卡片審視，然後放回桌上。卡片上的名字是印刷上去的，地址則是用鉛筆所寫：「約翰・贊特先生，柏利飯店。」

屋子的女主人出現了。見到她時，雷朋先生突然很希望自己能夠離開這間屋子。培養社會美德可以有很多方式，但這位小姐顯然更支持人類需要受到嚴刑峻法制裁的管理手段。當她看向露西時，她的眼神像是在問：「當這個孩子做錯事時，她會受到處罰嗎？」

「你想要看看出租的房間嗎？」她問。

雷朋先生儘可能有條理、有禮貌、又簡潔地解釋了他來訪的目的。最後他又補充說，他擔心是自己多管閒事了。

女主人的表情告訴他，她完全認同這一點。不過他還是說，他的動機是情有可原的。女主人的表情變了，並給了他一個不同的觀點。

「你所說的那位女士。」她說：「她是一位嬌貴的千金的小姐。她租了我二樓的公寓，且信用良好；她也幾乎沒有惹過任何麻煩。我無權干涉她的所作所為，也毫不懷疑她有照顧自己的能力。」

雷朋先生不智地試圖為自己分辯。

「我剛剛才說——」他開口。

「說什麼呢，先生？」

「說了我在肯辛頓花園觀察到的事。」

「我不需要為你在肯辛頓花園裡觀察到的事負責。你的時間很珍貴，我不想繼續拖延了。」

聽到逐客令後，雷朋先生便牽起露西手的離開了。當他來到門邊時，門突然從外面打開了。肯辛頓花園裡的那位小姐站在她面前。他和女兒的站姿是背對著窗戶。她會記得自己剛剛在花園裡見過他們嗎？

「抱歉打擾妳了。」她對房東太太說。「妳的僕人剛告訴我，我的小叔剛剛在我外出時打電話來。他有時候會在名片上留訊息。」

她看著名片，但似乎很失望：名片上沒有別的字了。

雷朋先生在門口徘徊了一會，希望能聽見更多對話。房東太太敏銳的視線發現了他。

「你認識這位先生嗎？」她厭惡地問自己的房客。

「我不記得見過他。」

她一邊說著，首次看向雷朋先生，然後突然向後退後一步。

「有的。」她修正道。「我想我見過──」

她難為情得一句話也說不出來。

雷朋先生好心地替她接下去。

「我們是在肯辛頓花園巧遇過一次。」他說。

她似乎無法體會到他友善的動機。猶豫了一會後，她向他提議，似乎對房東太太不太信任。

「你能到我房裡來和我聊聊嗎？」她問。

她不等回答，就領著雷朋先生往樓梯走去。雷朋先生帶著露西跟在後面。當他們踩上第一階樓梯時，討人厭的房東太太就從下面的房間裡追了出來，並對著她的房客喊道：「贊特太太，小心跟這個人說話呀！他覺得妳是瘋子呢。」

贊特太太轉過身來看著他。她一個字也說不出口。她沈默地忍受著痛苦與恐懼。她臉上哀傷的表情觸動了露西心中天真的惻隱之心因此大哭起來。

那股全然無矯飾的同情，使贊特太太向下走了幾階，縮短她與露西之間的距離。

「我能親親你可愛的女兒嗎？」她問雷朋先生。站在一樓地毯上的房東太太，對於安撫哭泣的小朋友，有著不一樣的看法：「如果她是我女兒，我會讓她好好哭一頓。」

與此同時，贊特太太帶領他們來到她的房間前。

她開口說的第一句，顯示出房東太太成功讓她對雷朋先生產生了偏見。

「你可以讓我問問你的孩子，為什麼你覺得我瘋了嗎？」她對他說。

他用堅定的答案回應她奇怪的要求。

「你還不知道我實際上是怎麼想的呢。妳能先聽我解釋嗎？」

「不。」她肯定地說。「這個孩子在可憐我，所以我想直接和她說話。親愛的，在花園裡時，妳看見我做了什麼，才讓妳那麼驚訝？」露西不自在地看向父親；但贊特太太堅持。「我第一次看見妳時，妳還自己一個人在玩，然後妳就帶著爸爸過來了。」她繼續說。「當我靠近妳時，我是不是看起來很奇怪——好像我看不到妳一樣？」

露西又猶豫了；雷朋先生不得不插嘴。

「妳現在讓我的女兒很困擾。」他說。「請讓我負責回答吧，否則請原諒我必須離開。」

他表情或口氣中的某個部分讓她屈服了。她舉起一手扶著自己的頭。

「我想我現在並不適合。」她心不在焉地說。「我的勇氣已經用完了。如果我可以好好休息一下，睡上一覺，我就不會是現在這個樣子。我現在很疲倦；而且我也需要好好整理自己的心情。我能明天再見你嗎？還是寫信給你？你住在哪裡？」

雷朋先生默默地把自己的名片放在桌上。她已經勾起了他的興趣。他真心希望自己能為這位孤單的女子做些什麼，她似乎是如此地無依無靠。但他沒有權利做任何事，就算她願意接受他的建議，他也沒有辦法左右她的行為。最後，他只好暗示地提起她剛才在樓下說到的親戚。

「妳什麼時候會再見到你的小叔？」他說。

「我不知道。」她回答。「我很想見他，他對我很好。」

她轉過身，向露西告別。

「再見了，我的小朋友。如果妳長大了，我希望妳永遠也不會變成像我這樣悲慘的女人。」她倏地轉頭看向雷朋先生。「妳太太在家嗎？」她問。

「我太太去世了。」

「而你還有個孩子可以安慰你！你快走吧，你讓我太傷心了。喔，先生，你不懂嗎？你讓我好嫉妒啊！」

當雷朋先生和女兒再度回到街上時，他一個字也沒說。露西也從善如流地保持沈默。但人類的忍耐是有限度的，露西的自制力最後終於撐不住了。

「你在想那個女生嗎，爸爸？」她說。

他只是點點頭。他女兒正好在他思考的關鍵時刻、他下定決心的那一刻插嘴了。雷朋先生已經作出了決定。贊特太太的小叔顯然沒意識到自己是多麼輕忽，不然他就該馬上再來拜訪她才對。在現在這個狀況下，要是贊特太太發生什麼意外，雷朋先生的沈默也許就是那個嚴重失誤的間接原因。想到這一點，他就決定冒著被另一個陌生人覺得無禮的風險做一件事。

他將露西留給家庭教師照看，然後動身前往出租公寓桌上那張名片上所寫的地址，並報上自己的名字。對方的回應相當有禮。約翰·贊特先生在家，並且很樂意與他碰面。

第四章

雷朋先生在僕人的指引下，來到飯店中的一間私人會客室。

他發現這個房間裡的家具擺放與一般的房間不太一樣。一張扶手椅、邊桌和腳凳被移到房間的一扇窗戶下，盡可能地接近陽光。桌面上一卷摩洛哥皮革打開著，裝滿一排排精細的金屬與象牙色的小工具。約翰·贊特先生就站在桌邊。他用宏亮的聲音說了一聲「早安」，悅耳的聲調使這兩個字像是注入了全新的意義。他的外型也和他宏亮的聲音十分般配。他是個身材高挑、皮膚黝黑、長相英俊的男人；他的雙眼大而烏黑，捲曲高貴的鬍子覆蓋著他的下半臉。他莊重有禮地行禮後，突然，常見的紳士姿態就消失了，取而代之的是瘋狂的一面，他在腳凳前跪了下來。他是今天忘了祈禱，所以現在急著要彌補自己的過失，連事先告知自己的訪客都來不及嗎？這些疑惑很快就以最讓人意外的方式給解開了。贊特先生對訪客露出淡淡的微笑，然後說：

「請讓我看看你的腳。」

有那麼一瞬間，雷朋先生有點無所適從。他看著邊桌上的工具。

「你是個雞眼治療師嗎？」他只說得出這句話來。

「不好意思，先生。」治療師禮貌地回答。「這個稱呼在我們的專業裡已經過時了。」他站起身，以更正式的方式說：「我是一位足病治療師。」

「不好意思。」

「小事！我想你並不是來尋求醫療協助的吧。那麼，是什麼風把你吹來的？」

此時，雷朋先生已經恢復神智了。

「我這次來訪的目的。」他回答。「是有些事情需要你的道歉與解釋。」

贊特先生優雅的舉止透露出一點警覺的態度；他的懷疑指向一個可怕的結論——這使得他在內心深處開始思考起自己放在口袋裡的錢。

「你對我的這些要求——」他開口。

雷朋先生微笑起來。

「放心吧。」他回答。「我不要錢。我只是想要和你談談你的一位親戚。」

「我的嫂嫂！」贊特先生大聲說道。「請坐吧。」

雷朋先生不確定這時間是否方便，因此猶豫著。

「我這樣會耽誤到病人看診的時間嗎？」他問。

「當然不會。我上午看診的時間是十一點到下午一點。」壁爐上的鐘顯示時間是一點十五分。「我希望你帶來的不是個壞消息。」他懇切地說。「我今天早上打給贊特太太時，他們說她出門散步了。是否方便告訴我，你是怎麼認識她的呢？」

雷朋先生便將他在肯辛頓花園的所見所聞說了出來，並不忘告訴他自己後續與贊特太太的會面經過。

這位小叔專心、同理地聆聽，與出租公寓的無禮房東太太有著天壤之別。他表示，他只能效仿雷朋先生的典範，好盡一己之力，並盡可能像是和老朋友對話般對雷朋先生坦白。

「我嫂子的悲傷故事。」他說：「也許就能解釋你所說的奇怪言行舉止。我哥哥是在一次造訪英國時，在一位澳洲紳士的家裡認識她的。她是那位澳洲紳士女兒的家教。家族裡的人都十分信任她，因此當他們舉家回到殖民地時，也邀請她同行。她便感激地答應了。」

「她在英國沒有親戚嗎？」雷朋先生問。

「她在這世上的確是獨身一人，先生。你知道，她是在育幼院裡長大的，你就懂我的意思了吧。喔，我嫂子的故事完全沒有一點浪漫的成分哪！她從來不知道、也永遠不會知道她的父母是誰、為什麼拋棄她。她人生中最快樂的時刻，就是和我哥哥初見面的那一刻。那是一瞬間的火花，標準的一見鐘情。雖然我哥哥並不富有，但卻透過商業活動獲得了足以養家活口的收入，他的性格也無庸置疑。他的出現改變了這位可憐女孩的一生，兩人一起希望並相信著更美好的未來。她的雇主延後了回去澳洲的時間，好讓他們能在那間屋子裡成婚。在過了幾週的快樂生活後——」

他突然說不出話了；他頓了頓，轉頭避開陽光。

「不好意思。」他說。「直到現在，我還是無法自在地說出我哥哥死亡的事情。可憐的年輕太太成了寡婦，就連蜜月都還沒有過完。這樣的悲劇使她整個人崩潰了。在我哥哥被埋葬之前，她就因為腦炎而瀕臨死亡。」

這些話使得雷朋先生不得不擔心她的智能狀況。贊特先生機敏地看著他，似乎立刻就了解他的訪客心中在想什麼。

「不是的！」他說。「如果醫生的說法可信，那麼這場病只對她的身體健康造成損傷——卻不傷及她的大腦。我當然在她出事後發現她的脾氣變得古怪了，但那不是什麼大事。舉例來說，我在她痊癒後，便邀請她來訪。我家不在倫敦，那裡的氣氛並不適合我。我住在海邊的聖薩林[34]。我自己還未婚；但我的管家會用最誠摯的善意來接待她的。但可憐的孩子，她頑固地決意要留在倫敦。不用說，看在她這麼難過的份上，我當然會順著她的意。我為她在倫敦租了間房，並在她的要求下，挑的是一間接近肯辛頓花園的公寓。」

「肯辛頓花園和贊特太太有什麼淵源嗎？」

「我相信是和她的丈夫有關。說到這個，我希望明天打電話去的時候她會在家。你在說故事的時候，說到她明天打算回去肯辛頓花園嗎？還是我記錯了？」

「你沒記錯。」

「謝謝。我得承認，我不僅很擔心你所描述的狀況，也不知道該怎麼辦才好。我現在只有一個點子，就是應該要為她換個生活環境。你覺得如何？」

「我想你說得對。」

贊特先生仍然猶豫著。

「但現在，這可能會不太容易。」他說。「我沒辦法說走就走地丟下病人，帶她離開。」

最簡單的回應浮現在雷朋先生腦中。如果他更有生活經驗一點，也許就會覺得可疑，也許會因此而保持沈默。但他開口了。

「你為什麼不邀請她去你海邊的屋子待一陣子呢？」他說。

在贊特先生混亂的腦中，這麼簡單的解決方法顯然不存在。他陰鬱的面孔立刻亮了起來。

「也是呢！」他說。「我就接受你的建議吧。聖薩林的空氣可以調理她的身體健康，也幫助她恢復美麗的外貌。你有沒有發現她（在健康的時候）其實是個美麗的女孩？」

這是一個熟悉得詭異的問題，在這個狀況下，幾乎算是很無禮了。贊特先生的黑色大眼裡透露著一股狡猾的神色，好像這個問題是為了要套他的話。難道他懷疑雷朋先生對他嫂子的興趣是有私心或不純潔的嗎？要得到這樣一個結論，就得對一個只是單純想做好事的人做出倉促且殘酷的判斷。雷朋先生確實是基於善意才幫忙的。同時，他的回應顯得十分小心翼翼，並起身準備離去。

約翰．贊特先生好客地抗議。

「為什麼這麼急著走呢？你真的要走了嗎？等我明天照著你完美的提議安排好後，我應該要回訪你的。再見，願神祝福你。」

他伸出手，那隻手滑嫩且黝黑，緊緊握住準備離去的朋友的手指。「這傢伙是不是個流氓？」當雷朋先生離開飯店時，這是他腦中的第一個想法。他的道德感毫不猶豫地回應：「你如果還懷疑這一點，那你就是個傻子。」

第五章

雷朋先生充滿不祥的預感，便走路回家，希望運動能讓他好好整理心中思緒。但他的實驗失敗了。他上樓和露西玩了一會；他在晚餐時多喝了一杯紅酒；晚上他帶著孩子和家庭教師一起去看了一場馬戲團表演；他在睡前吃了一點宵夜，又配了一杯酒——但那種隱隱浮現的不祥預感仍然侵擾著他。回顧過去的人生，他捫心自問，有沒有哪一位女性（當然，他過世的太太除外！）像贊特太太這樣佔據過他的思緒，而且還沒有明確的原因？如果要他自己回答，那麼答案是很肯定的：從來沒有！

隔天，他在家裡白等了一天，等著約翰．贊特先生依約來訪，但當然一無所獲。直到傍晚，負責開門的女僕出現在茶几旁，並遞給她的主人一個厚厚的信封，上面蓋著黑色的封蠟，地址則是用奇異的手寫字體所寫成。由於沒有郵票和郵戳，這封信肯定是由某個信差專程送來的。

「是誰帶來的？」雷朋先生問。

「一位小姐，先生。今天一大早的時候。」

「她有留下什麼訊息嗎？」

「沒有，先生。」

雷朋先生做了一個必要的決定，把自己關在書房裡。他不想在露西旁邊讀這封信，因為他有點害怕她的好奇心和她的問句。

當他打開信封，抽出裡頭的信紙之後，他發現信封內部寫了這麼一小段字：

也許我該先諮詢過我的小叔，但我寫這封信只有一個原因。我們就打開天窗說亮話吧，你一直認為我神智不清，因此我必須要對你坦白自清。先生，你對我的懷疑，也是我自己的懷疑。看看我所寫的這些自我剖析，然後告訴我，我是哪一種人。我是親眼見證了超自然的事蹟呢？或者我是一位應當住進精神病院中的不幸之人？

雷朋先生打開了她的手稿。他專注地閱讀著，卻很快就屏住呼吸，對她的文字深深著迷——

第六章：贊特太太的手稿

昨天早上，陽光照耀著清澈的藍天，這是這個月連續陰天後的第一個晴天。耀眼的光芒激勵著我虛弱的靈魂。前一晚，我比往常睡得更安穩，我難得沒有做惡夢，沒有夢到我死去的先生還活著，每次做這種夢，我都會哭著醒來。在過去那些悲傷的黑暗日子當中，這是我第一次感到自由，不被那些自我折磨的幻想與眼淚給糾纏，因此我走出屋外，朝肯辛頓花園前進——這是我丈夫死後的第一次造訪之處。

我唯一的同伴是一隻小狗，是我和他生前的最愛，我們來到最靠近肯辛頓宮的角落。在柔軟的草坪上，就在那些大樹的綠茵之下，我們享受過訂婚的日子。那是他最喜歡的散步路徑；在我們初識的那段時間，他也帶我來這裡散步過。他是在這裡向我求婚的，這裡也是我們初吻的地方。我會想要來重溫我們回憶的聖地，這應該是再自然不過的吧？我才二十三歲；我沒有孩子作為安慰，也沒有和我年齡相仿的朋友，沒有讓我深愛的東西，只有一隻愚蠢的小動物對我抱持著信仰般的熱愛。

我們來到樹下，那裡是我的愛人用眼神對我傾訴愛意的地方。和那些逝去的日子中相同的樣光落在我身上，那是同樣的午後時光，我仍然是孤單一人。我很害怕過去與現實的強烈對比。不！我沉默又沮喪。我神遊化外，思索著死後更美好的日子。淚水在我眼中打轉。但我並不難過。我的記憶是可靠的，就算只是關於我自己的這些小事都是——我並不難過。

當我的視線再度恢復清晰時，我首先看見的是那隻小狗。牠蹲在距離我幾步遠的地方，一聲不吭可憐兮兮地顫抖著。是什麼東西嚇到牠了呢？

我很快就會知道了。

我出聲叫喚牠，牠依然動也不動——牠注意到了某種讓牠不敢動彈的神祕存在。我試著朝牠走去，想要抱抱牠、哄哄牠。

我才踏出去一步，就被某種東西給擋住了。

我看不見它、也聽不見它。但它擋住了我。

小狗的身軀從我眼前消失，我邊的孤單的景象全部都消失了，除了來自天堂的光線、籠罩著我的大樹，以及我眼前的草地。一股說不上來的期待感使我不斷打量著眼前的草地。突然，我看見草葉全都直豎起來巍巍顫顫。我知道有某個東西像風一般掠過了草地，這使我恐懼不已。草地的顫動朝我的方向前進，就包圍在我身邊。它爬進了我頭上的樹葉裡；樹葉顫動著但卻沒有發出聲響；它們悅耳的沙沙聲似乎被消音了。鳥鳴聲平息，我聽不見池塘上的水鳥叫聲，四周只有可怕的寂靜。

但美麗的陽光依舊籠罩著我，一如往常的明亮。

在那令人暈眩的光芒與令人恐懼的寂靜中，我感受到一股看不見的存在出現在我身邊，它溫柔地碰觸著我。

在它的碰觸之下，我的心被強烈的喜悅給攫住。意料之外的愉悅感如電流般穿過我的全身。我知道他是誰！從那個看不見的世界——我也看不見他——但我知道他回來了。喔，我認得他的！

但我仍希望他能給我一個證明，讓我知道他確實存在。我的渴望在腦中形成文字。

我試著把話說出口。如果當時我能開口的話，我就會說：「喔，我的天使，給我一個證明，告訴我那是你！」但我就像是被下了咒語般——我只能用想的。

那位看不見的存在讀懂了我的心思。我的嘴唇感覺到觸碰，就像我丈夫以前親吻我時嘴唇觸碰我的時候一樣。那就是我要的答案。我腦中浮現一個想法。如果我能開口，我就會說：「你是來接我去更好的地方的嗎？」

我等著。我沒有感覺到任何新的碰觸。

我又產生了新的想法。這次我想說的是：「你是來保護我的嗎？」

我感受到自己被人溫柔地擁抱，就像我丈夫以往將我環抱在他胸口時那樣。而那就是我要的答案。

彷彿是他嘴唇的碰觸持續了一會，然後就消逝了；感覺像是他擁抱的碰觸，將我環繞之後，也逐漸淡去。花園的景色再度回到我眼前。我看見一個人朝我走來，一個可愛的小女孩正看著我。

在那一刻，當我又恢復到孤身一人時，孩子的模樣給了我安慰，並深深吸引著我。我向前走去，試著和她說話。但讓我驚恐的是，我突然看不見她了。她從我眼前消失，好像我突然瞎眼了一樣。

但我還是能看見四周的景色；我還是能看見頭頂上的天空。一小段時間過去，我猜只有幾分鐘，孩子又出現在我眼前；她和她父親手牽手站在我面前。我朝他們走去；我距離近得足以看見他們臉上帶著同情與意外的神色。我有股衝動，想要問他們是否看見我的表情或舉止有什麼不尋常之處。但在我能開口之前，那可怕的事情又發生了——他們從我眼前消失了。

那個看不見的存在還在附近嗎？它是不是正在我與其他人類之間移動，在那一刻、那個地點，阻止我與其他人溝通？

一定是這樣的。當我盲目地轉過身，沈重地看向四周，發現那個兩次阻絕我與人接觸的存在，並沒有擋住我與我的狗。可憐的小生物使我內心充滿同情，我將牠叫到我身邊。牠循著我的聲音前來，並沈悶地跟著我；牠還沒完全從那股籠罩著牠的恐懼感中恢復過來。

我才走了幾步，就覺得那個看不見的存在又出現了。我對它伸出雙臂。我帶著希望等待另一個碰觸，好告訴我再回來這裡。也許我這次得到的回答是更間接的？我只知道我當時下定了決心，我會在同一時間回到同一個地方，而這使我的心靜了下來。

隔天的天氣沈悶而陰暗；但沒有下雨。我再度前往花園。

我的狗領先我跑上街，然後停下腳步，等著看我選擇往哪個方向走。當我轉向花園時，牠便慢了下來，落在我後方。我走了一小段路，然後回頭看牠，我發現牠沒有跟著我了。牠站在原地動也不動，我叫喚牠。牠很猶豫地又走了幾步，然後轉身跑回屋裡。

我繼續往前走。我該說自己迷信嗎？我覺得小狗拋下我是個壞兆頭。

我再度來到樹下。時間一分一秒過去，卻什麼也沒發生。烏雲密佈的天空暗了下來。草地晦暗的表面也沒有透露出有任何超自然生物經過的顫動。

我繼續等著，那股固執很快就變成了強烈的沮喪。我一直看著眼前的地面，不知道時間過了多久。但最後，還是有件事發生了。

在灰暗的光線下，我看見草地又騷動了起來。但和前一天的不同，這次草葉像是被火燒過般晃動著，但我沒有看到火。下方的棕色大地向前蔓延，拉出一條窄路——像是在火中劃出了一條道路。這讓我感到十分害怕。我渴望那個看不見的存在來保護我。如果真的有危險將至，我等待著它給我一個警告。

一個觸碰回應了我。就好像有一隻看不見的手牽起了我的手——一點一點地抬起——然後離開了我，指向那條由草鋪成的道路。

我看向道路的盡頭。

那隻看不見的手緊握著我，力量彷彿帶著警告：一個危險就在我身邊。我等待著，然後我就看見了。

一個男人的身形在我眼前浮現，沿著那條棕色的窄路朝我走來。隨著他逐漸靠近，我看清了他的臉。他長著我丈夫弟弟的面孔——約翰．贊特。

我突然失去意識。我什麼也不知道；我什麼也感覺不到。我像是死了一樣。

當復甦的痛苦使我睜開眼睛時，我發現自己躺在草地上。一雙溫柔的手抬起我的頭，就在我恢復意識的時候。是誰讓我轉醒的？是誰在照顧我？

我抬起眼，看見了——彎身在我上方的——約翰．贊特。

第七章

手稿到這裡就結束了。

最後一頁上還加寫了一些句子；但是它們被人小心翼翼地塗掉了，完全看不清楚。在塗改過的句子下方，又寫了一小段解釋的文字：

「我意識到，你的看法也許無意中給我帶來了不公平的影響，因此我寫下了還能告訴你的這些事。我只想提醒你，我完全相信我所描述的這些超自然的事蹟。請記住這句話，並為我做出我自己不敢做的決定吧。」

要接受她的請求並不是一件困難的事。

從唯物主義的觀點出發，贊特太太無疑是看到了幻覺（由於神經系統受損所致），這病症確實是存在的，就和柏林的書商尼可萊的事件一樣[35]，只是她的智力並沒有受到影響。但她並沒有要求雷朋先生解決這種錯綜複雜的問題。她只是叫他讀完手稿，並要他說出自己對於這位敘事者的精神狀態做出評價；她對自己的懷疑，很有可能是來自於她先前的疾病——腦炎。

在這樣的狀況下，他就不難下結論了。這裡面所提到的回憶、它所做出的判斷、敘述中依序闡述的事件，在在都顯示出她的神智是完全在掌控之中的。

雷朋先生對於自己的結論感到十分滿意，他便轉而開始思考，從他所讀到的文字中所衍生出更嚴重的問題。

他的生活習慣與思考方式，使他沒有辦法與人爭論超自然現象是否真的存在。但剛讀到的驚人經歷，使他的腦子現在一團混亂，他只能產生某些感覺，卻沒辦法用理性的方式去思考並分析。根據他目前所產生的感覺，他只知道自己又更加擔心贊特太太的狀態了，對約翰·贊特先生的懷疑也變得更加強烈。儘管他平時是個較為優柔寡斷的人，但對於贊特太太的關注，使她和小叔在花園碰面後所發生的事引了起他的興趣，讓他決定立刻採取行動。半小時後，他便來到她的租屋處。他馬上被人請了進去。

第八章

贊特太太獨自一人待在光線昏暗的房間裡。

「希望你別介意燈光。」她說：「我的頭痛到好像腦炎又復發了一樣。喔，請別離開！在我經歷過的這些事後，你不知道獨自一人的感覺有多可怕。」

聽見她的聲音，他就知道她剛哭過。他試著讓這位可憐的女子安心，便告訴她讀完手稿之後自己所得到的結論。這番話的正面影響立刻就顯現了：她的表情亮了起來，她的舉止也變了；她想要聽他說更多。

「你對我還有別的印象嗎？」她問。

他理解她的暗示。他真誠地表示對她個人看法的尊重，並誠實告訴她，他還沒準備好和她討論超自然現象的存在與否。她接受了他回答的口氣，並明智且優雅地轉移了話題。

「我想和你談談我的小叔。」她說。「他告訴我你有去找他；我很想知道你對他有什麼看法。你喜歡約翰‧贊特先生嗎？」

雷朋先生猶豫著。

她的臉上又出現憂心忡忡的表情。「如果你對他的看法跟他對你的看法一樣友善，我去聖薩林的心情也許就會不那麼沈重了。」

雷朋先生想著她所寫到的超自然現象。「妳相信那個可怕的警告。」他說：「但妳卻還是要去你小叔家！」

她回答：「我相信的，是那個在人世時深愛著我的靈魂。我相信他在保護著我。除了趕走我內心的恐懼，並抱持著信心與希望繼續等待之外，我還能怎麼做呢？如果有個朋友能在一旁鼓勵我，這樣也許能加深我的決心。」她頓了頓，然後憂傷地微笑起來。「我也該知道，你理解我的方式，和我自己的方式並不相同。我早該告訴你，約翰・贊特先生對我的身體健康感到非常擔心。他說直到他放心之前，他都不會讓我離開他的視線。沒有人能改變他的看法。他說我的精神狀況十分不穩——誰能質疑這一點呢？他告訴我，我唯一好轉的機會就是換個環境，並好好休息——我又怎麼能反駁他？他提醒我，除了他之外，我沒有別的親戚了，除了他的屋子，我也無處可去——天知道，他說的也沒錯呀！」

她的最後這幾句話透露著陰鬱的挫敗氣息，這使得想要安慰她的好好先生感到很難過。他以老朋友般的口吻衝動地開口了。

「我想知道更多有關妳跟約翰・贊特先生之間的事。」他說。「而且我不只是單純好奇而已。妳相信我對妳是很真誠的吧？」

「完全相信。」

這個回答使他鼓起勇氣把該說的話說完。「當妳從昏迷中甦醒時，約翰・贊特先生一定有問妳問題吧？」

「他問我，在肯辛頓花園這麼靜謐的地方，是什麼事讓我昏倒的。」

「妳怎麼回答呢？」

「回答？我連看都不想看他呢！」

「所以妳什麼都沒說嗎？」

「什麼都沒說。我不知道他是怎麼看我的；他也許會很訝異，也許會覺得被冒犯吧。」

「他很容易生氣嗎？」「就我的經驗來說，不會。」

「妳是說在妳生病之前的經驗嗎？」

「是的。自從我病好之後，鄉下的病患使他沒有什麼時間來倫敦。在他為我租下這間公寓之後，我就沒有再見到他了。但他總是很體貼。他一直寫信來，拜託我不要認為他忽略我了，也告訴我（這是我丈夫以前就告訴過我的）他沒有存款，所以必須要工作養活自己。」

「妳丈夫還在世時，他們兄弟感情很好嗎？」

「一直都很好。我丈夫對約翰．贊特唯一的不滿，是他在我們結婚之後就很少來拜訪我們了。他身上是否有我們都沒察覺到的邪惡之處呢？也許吧——但這怎麼可能呢？超自然的力量雖然警告我他很危險，但我對他卻只有感謝呀！他總是對我很好。當我懷疑我丈夫的死因時，你不知道他花了多少力氣讓我的心平靜下來。」

「妳是說，妳懷疑他不是自然死亡的嗎？」

「喔，不！不！他是快速衰竭而亡的。但他的猝死讓醫生們都很意外。其中一位懷疑他是安眠藥不小心吃多了。另一個則否決這個可能性，不然家裡就會有人來驗屍的。喔，我不想聊這件事了！我們換個話題吧。告訴我，我們什麼時候會再見面呢？」

「我也不知道。妳和妳小叔什麼時候要離開倫敦？」

「明天。」她用著懇求的目光，可憐兮兮地看著雷朋先生；她怯怯地問：「你有帶你的小女兒一起去過海邊嗎？」

儘管她只敢暗示，但這句話正好命中了雷朋先生腦中湧起的一個點子。

由於他對於約翰．贊特有著強烈的偏見，她方才對自己的小叔所做出的評論，使他覺得這趟旅行對她來說太危險了；也因此，他並沒有即刻意識到那是他的偏見。倘若此刻有另一個人在現場，並且在事後告訴他：「這個男人在他哥哥還活著時，並不願意拜訪他的嫂子，是因為他懷有一個她天真的心靈所不能理解的秘密：他，也只有他，知道她丈夫的猝死是怎麼回事，他表面上是為她的健康擔心，實則只是想要把她誘騙進他的家中。」如果這可怕的結論是由別人加諸在雷朋先生身上，他也許還會義務性地反駁，認為他們不該對一位不在場的人有這樣不公正的誹謗思想。但那天晚上，當他與贊特太太告別時，他便決定給露西放一天假，到海邊渡假：而且他臉不紅氣不喘地告訴自己，這是作為孩子表現優異並認真學習的獎勵呢！

第九章

三天後，父女倆人在傍晚時分抵達了聖薩林。他們在車站與贊特太太會面。這位可憐的女子看到他們時，臉上的喜悅就像個孩子一樣。「喔，我真開心！太開心了！」當他們碰面時，她只說得出這句話。露西差點就被她的吻給淹沒，並收到了一個她這輩子從沒看過的高級洋娃娃當作禮物。贊特太太陪朋友們前往飯店的房間。露西一個抱著娃娃站在露台上看海，雷朋先生則得以和她私下說幾句話。

當贊特太太來到聖薩林不久後，她的小叔就動身前往倫敦了。一位有錢的病患請他去醫治他的腳。深知有錢病患的時間寶貴，管家預計他會在晚餐前回來。

至於他對於贊特太太的照料，不僅僅是像以往一樣無微不至，他幾乎是用強迫的方式，透過語言和舉止在表示對她的好感。他竭盡所能地對她示好。他告訴她，她的身體健康已經開始好轉了；他恭喜她終於決定來住在他家裡；而且（也許是為了要證明他的誠意）他一直不斷地握著她的手。「你覺得這是什麼意思呢？」她簡潔地問道。

雷朋先生沒有回答。他裝傻，然後轉而問起管家是怎麼樣的人。

「她很奇怪。」她說：「而且我開始懷疑她有點瘋瘋的。」

「她年紀很大了嗎？」

「不——她只是個中年婦女。今天早上，等到她主人離家之後，她居然還問我對我小叔有什麼看法！我盡可能用最冷淡的口氣說，我覺得他是個好人。她不喜歡我說話的口氣；所以她又得寸進尺了。『你覺得他會是年輕女生喜歡的類型嗎？』她後來又這樣問我，還這樣盯著我（我也許是想太多了，希望我是我想太多了），好像她所謂的『年輕女生』就是我！我說：『我沒想過這些事，也不想談這些事。』但她一點也不氣餒地說：『不好意思，但妳看起來的確蒼白得有點病懨懨的。』我覺得她很喜歡看我臉上的缺陷；我想這讓她對我的評價又更好了一點。『我們之後應該會越來越好的。』她說：『我開始喜歡妳了。』然後邊哼著曲調離開。你也認同我的看法吧？你不覺得她瘋了嗎？」

「還沒見到她之前，我實在不好下定論。你覺得她年輕時會是美人嗎？」

「不是我會喜歡的那種美人就是了！」

雷朋先生微笑起來。「我在想。」他說。「也許她奇怪的舉止是有原因的。她很可能只是嫉妒所有她主人所帶回家的年輕女子，而且（在她注意到你的膚色之前）她也開始嫉妒你了。」

贊特太太錯愕地看著雷朋先生，不懂她為何會成為管家嫉妒的對象。但在她能表達自己的意外之情之前，一個外在的打擾出現了，而且來得正是時候。一位侍者走進房間，宣布他們有位訪客，說是「一位紳士」。

贊特太太立刻起身準備離開。

「這位紳士是誰？」雷朋先生說，一邊留住贊特太太。

門外傳來一個愉快的聲音，是他們兩人都認得的：

「倫敦來的朋友囉。」

第十章

「歡迎來到聖薩林！」約翰．贊特先生喊道：「我就知道你會來，所以我就打算來旅館找找看。」他轉向自己的嫂子，並用浮誇得足以媲美古代騎士的動作吻了吻她的手。

「親愛的，我到家時，聽說妳出門了，就猜到妳是要來迎接我們的好朋友。我不在的時候，妳應該不會感到寂寞吧？那就好，那就好！」他轉頭看向陽台，看見露西站在打開的窗戶邊，正打量著這位華麗的陌生人。「雷朋先生，這是你的女兒嗎？親愛的孩子！來親一個。」

露西用兩個字清晰地回應：「不要。」

約翰．贊特先生沒有那麼容易放棄。

「讓我看看妳的娃娃，親愛的。」他說。「過來給我抱一下。」

露西用三個字清晰地回應：「我不要。」

她父親走到窗邊，給了她必要的責備。約翰．贊特先生以最寬容的態度為孩子求情。他舉起雙手，真誠地懇求道：「親愛的雷朋先生！最美麗的孩子有時候也是最害羞的；這位小仙女並不會在第一眼就信任陌生人。親愛的孩子，妳好呀！是什麼風把妳吹來聖薩林的呢？希望我們這裡少少的景點，能讓妳不虛此行。」

他以一種輕鬆自如的方式提出了討喜的小問題，否則直接問出來就顯得太失禮了。他警惕地看著雷朋先生，似乎正等待著答案。當他說：「是什麼風把妳吹來的？」其實是在說：「你們什麼時候要走？」因此，雷朋先生小心翼翼地回答，他們會看狀況決定。贊特先生自己的嫂子，而她正安靜地坐在角落，露西則坐在她膝上。「發揮一下妳的吸引力，讓我們的好朋友自在一些吧。」他說。「今晚和我們一起吃晚餐吧，親愛的先生，也帶上你的小仙女一起？」

露西對於這個稱讚的比喻一點也不領情。「我不是仙女。」她宣布。「我只是個小孩。」

「而且是個調皮的小孩。」她爸爸以最嚴厲的口氣補充道。

「沒辦法呀，爸爸；那個留落腮鬍的叔叔讓我覺得很麻煩。」

留著落腮鬍的男人被她直白的話語給逗樂了，他和藹地、如父親般地微笑著。他又重複了一次他們的晚餐邀請；當雷朋先生提出必要的理由拒絕時，他又露出自己最失望的表情。

「改天吧。」他說（但沒有具體說出是哪一天）。「我想你會喜歡我家的。我的管家也許點奇怪，但確實是一位萬中選一的女性。聖薩林的空氣是最負盛名的了。每個來到這裡的人都奇蹟般地被治癒了。你覺得贊特太太怎麼樣？她看上去如何？」

雷朋先生知道自己該說她看起來好多了。於是他就這麼說了。約翰・贊特先生似乎期待他給出更強烈的回應。

「好得多了！」他說道。「好得不得了！我們都該感激於心。我們的確十分感激。」

「感激我嗎？」雷朋先生說：「我不太懂——」

「你不懂嗎？你忘了你第一次拜訪我時的對話了嗎？你再看看贊特太太。」

雷朋先生照做；贊特太太的小叔自己解釋了起來。

「你看看她的臉色恢復紅潤，她的雙眼恢復光亮。不，親愛的，我不是在奉承你，我只是在陳述事實。為著這個原因，雷朋先生，我們都欠你一大人情。」

「不是吧？」

「當然是！就是因為你的建議，我才想到邀請我的嫂子來聖薩林的呀。啊，現在你終於想起來了。不好意思，讓我看個時間；我在注意晚餐時間。不是因為像你的小女兒以為的我很貪吃，而是因為我總是很守時，才不會對不起廚子。我們明天再見好嗎？明早打給我們，我們會在家的。」

他將手伸給贊特太太，鞠了個躬，露出微笑，並對露西拋了一個飛吻，然後離開房間。回想著他們在倫敦旅館的第一次見面，雷朋先生現在終於知道約翰．贊特先生為什麼當時要表現得那麼無助，好像必須得到他人建議的模樣了。如果贊特太太住在他的屋簷下時遭遇什麼不測，他就可以說，如果不是因為雷朋先生的建議，她是不會出現在這裡的。

隔天，他不得不去回應這個男人的拜訪。

雷朋先生現在有兩個選項。如果為了贊特太太好，他就得不顧自己意願和她的小叔保持良好關係，或者，他也可以回去倫敦，讓這位可憐的女子自生自滅。不用說，他的選擇只有一個。他打了電話過去，並盡他所能地讓自己在作客的這段時間中表現的平易近人。當他和贊特太太一起走下樓梯，準備離開時，他被大廳中的一位中年婦女嚇了一跳。她站在那裡的樣子，像是特意要引起他人注意似的。

「這位就是管家。」贊特太太說。「她很堅持要和你打個照面，簡直是太放肆了。」

「希望你喜歡我們的海景，先生。」她開口。「如果我能幫上你什麼忙，請儘管開口。這位小姐的朋友，都是我的主人，而你肯定是一位老朋友了。我只是一位管家，但我的確對贊特太太十分關心；我也很高興能見到你來訪。我們永遠也不知道自己什麼時候會需要朋友，對吧？我希望這樣說沒有冒犯到你。謝謝你，先生。早安。」

這位女人的眼中看不出來任何瘋狂的神色；她的唇色也不像是有藥物中毒的樣子。她這突如其來的言論是出自於某種他無法理解的動機。根據贊特太太告訴她的話，以及他自己的觀察，雷朋先生懷疑這位管家的動機，是出自於對自己主人的嫉妒。

第十一章

雷朋先生獨自在房中思索著，並決定最謹慎的做法，就是說服贊特太太離開聖薩林。隔天，當她來飯店準備帶露西去散步時，他便試著和她提起這個可能性。

「如果妳還是很後悔強迫自己接受妳小叔的邀請，別忘了妳是完全具有行為能力的女子。」他只能這麼說。「妳只需要來飯店找我，我就能帶你搭下一班回倫敦的火車離開。」

她肯定地拒絕了這個主意。

「如果我接受你的提議，那我就太忘恩負義了。」她說。「你覺得我會這麼不知感恩地讓你捲入與約翰．贊特的爭執中嗎？不！如果我不得不離開那間屋子，那我也會自己離開。」

他無法動搖她的決心。她和露西離開後，雷朋先生便獨自待在飯店裡，感到心神不寧。就算是更有經驗的男子，現在也無法決定怎麼做才是最好的。就在他還得不出個結論的時候，有人敲了敲他的房門。

是贊特太太回來了嗎？當門打開時，他抬起眼，卻意外地看見了約翰．贊特先生的管家。

「請不要驚慌，先生。」女人說道。「贊特太太在我們家門口昏倒了。我的主人正在照料她。」

「孩子呢？」雷朋先生問。

「我本來要帶她回來找你的，先生，但我們在飯店門口遇上一對母女。她們正要去海邊——露西小姐就拜託我讓她一起去。那位母親說兩個孩子可以當玩伴，並很確定你不會介意的。」

「確實。我希望贊特太太的狀況並不嚴重？」

「我想是的，先生。但我想為她說句話，好嗎？謝謝。」她朝他走近一步，並低聲說出下一句話：「把贊特太太帶走吧，越快越好。」

雷朋先生起了戒心。他只是問道：「為什麼？」

管家拐彎抹角地回應了——半是開玩笑、半是懇切地說：「當一個男人喪妻時，他該不該娶妻子的姊妹？我聽說這在國會中是可行的。等等！我快要說到重點了。我的主人是個足智多謀的人；他看事情的眼光遠超過像我這樣的人。在他的想像中，既然一個人娶自己妻子的姊妹是無傷大雅的，那為什麼一個男人不能以家庭為名，娶自己哥哥的寡婦呢？我的主人就是那樣的人。在她嫁給他之前，請把這位寡婦帶走。」

這真是太讓人難以忍受了。

「妳在侮辱贊特太太。」雷朋先生回答。「這是不可能的！」

「喔，你覺得我侮辱了她是嗎？聽我說。接下來可能的情況有三，她會被軟禁——或是被恐嚇——或是被下藥——」

雷朋先生義憤填膺地不讓她繼續說下去。

「妳在胡說八道。」他說。「不會有人要結婚的；法律不容許這種事發生。」

「你目光真的有那麼短淺嗎？」她傲慢地說。「他只要拿錢出來，法律不就轉彎了嗎？當他買下那只結婚證書時，他又不需要提到自己是她的親戚。」她頓了頓；她的口氣變了，惱怒地跺著腳。她接下來說的話便讓她的動機昭然若揭了，並且是雷朋先生並不真的想聽到的話。「如果你不阻止她。」她脫口而出。「那就讓我阻止吧！他如果要結婚，那也是娶我！你會把她帶走嗎？我問你最後一次——你會把她帶走嗎？」

她說最後一句話的口吻終於產生了她想要的效果。

「我會和妳一起回約翰．贊特的家。」他說。「然後我自己做判斷。」

她伸手按住他的手臂：

「我得先走——不然你進不去那間屋子的。五分鐘之後，跟我來；不要敲一樓的大門。」

就在她要離開時，她又倏地轉身。

「我們忘了一件事。」她說。「我的主人有可能會拒絕見你。他也許會情緒失控；他也許會讓場面難看得使你不得不離開。」

「我也有可能會生氣。」雷朋先生回答：「而且，為了贊特太太，我也許會堅持要她跟我一起走我才離開。」

「這樣行不通的，先生。」

「為什麼？」

「因為這樣遭殃的會是我。」

「怎麼說？」

「是我讓你上樓的，如果你和我的主人起了衝突，那麼這就是我的錯了。再說，請想想那位小姐。如果你們兩人衝突起來，也許會嚇壞她的。」

這些話聽起來有些誇張；但她的最後一句話使得雷朋先生不得不多加考慮。

「而且，話說回來。」管家繼續說。「就她的事而言，他比你有立場說話得多了。他是她的親戚，而你只是個朋友。」

雷朋先生拒絕讓自己受到這句話的影響。「約翰・贊特先生和她只是姻親關係。」他說。「如果她選擇相信我，那無論如何，我都不會辜負她的信任。」

管家搖搖頭。

「那只會引起另一波衝突。」她回答。「面對我主人這類的人，越和平的方法就是越聰明的辦法。我們要想辦法騙過他。」

「我不喜歡說謊。」

「如果是這樣，那我只好跟你說再見了。我們就讓贊特太太自生自滅吧。」

雷朋先生有點失去理智了。他堅決拒絕接受這第二個可能性。

「你願意聽我把話說完嗎？」管家問。

「這樣是沒什麼損失。」他承認道。「妳繼續說吧。」

她照著他說的做了。

「你來拜訪的時候。」她說。「你有注意到一樓的走廊上那些房門嗎？很好。其中一間是通往畫室的門，另一間則是通往書房。你還記得畫室嗎，先生？」

「我記得那是一間很大、採光很好的房間。」雷朋先生說。「我有注意到牆上有一個門廊，上面掛著美麗的壁毯。」

「這樣就夠了。」管家說。「如果你當時有看過的話，毯子的另一邊，就是書房。假設我的主人和往常一樣有禮，他就會找個藉口推託，不想見你，因為不方便。而你也表現得溫文有禮，並從畫室的門離開。你就會在一樓和我碰頭。這樣可以想像嗎？」

「我覺得有點困難。」

「你真的讓我很意外，先生。這樣我們就能穿過走廊上的門，偷偷潛回書房裡。我們就能用這第二條路來探知畫室裡發生的事。躲在門簾後面，如果他對贊特太太動粗，你也能立刻看見，或是聽見她求助。無論如何，你也許都會因現場發生的事而和我的主人產生肢體衝突；但這樣嚇到她的人就是他，而不是你。而雷朋先生盡力保護一位無助的女士，誰又能責怪我這位可憐的管家呢？這就是我的計畫，先生。你覺得值得一試嗎？」

他有些激動地回答：「我不喜歡。」

管家再度打開門，和他道別。

如果雷朋先生對贊特太太的在意程度僅止於此，他就會讓管家走了。但他阻止了她；又經過一番抗議（雖然最後證實無效）後，他終於妥協了。

「你答應會照著我的指示做嗎？」她要求道。

他答應了。她露出微笑，點點頭，然後離開。他照著指示，在五分鐘後跟著離開飯店。

第十二章

一樓的大門微微開啟著，管家正等著他。

「他們都在畫室裡。」她低聲說著，一邊領著他上樓。「腳步放輕，讓他猝不及防。」

一張橢圓形的桌子擺在畫室中間。桌子靠近窗戶的那一側，贊特太太正在房間邊緣來回踱步著。桌子的另一側，則坐著約翰．贊特。看見雷朋先生時，他驚訝得露出了本性。他跳了起來，並對著這突來的闖入者咒罵出聲。

但雷朋先生並不在意他的舉動與話語，他眼中除了贊特太太，看不見其他事物。她仍緩緩踱步著，對於他向她投擲的那些同情的話語充耳不聞，甚至像是沒注意到房裡出現了第三者。

約翰．贊特的聲音打破了沈默。他再次控制回自己的脾氣，他還有必要與雷朋先生保持友善的關係。

「很抱歉，我有點失態了。」他說。

雷朋先生的注意力完全只落在贊特太太身上，完全沒注意到對方的道歉。「這是什麼時候發生的事？」他問。「大約十五分鐘前。我剛好在家。她沒有和我說、也沒有注意到我，就像是在夢遊般走到二樓來了。」

雷朋先生突然指向贊特太太。「你看她！」他說。「她有些變化！」

她坐立不安的舉止突然停了下來。她站在桌子的另一端，靠近窗戶的位置，在那一刻，窗外的陽光全灑在她臉上。她的雙眼直直盯著前方，完全沒有任何表情，嘴唇微張、頭微微傾向肩膀，像是在聆聽或等待著什麼。在溫暖燦爛的光線之下，她站在兩個男人的面前，雖是活物，卻像是獨自站在一個死寂的靜止空間裡一般。

約翰．贊特對於這個狀態早已有了定見。

「精神病發作了。」他說。「如你所見，這是某種僵直性昏厥的症狀。」

「你去請醫生了嗎？」

「不需要醫生。」

「不好意思，現在的狀況，醫學的介入應該是最必要的東西了。」

「請你記住一件事。」約翰．贊特先生回答。「決定權是在我，因為我是這位女士的親戚。你的來訪讓我覺得很榮幸，但這時機點實在很糟糕。原諒我現在不得不先請你離開了。」

雷朋先生並沒有忘記管家的建議，也沒有忘記自己的承諾。但約翰．贊特先生的表情卻在考驗他的自制力。他猶豫著，然後再度望向贊特太太。

如果他堅持留在這裡而引起衝突，那麼最後他可能就得強行將她帶走。若是強硬地將她從出神的狀態中拉回現實，他很怕這樣會對她帶來可怕的後果，這使他不得不順從。於是他退出了房間。

管家就在樓下等著他。當畫室的門再度關上後，她便示意他跟著，再度回到樓上。經過一番掙扎後，他照做了。他們從走廊上進入書房，躲在通往畫室的那道門廊後方。他們在布簾後方調整觀察的角度，不引人注意仔細看著另個房間所發生的事。

當雷朋先生再度看見約翰・贊特時，他正朝著贊特太太走去。

下一刻，在他完全走近她之前，她動了。她僵直的身子開始顫抖。她抬起低垂的頭。有那麼一瞬間，她像是有點畏縮——好像有人碰了她，她似乎認得那個碰觸，她又靜了下來。

約翰・贊特看見了她的改變。他認為那是代表她開始恢復神智了。於是他試著和她說話。

「我的愛人，我的天使，來到我的身邊，讓我寵愛妳吧！」

他再度向前走，走進照耀在她身上的陽光之中。

「醒過來吧！」他說。

她仍然保持著相同的姿勢；顯然她看不見也聽不見他。

「醒過來吧！」他重複道。「親愛的，來到我的身邊！」

就在他試著擁抱她的那一刻——就在雷朋先生衝進房間裡的那一刻，約翰・贊特的手突然僵住了，直直地伸出去。他驚聲尖叫，掙扎地試著把手抽回。在陽光的明亮照耀之下，好像有一雙看不見的手抓住了他。

「這是怎麼回事？」這惡棍尖叫著。「誰抓著我的手？喔，好冷！好冷！」

他的五官變得扭曲，翻著白眼，直到眼窩裡只剩下白眼球的顏色。他向後倒去，碰撞的聲音震動了整個房間。

管家跑了進來。她跪在主人身邊，一手解開他的領結。然後她用另一隻手指向桌子的尾端。

贊特太太仍站在原處；但又有什麼改變了。她的眼神逐漸恢復了自然的生命力，然後緩緩閉了起來。她踉蹌地向後倒去，舉起雙手在空中摸索，像是要抓住什麼能夠支撐住她的東西。雷朋先生趕到她身邊，在她摔倒之前用雙臂接住了她，一把抱起，帶她離開房間。

一名女僕在走廊上看見了他們。他差她去叫一輛馬車。十五分鐘後，贊特太太便安全地來到他的飯店房間。

第十三章

當晚，贊特太太就收到了一張來自管家的字條。

「醫生也不抱太大的希望。中風的癱瘓狀況一路蔓延到他的臉了。如果他僥倖活下來了，他也無法自理。我會照顧他直到最後。至於妳——就忘了他吧。」

贊特太太將紙條遞給雷朋先生。

「讀完之後就把它毀了吧。」她說。「她的寫法完全忽略了可怕的事實。」

他照做了，然後靜靜地看著她，等她繼續說下去。她用手摀住臉。她經過一番掙扎之後，才緩緩地說了接下來幾個字。

她說：「抓住約翰・贊特的並不是凡人。那個守護靈就在我身邊。它答應要保護我的。我知道的。我真希望我什麼都不知道。」

說完後，她便站起身準備離開。他為她打開房門，知道她需要自己的房間好好休息。恢復獨處之後，他便開始思考自己未來的日子。他要怎麼看待這位女子呢？她是受到疾病摧殘、陷入精神錯亂的可憐人？或是經歷了超自然現象的人——和他以往聽見、或在書上看見的經歷都大不相同？他發現自己拒絕以同情的角度看待她，並對她的信仰產生了一種更加高貴的信念，使他第一次意識到她在他心中的地位，與其他女性完全不同。

第十四章

隔天，他們便離開了聖薩林。

旅程來到終點時，露西緊緊握著贊特太太的手。淚水在孩子的眼中打轉。

「我們要和她說再見了嗎？」她傷心地問爸爸。

他不太信任自己的回答；他只說：

「親愛的，你自己問她吧。」

但她的回答不證自明了。露西又快樂了起來。

34 這個地點是虛構的，而且天主教中也沒有「聖薩林」這個人物。

35 弗里德里希．尼可萊（Friedrich Nicolai，一七三三年至一八一一年）是一位著名的德國作家和出版商，他在一七九一年遭受疾病困擾，使他有八週的時間產生了鬼怪的幻覺。尼可萊相信自己的錯覺是高血壓造成的，因此他在臀部吸上水蛭來治療自己（這是當時常見的醫療行為）。他在文學上的競爭對手歌德在他的經典《浮士德》中借用了這個橋段，創造了一個叫做「Proktophantasmist」的人物，並讓浮士德在沃爾普吉斯納特（四月三十日）的革命中遇見了他。

卡柯薩的住民

An Inhabitant of Carcosa

安布羅斯·比爾斯

安布羅斯·比爾斯（西元一八四二年至一九一四年？）是一位美國記者與短篇小說家。評論家麥可·迪達將比爾斯的恐怖小說與愛倫·坡和H·P·洛夫克拉夫的作品評為同一個等級，洛夫克拉夫本人也極端推崇比爾斯的創作，說他的故事「殘酷而野蠻」。比爾斯最著名的短篇小說《鷹溪橋上》，將他本人參與南北戰爭時的經驗作為故事背景，是最常被選入文選集之中的美國小說之一。在一九一三年十二月時，他前往墨西哥，參與墨西哥革命戰爭，從此消失，因此被世人認定死亡。由於他在世時的機智與謎樣的死亡，使比爾斯成為一個常見的角色，出現在超過五十篇小說中。接下來的故事受到怪奇小說讀者的愛戴，首先刊登在一八八六年十二月二十五日的《舊金山新聞報》中。

死亡有許多種形式。有些狀況下，軀體會留存；但有些時候，它會隨著靈魂一同消散。

這種狀況極少發生（也許是神的旨意），也由於無人知道這樣的身體終歸何處，我們便說這人消失了，或說他踏上了遠行——這也確實是事實；但有些時候，它又會發生在眾目睽睽之下，得到眾人的見證。有一種死亡是連靈魂也一起死去了，這是發生在身體活躍了許多年的情況下。有時候，經過真正的試驗後，靈魂會隨著身體死亡，但經過一段時間後，它便會從腐敗的肉體再度甦醒過來。

思索著哈里（願神使他安息）所說的這些話[36]其中真正的含義，我懷疑這其中也許還有些暗示，但也許和我所想像的不盡相同。我一直沒有意識到自己已經走偏了路，直到一陣突然的冷風吹過，才讓我驚覺自己身處何方。我驚愕地四下張望，發現一切都是如此陌生。我四周都是一片荒蕪的平原，覆蓋著長得過高的乾枯雜草，在秋風的吹拂與不知從何而來的騷動之下沙沙作響。矗立在草原上，許多形狀怪異、顏色黯淡的石頭以長長的間隔排列著，彼此像是有靈性般使著眼色、互相理解，彷彿它們正轉頭期待著某個即將發生的事件降臨。幾棵光禿的樹四散在草原上，像是這起陰謀不懷好意的領導者。

儘管我看不見太陽的位置，我想現在時間肯定不早了；雖然我感覺到空氣冰涼冷洌，但這樣的感覺似乎更像是在我的腦中，而不是實際的體感，因我並沒有感到不適。在這一切令人不舒服的場景之上懸掛著低垂的鉛灰色雲朵，像是肉眼可見的詛咒。這一切都帶著一股邪惡的不祥之兆——一絲惡魔的氣息，一股厄運的暗示。沒有禽鳥、野獸或鳴蟲。風在光禿的樹枝之間嘆息，灰色的草葉低垂著頭，向土地傾訴它們邪惡的秘密；除此之外，再沒有其他聲音或動靜來打破這不祥之地的靜默。

我觀察著草原上幾顆飽經風霜的石頭，它們都像是被人精心雕刻過的。石頭已經破碎，覆蓋著青苔，並半埋在泥土裡。有些平躺在地上，有些則以奇怪的角度傾斜著，沒有一顆是直立的。顯然它們曾經是墓碑，但墳墓的土堆和憂傷的氣氛已經不復存在；歲月早已將這一切都撫平。四周還有幾座較大的墓地，更輝煌的墳塚與更雄偉的紀念碑曾一度在此地藐視其他死者。但這些文物、這些虛榮的印記與溫情的紀念，顯得如此古老、如此破舊與骯髒，被人遺忘與拋棄，我甚至懷疑自己是踏入了某種早已滅絕的史前人類的墳場。

我腦中充斥著這些思緒，使我一度遺忘了自己的經歷，但我很快地自問：「我是怎麼來到這裡的？」片刻的思索，答案呼之欲出，只是它令我十分不安，而我的幻覺異常之處早已影響了我所見與所聽聞的事物。我生病了。我記得我被一陣奇怪的疾病所擊垮，而我的家人告訴我，在我夢囈的過程中，我不斷呼喊著自由與空氣，他們只好將我綁在床上，防止我奪門而出。現在我避開了僕役們的監視，並跑來了這裡——這裡是哪裡？顯然我早已遠離了我所居住的城市——那座著名的老城卡柯薩[37]。

這裡看不見人影，也聽不見人聲；沒有炊煙、沒有看門犬的叫聲，沒有牛隻的低哞，也沒有孩子們玩樂的呼叫，這裡只有一片令人不安的墳地，圍繞著詭異之氣，這一切都多虧了我錯亂的大腦。沒有他人的幫助，我是否又開始產生幻覺了呢？這一切是否都是我的瘋狂所導致的？我開口喊著我的妻子們與兒子們的名字，伸出手想碰觸他們，儘管我四周只有破碎的石塊與枯萎的雜草。

我身後傳來一個聲響，促使我轉過身。一隻野生動物——山貓——正朝我走來。我突然意識到，如果我在這片荒原中崩潰，如果我的熱症再度發作倒下了，那麼這頭野獸就會撕裂我的喉嚨。我大叫朝牠一跳，牠靜靜地從距離我一個手掌的位置漫步走開，躲到一塊石頭後面去了。

不久之後，不遠處的地面冒出一個男人的頭。他正從那裡的一座緩坡走上來，那樣的凹陷從平地的角度是看不太出來的。他的形體很快就完整出現在我眼前，背景是一片灰暗的雲霧。他的身體半裸、半覆蓋著各種獸皮。他的頭髮一團雜亂，鬍鬚又長又邋遢。他一手拿著一把弓和一支箭；另一手拿著一支火炬，正冒著濃濃的黑煙。他警戒地踩著緩慢的步伐，像是深怕自己掉進被雜草遮蔽的墓穴裡。這個奇異的幻影有點意外看見我，卻不戒備，我繞著路行走，一邊觀察他，直到我與他幾乎是直接面對面，並對他行了熟悉的招呼禮。「願神祝福你。」

他好像沒有聽到，也沒有停下腳步。

「善良的陌生人啊。」我繼續說。「我生病了，而且迷了路。求你指引我回到卡柯薩的路。」

男子張嘴以陌生的語言吟唱起來，繼續往前走，離開了我。

一棵腐朽的樹上，貓頭鷹發出了令人不安的啼叫，遠處的同伴也應和起來。我抬頭，在雲朵的縫隙之間，竟看見了畢宿五和畢宿星團[38]！四周有了夜的氛圍——山貓、拿著火炬的男人、以及貓頭鷹的存在都是證明。但我看見了——我看到了星星，四周卻不見黑暗。我看得見景色，卻似乎沒有人看得見或聽得見我。我是中了何等可怕的魔咒？

我坐在一棵大樹的樹根旁，認真思考該怎麼做比較好。我已經瘋了，這點毫無疑問，但我卻找不出證據。我沒有發燒的感覺。我身上帶著一股亢奮與躁動的情緒，精神與肉體都感到欣喜不已。我的感官似乎十分警醒，空氣在我四周，就像是有形體的東西，我可以聽見四周的寂靜。

我靠著的這棵大樹下，其中一根粗大的樹根纏著一塊石片，從另一根樹根所形成的凹陷處突了出來。這塊石頭雖然被破壞得很厲害，但仍有一部分不受風霜侵蝕。它的邊緣被磨得圓滑，稜角被磨蝕掉，但表面的紋路仍十分深刻。閃亮的雲母碎片四散在它四周的土壤之中，是它分解後的殘骸。這棵樹下方顯然是這塊石頭久遠之前所代表的墓地。只是大樹生長的樹根霸佔了墳墓，並把墓碑囚禁在樹根之間。

一陣突如其來的風將石頭上的枯枝敗葉吹開；我看見了上頭的刻字，便低下頭去讀。我的老天！那是我的全名！我的生日！還有我的忌日！

我驚恐地跳了起來，此時，一陣亮光照耀在樹上。陽光正從玫瑰色的東方升起。我站在樹幹與紅通通的太陽之間——樹幹上卻沒有影子！

此起彼落的狼嚎向黎明致敬著。我看見牠們蹲坐在地上，或群聚或落單，盤踞著高高低低的土丘與墳塚，充斥著我眼前所見的荒原景色，並朝地平線延伸而去。然後我突然懂了，那就是著名的古城卡柯薩的遺跡。

以上是何賽伯・阿拉爾・羅巴丁[39]的靈魂告訴靈媒貝羅斯[40]的故事。

36 根據馬可・法蘭斯考斯基的研究，哈里的名字是出自於幾個阿拉伯學者、神祕主義者和煉金術士，包括哈立德・伊本・亞茲德・伊本・穆阿維耶。它也是麥加東南部的一個小鎮的名字。羅伯特・錢伯斯在他的開創性著作《黃衣之王》（一八九五年）中將其轉變為一座虛構城市——哈斯圖爾市——附近的一座湖泊，而H・P・洛夫克拉夫在他的故事《黑暗中的低語者》中，也有提到這個湖泊。

37 這是一座虛構的城市，也許是衍伸自中世紀的一座小城——卡卡城，在羅馬時代被人稱為卡柯薩。這座城在西元七二〇年至七五九年時受到阿拉伯人的統治。羅伯特·錢伯斯借用了這個地名，並在他的故事〈黃衣之王〉中將卡柯薩城放在哈里湖岸邊。這些虛構的地名便被後世其他仰慕他的作家沿用了。

38 畢宿星團是金牛座中肉眼可見的星團。畢宿星團是亞特拉斯與雅蘿的女兒，也是昴宿星團的姊妹。畢宿五（英文名為Aldebaran，原意是跟隨者）是一棵橘色的巨大星星，也稱為金牛座Alpha，和畢宿星團位於同一個星座中，距離也很近。原本「畢宿五」這一名稱是給整團畢宿星團的，但其實畢宿五比畢宿星團近得多，也只是和後者在同一視野範圍中而已。

39 這其實不是一個真正的阿拉伯名字。

40 靈媒貝羅斯也有出現在比爾斯的另一篇故事《月光下的小路》中。

最後的鄉紳

The Last of Squire Ennismore

夏洛蒂·里德（J·H·女士）

夏洛蒂·里德（西元一八三二年至一九〇六年）是一位多產的愛爾蘭小說家與短篇故事家。她也是從倫敦發跡的重要文學期刊《聖詹姆斯雜誌》的共同經營者。雖然她寫了超過五十本書，不過超自然的主題是出現在幾篇更值得探討的小說裡——尤其是《仙女之水》（*Fairy Water*）、《空屋》（*The Uninhabited House*）、《鬼河》（*The Haunted River*）、《耶利米·雷德伍先生失蹤記》（*The Disappearance of Mr. Jeremiah Redworth*）與《修女的詛咒》（*The Nun'sCurse*）——里德也寫了許多篇短篇鬼故事，例如《敞開之門》（*The Open Door*）與《堅果叢農場》（*Nut Bush Farm*）。接下來所選的故事，首次出現在她一八八七年的選集《閒談故事》中。

「這是我親眼所見的嗎？不，先生，不是的；我的父親也從未見過；他的父親也從未親眼見證，而他是菲爾・雷根，就和我一樣。但這一切，都是真的；就像你現在正親眼看著這一切事情發生的地點一樣，真實無虞。我的曾祖父（直到九十八歲才去世）總是不斷不斷地告訴我們，他是如何夜復一夜地看見那位陌生人，在大部分的殘骸被沖上岸的沙地上一程又一程地走著。」

「那麼，那棟老房子是蓋在那片歐洲赤松的後面嗎？」

「是的；那棟房子原本是很美的。我父親說他在孩提時期聽過太多關於那間屋子的事，使他覺得自己好像知道那裡面每一間房的格局，但那間屋子早在他出生前就已經坍塌成瓦礫堆了。在鄉紳[41]離去後，他的家人就再也沒有住在那裡過了。沒有人能在那幢房屋裡住下去。那裡會一直傳出奇怪的聲響，像是有東西從樓梯的最上方被扔到大廳；也有像是一百人在乾杯、或同時開始說話的噪音。除此之外，木桶也像是自己在地窖裡滾動著[42]；還有尖叫、低嚎與笑聲，足以讓你的血液都凝結。別人說地窖裡藏有黃金；但沒有人真的動手去找。孩子們不會來這裡玩耍；在後面的農地耕作的男人每當天色轉暗，他們說什麼也不願意在那裡逗留。當夜晚降臨，海浪爬上沙地，總有人說他們在沙灘上看見奇怪的東西。」

「但他們到底認為自己看見了什麼？我拜託旅館老闆把故事完整講給我聽，他卻說他記不得了；不論如何，這整個故事都荒謬至極，是用來娛樂陌生人的吧。」

「但他自己何嘗又不是個陌生人呢？他又怎麼會知道恩尼摩爾一家真實的模樣？他們全都是上流社會的人，每一個人都是——都是老地主了；至於他們的邪惡程度，你翻遍全愛爾蘭，再也找不出能與他們相提並論的。但確實，如果萊里沒辦法告訴你這個故事，我可以；我已經告訴你，我自己的家人也涉入其中。所以，如果你願意在那海岸邊稍事休息，我就放下我的魚簍，將鄉紳恩尼摩爾一家人離開愛德溫薩[43]的來龍去脈告訴你。」

這是六月上旬一個美好的日子。這位英國人在低矮的沙丘上找了個位置坐下，並帶著無法言喻的感覺望著愛德溫薩海灣。在他的左邊是紫色峽灣；在他的右邊，則有很多消波塊，一路延伸進入大西洋，直到消失在視線之外。他的前方是愛德溫薩灣，碧綠的海水在夏日的陽光下熠熠生輝，水中散佈著岩石，海浪一波波地打在上頭，形成白色的碎浪。

「你看見海流的方式了嗎，先生？如果你不熟悉這個海岸，那麼任何時候在這裡玩水、或是在漲潮時在這裡散步，都是非常危險的。看看海浪打上岸的樣子，就像是一匹賽馬衝向終點線那樣。那條細長的沙洲會在你回過神來之前，一口氣將海浪漲到你的腰部。所以我才敢貿然和你說話；因為讓這片海灣惡名昭彰的，可不只是地主恩尼摩爾而已。但這個故事確實和他有關，也和我剛才提起的老屋有關。我曾祖父說，最後一個試著住在那裡面的活人，名叫莫莉．利里；她無依無靠，以乞討為生，晚上就睡在一座她自己搭建的帆布棚下。當有人跟她說，她可以進屋子稍作休息；那裡有煤炭和木材，還告訴她，冬天她能拿到半克朗、復活節時還會拿到一個幾尼，只要那間屋子會準備好讓那家人來度假，而莫莉立刻就相信了。他的太太給了莫莉一些溫暖的衣服和幾條毯子；她就準備好動身了。

「想當然，她選的睡房絕不是最破舊的一間；有那麼一小段時間，一切都風平浪靜；直到有一晚，她覺得床好像被人從四個角抬了起來像毯子般甩動，讓她從睡夢中驚醒。那是一張很重的四柱大床，還有堅固的頂棚，而她似乎是被嚇瘋了，就算那是一艘在峽灣裡的小船，也不會晃得這麼嚴重，然後突然間，床又被用力拋回地上，力道大得讓她的心都要從嘴裡跳出來。

「但她說，那都比不上恐怖的尖叫與笑聲，以及充斥整個屋內的窸窣聲響和腳步聲。就算有一百個人在走廊和樓梯上狂奔，也不會製造出更大的噪音了。

「莫莉後來再也沒有辦法說明自己是如何離開那個地方的；但一個從巴利可倫市集回家的男人看見這個可憐的女人縮在一叢荊棘下，身上幾乎一絲不掛——我就不說細節了。她發著高燒，說著奇怪的話，而且從此以後再也沒有恢復神智。」

「但這一切是怎麼發生的？這間屋子一開始是怎麼傳出鬧鬼的名聲的？」

「就在老鄉紳離開之後：我的目的就是要和你說這個。他直到年老之後才搬來這裡長住。這時候他大約七十歲；但他還是坐得比誰都挺直，也和年輕人一樣喜歡東奔西跑；他可以喝一整屋的酒，然後在大半夜的時候旁若無人地爬上床睡覺。

「他是個很糟糕的人，吃喝嫖賭樣樣都來，從年輕時就把這些罪行當成日常生活所需。但最後他在倫敦幹了一件壞事，壞得不能再壞了，因此他決定搬回老家，至少這裡不像英國那邊，沒有多少人知道他幹了什麼。聽說他打算讓自己長生不老；因此他幫自己弄來了一些秘藥，好讓自己保持健康。不論如何，他身上的確有些怪異之處。

「他能和年輕人搏鬥；他很強壯，臉上閃爍著健康的光芒；他的雙眼如鷹般銳利；他的聲音也毫不沙啞——他都已經快要七十歲了呢！

「最後的最後，時間來到他七十歲前的三月——是這個地區經歷過最糟糕的一次三月時分。這裡下著冰雹、暴雨、暴雪，是這裡人所未聞的；在一個狂風暴雨的晚上，一艘外國船隻撞上了紫色峽灣，並碎成了千萬片。人們說風聲將那些人臨死前的哭嚎吹送得很遠；沙灘上全是破碎、大大小小的屍塊，從年幼的行李男孩到壯碩的水手，無一倖免。

「沒有人知道他們是誰、或是從哪裡來的，但有些人的屍體上有著十字架和念珠之類的物品，因此牧師說他們是他的同胞，他們便全都被埋葬在教會的墓園裡。

「沒有什麼有價值的物品被沖上岸。大部分都沈沒在海峽裡了；但的確有一樣東西沖上了岸——八十加侖的白蘭地。

「那位老鄉紳將白蘭地據為己有；他有權接收任何落在他土地上的物件，而他擁有這一整片海灣，從海峽那裡一直到那邊的消波塊。每一寸都是，所以他就收下了白蘭地；而他惹起一陣民怨，因為他什麼也沒分給他的僕人，連一杯威士忌都沒有。

「嗯，長話短說，那是世人從沒嚐過的美酒。各方貴族不遠千里而來只為取得一瓢飲，他們賭博縱慾，夜夜笙歌，一連持續了好幾週。願神原諒他們的靈魂，就連在週日也是！官員們會從巴利可倫趕來，一杯接著一杯暢飲調酒，直到週一早晨。

「但突然間，人們再也不來了，有傳言說，這酒並不像他們所期待的。沒有人說得出酒哪裡不對勁，但人們說，這些人發現這酒並不適合他們。

「首先，他們喝過之後，就開始快速輸錢了。

「沒有人敵得過老地主的運氣，有人便暗示應該將那酒桶拖到外海，沉入水中。

「直到四月底，天氣開始變得緩和且溫暖，開始有人注意到有個陌生人會在半夜時分在岸邊行走。他是個黑人，和埋葬在教堂墓園中的水手一樣，耳朵上戴著耳環，戴著奇怪的帽子，舉止怪異，腳步也蹣跚得令人忍不住多看幾眼。很多人試著和他說話，但他只會搖頭回應；所以，無人知道他來自何處、也不知道他的目的，他們就認定他只是不幸喪生在海峽裡的可憐靈魂，想要找個落腳之處罷了。

「牧師試著要和他溝通。『你想要基督教的喪禮嗎？』他問道；但那人只是搖著頭。

「『你有話想要和自己的妻兒說嗎？』但這也不是他想要的。

「『或是因為你犯的罪，致使你不得不這樣行走呢？若舉辦一場彌撒，能讓你安息嗎？還是你是異教徒？』牧師問：『所以你聽到彌撒就搖頭，因為你是個基督徒？』

「『也許他聽不懂英文，牧師。』其中一位在場的官員說。『試試看拉丁文吧。』

「說到做到，牧師開始說起一連串的奇言怪語，那個人便拔腿就跑了。

「『他是個惡靈。』疲憊的牧師停下來後解釋道：『我已經把它驅離了。』

「但隔一晚，那位先生又回來了，一如往常地對一切都漠不關心。

「『就讓他留在這裡吧。』牧師說。『我腰痠背痛，四肢痠疼——我從來沒有站在那裡對人大吼大叫過；我也不覺得他有聽懂我說的任何一句話。』

「這個狀況持續了好一陣子，而人們害怕那個人、或是那個人的形象，所以他們再也不願意靠近這片海灘；直到最後，向來對這些事嗤之以鼻的恩尼摩爾先生，終於決定親自下來海灘一看。

「他也許是感到有點寂寞吧，因為就像我先前告訴你的，人們再也不來拜訪他，他也沒有喝酒的對象了。

「於是他勇往直前，有幾個人跟著他去了。當那人看見鄉紳時，他便以異國的手勢脫下了他的帽子。鄉紳也不希望自己失禮，便揚了揚自己的帽子。

「『我的目的。』他大聲說道，試著讓對方理解。『是要看看你在找什麼，或是我能夠提供什麼幫助。』」

「那人像是十分喜愛鄉紳般直看著他，並再度脫下自己的帽子。

「『你是在想那艘撞毀的船嗎？』

「對方沒有回答，只是哀傷地搖了搖頭。

「『好吧，你知道，你的船也不在我手上。它幾個月前就變成碎片了；至於那些水手們，全都安穩地睡在墓地之下了。』

「男人站在那裡，帶著一抹奇怪的微笑看著鄉紳。

「『你想要什麼？』恩尼摩爾先生有些激動地說。『如果你想要的東西跟著船一起沉了，那你應該要去和海峽討，而不是在這裡找——除非你在找的是那桶白蘭地！』

「鄉紳已經用英文與法文和他溝通過，現在講的則是一種你或許會覺得無人能聽懂的語言；但老天，對那個人而言，這似乎再自然也不過。

「『喔！那就是你想要的，對吧？』鄉紳說。『你為什麼不早說呢？我沒辦法把白蘭地還你，因為整桶已經快要喝光了；但你跟我來吧，你可以好好喝一杯調酒。』接著他們就一起往屋子裡去，就像一般社交一樣，說著沒有人聽得懂的方言，讓聽到的人都頭痛了起來。

「那是他們初次見面的夜晚，但可不是最後一晚。這個人肯定是個很會做人的人，因為鄉紳和他相處怎麼樣都不會膩。每天晚上，他都會朝老屋走去，身穿一樣的衣服，帶著一樣的微笑與禮貌，鄉紳便會準備白蘭地和熱水，他們就會一路喝酒打牌，說說笑笑，直到天明。

「這個狀態持續了好幾個星期，沒有人知道這男人打哪裡來、又去了哪裡；老管家只知道兩件事——酒桶幾乎要喝空了，而鄉紳的身體正日漸消瘦；她感到很不舒服，便去求助牧師，但他卻給不了她任何幫助。

「她很擔心，便開始在餐廳的門外偷聽；但他們總是用著異鄉的方言說話，不論他們是在聊天或咒罵，她都聽不出來。

「七月的一個夜晚，終於來到了這一切的終點——也就是鄉紳生日的那個晚上，白蘭地一滴也不剩了，連讓一隻蒼蠅喝醉的量都不夠。他們把整桶喝得乾乾淨淨，而老管家顫抖地等待著，每分鐘都在預期鈴聲響起、向她討要更多的白蘭地，她該去哪裡找更多給他們呢？

「最後，鄉紳和那個人一起走出了大廳。那天是滿月，夜晚和白天一樣光亮。

「『今天晚上我要和你一起回家。』鄉紳說。

「『是嗎？』對方問。

「『當然了。』鄉紳說。

「『這是你自己的選擇喔。』

「『是的，這是我的選擇。我們走吧。』

「於是他們一起離開。管家跑上中央的樓梯，從窗邊看著他們兩人走的路。她的姪女也住在屋子裡當女僕，便一起看著他們；一會之後，男管家也來了。他們都看向這裡，看著他們的主人走在那個陌生人身邊，踩在這片沙灘上。他們看著兩人一直走、一直走、一直走，直到海水漫過他們的膝蓋，然後是腰，然後是腋下，然後是喉頭，然後是頭頂；但在那之前，這三人就已經衝到海邊來，大喊著呼救。」

「然後呢？」英國旅人說。

「不論是死是活，鄉紳恩尼摩爾再也沒有回來。隔天早上退潮時，有人沙灘上看見一排偶蹄目的足跡——一路延伸至海水的邊緣。所有人都知道鄉紳消失了，也知道是誰帶走他的了。」

「沒有人派人出來搜索嗎？」

「搜索有什麼意義嗎？」

「我想沒有吧。不過這確實是個奇怪的故事。」

「但是真的，尊貴的先生——每一個字都是真的。」

「喔！我毫不懷疑呀。」這是最讓人滿意的答覆了。

41 舊英格蘭時期的大地主。

42 里德女士也許是在引用一個大約從一八六四年就廣為流傳的故事，一個有錢人位於布拉克希瑟的宅邸酒窖裡鬧鬼的傳聞。等到這位商人終於組織了調查隊後，他們才發現，酒桶後方有一個正在打鼾的僕人，是他從酒桶裡釋放出了另一種意義上的鬼魂。

43 Ardwinsgh，這個故事裡的所有地名都是虛構的。

相對存在的哲學

The Philosophy of Relative Existences

法蘭克．史塔頓

法蘭克．R．史塔頓（西元一八三四年至一九〇二年）最廣為人知的故事也許是《淑女，還是老虎？》，收錄在許多文選集中，也是文學寫作課程中一定會讀到的作品之一。他是一位多產的美國作家與幽默文學家。在後維多利亞時代，他寫了許多兒童故事，他有些後來則配上了莫里斯．桑達克的插畫，他也寫了許多初步的推理小說。接下來的這篇故事，首次問世是在一八九二年八月號的《世紀雜誌》中。

不久前的某年夏天，我朋友賓利和我一起來到一個俯瞰溪谷的小村莊，一條小河緩緩流過其中，順著綠地一路延伸，直到流入一排低矮的山丘，才消失在視線之中。從我們暫居的小屋門口望去，在河另一邊的遠處，有一座城市。透過瀰漫在溪谷中的霧氣，我們能看見尖塔與高聳的屋頂；風格簡約且商務的建築一路分佈至另一側的河岸。更遠處的城市景觀則消失在夏日喧騰的熱氣之中。

賓利是個金髮的年輕詩人；我則是個哲學家，或者正在努力成為哲學家的人。我們是很要好的朋友，是一起來這個和平安詳的地方工作的。雖然我們逃離了城市的喧囂，在這個農村地區出現的那座城市，卻無損溪谷的寧靜氛圍，勾起了我倆的好奇心。沒有小船在河面上來回運行；沒有橫跨兩岸的橋；沒有通常會在城市外圍遊蕩的流浪之人；沒有來自遠處的鐘聲，也沒有任何一絲炊煙從建築物之間升起。

我們向房東問起，才知道那座城市是由某位富有得超乎想像的夢想家一手打造的。「它不是你們想像中的那種大城鎮，先生。」他說。「因為溪谷中的霧氣會讓東西看起來比實際上大得多。舉例來說，如果你們更靠近一些，就會發現那些山坡並不像從這裡看去時那麼高大。但那座城確實也是夠大，甚至有點太大了，它毀了它的建造者與主人，而且當他去世時，他甚至連打造一塊合適的墓碑的錢都沒有。他希望在讓人搬進這座城之前，能夠先把整座城打造完工，所以他不斷花錢，年復一年，直到城市終於完成，但他卻一毛錢也不剩。在施工的這些年中，數以百計的人都來找他買房或是租房，但他一句話也聽不進去。直到城市完成之前，沒有人能夠住進去。就連他的工人都得在夜晚時離開那座城，去別的地方過夜。那裡有街道、商店、教堂、也有活動中心，所有居民該有的設施都應有盡有；但那裡空無一人，荒廢至今，自從我年幼時期搬來這個地方時，那裡就一直都是空的了。」

「那裡沒有人看守嗎？」我們問道。「沒有人在那裡攔阻試圖將房屋據為己有的流浪漢嗎？」

「這附近沒有多少流浪漢。」他說。「就算有，他們也不會過去那裡的。那裡鬧鬼呢。」

「什麼鬼？」我們問。

「嗯，先生，我無可奉告，我只知道那些奇怪的存在不是血肉之軀。許多這裡的住民去那裡一探究竟過，但沒有人願意再去那裡第二回。」

「那旅人呢？」我說。「難道他們不會好奇地去這座無人城探險嗎？」

「喔，當然呀。」我們的房東說道。「這座溪谷的訪客幾乎全都去過那座奇怪的城市——通常都是一小群人一起行動，因為那裡可不是你會想要隻身前往的地方。有些人會看見奇怪的事物，有些人不會。但我從沒聽過有人想要長居在那裡，儘管那是一座美麗的城市。」

在晚餐時間和房東談完這些話後，我和賓利便決定趁著當晚的滿月時分，去那座鬧鬼之城一探究竟。房東極力想要勸阻我們，說沒有人會在晚上去那裡的；但我們心意已決，他便告訴我們他的小船在河邊停泊的位置。我們很快越過小河，並在一個寬闊但低矮的石造碼頭邊靠岸，岸邊高高的野草在和緩的夜風中搖曳著，像是一群守衛，警告我們別進去這座寂靜的城市。我們穿越草叢，走到一條寬闊的道路旁，路面鋪得十分平整，不像一般這類廢棄的道路上佈滿雜草和其他野生植物。藉著明亮的月光，我們看見這裡的建築結構十分簡單，卻帶著令人賞心悅目的特色。所有的建築都是由石頭造成，而且全都寬敞無比。我們興奮不已，便決定在這裡散步到月亮西沈，隔天早上再回到這裡——「也許搬來定居。」賓利說。「還有比這更浪漫又更真實的事嗎？還有什麼比詩歌和哲學的結合更美好的組合呢？」但就在他這麼說的同時，我們看見一條十字路口的轉角，有幾個像是在疾行的人影。

「有鬼。」我的朋友說道，一邊拉住我的手臂。

「更像是流浪漢吧。」我回答。「那些人大概藉著這裡的鬼怪傳說，把這個舒適又美麗的城市給據為己有了。」

「真是這樣的話，我們就要小心自身安全了。」賓利說。

我們小心翼翼地往前走，很快又看見其他人影從我們面前逃離，我們猜測他們是跑過轉角，躲進屋子裡了。我們來到一個寬廣的戶外廣場邊緣，並在微弱的光線下——因為一座尖塔擋住了月亮，我們看見車輛、馬匹和人們在其中移動。但讓我們吃驚的是，在我們還來不及和他們說話之前，月亮便越過了尖塔，而在耀眼的月光下，我們再也看不見剛才那些生命跡象和交通行列了。

我們的心跳加速，但卻還不想掉頭離去，也不害怕流浪漢的存在——因為我們現在知道，我們所見的這些人形並非血肉之軀，因此他們應該是人畜無害的。我們謹慎地穿過廣場，來到一條月光照耀的街道上。我們時不時地見到黯淡的人影，卻總是很快就消失了；但，就在我們來到其中一間屋子低矮的石造陽台下方時，我們驚訝地見到了一個女人，她面前的矮牆上擺著一本書，她卻沒有注意到我們的存在。

「她是個真人吧。」賓利悄聲說。「她沒有看到我們。」

「不。」我回答。「她大概跟其他鬼魂一樣。我們走近一點去看看。」

我們來到陽台前站定。人影抬起頭，看向我們。她很美，而且很年輕；但她的身體似乎是由我們從未見過的元素所形成的。她溫柔的雙眼落在我們身上，並開口說話。

「你們在這裡做什麼呢？」她問。「我告訴過自己，下次再有人出現，我就要問你們為什麼要來打擾我們的安寧。你們難道就不能安於自己的世界嗎？你們難道不清楚我們有多膽怯、而且你們讓我們多麼驚恐又難受嗎？我相信，我是這座城中唯一一個當你們侵門踏戶時不會抱頭鼠竄的存在了。若不是因為我承諾自己必須和你們說上話，我也會那麼做的。但我只想要求你們讓我們安靜地生活。」

她清晰坦率的口吻讓我產生了勇氣。「我們兩個都是人類。」我回答。「我們來自異地，暫時居住在河流另一側的美麗鄉村中。我們聽說了這座寂靜的城市，便來親眼見證它的美好。我們原本以為這裡是座無人城，但現在我們知道這個假設是錯，我們想向你保證，我們並不想打擾或惹怒任何一位這裡的居民。我們只是老實的旅行者，來參觀這座城市的。」

人影再度坐下，現在她的臉更靠近我們，我們便能看見她臉上充滿了憂慮的神色。有那麼一段時間，她只是看著我們，一語不發。「人類！」她說。「所以我想得沒錯。我一直都相信那些來嚇壞我們的存在就是人類。」

「那妳呢？」我大聲說。「妳又是誰？那些我們看見的人影，你們這些奇異的存在，又是什麼？」

她露出溫柔的微笑，回答道：「我們是未來的鬼魂。我們是好幾代後會居住在這城裡的居民。但我們並不知曉這件事，原則上是因為我們並不思考、也不研究這件事，因此我們無從得知。而大部分的居民都認為，那些有時會出現在這裡的人類是在陰魂不散的鬼。」

「所以你們才會害怕我們、急著躲避嗎？」我說。「你們認為我們是來自另一個世界的鬼魂？」

「是的。」她回答。「人們是這樣想的，我以前也是這樣想的。」

「所以你是未來的人類的靈魂囉？」我問。

「是的。」她回答。「但不會一直都是。一代一代——我不知道要多少世代的人過世之後，我們才會成為人類。」

「老天啊！」賓利喊道，雙手合十，望向天空。「在妳變成真正的女子之前，我就已經要成為鬼魂了。」

「也許吧。」她臉上掛著甜美的微笑。「但也許你會活得非常非常老呀。」

但賓利搖著頭。這句話並沒有安慰到他。我思索了一陣子，看著我腳下的石頭路。

「那麼，這個地方。」我脫口而出。「是一座未來的鬼魂所居住的城市，他們卻認為人類是鬼怪囉？」

她低下頭。

「但是妳是怎麼發現你們是靈魂，而我們才是凡人的呢？」我問。

「我們的族類很少想到這些事。」她回答。「很少人會研究、冥想或是反思。我喜歡研究，也喜歡哲學；我讀了很多書，學到很多事。我正在讀的這本書教會我的事最多；從這本書的教誨中，我慢慢開始相信你說的話是真的，我們才是靈魂，而你們是人。」

「那是什麼書？」我問。

「是魯伯特・凡斯所寫的《相對存在的哲學》。」

「我的老天！」我大叫一聲，跳上陽台。「那不正是我寫的書嗎？我就是魯伯特・凡斯啊。」我朝她的書走去，想要拿走，但她卻舉起一隻手。

「你不能碰這本書。」她說。「這也是一本書的鬼魂而已。而且，你已經寫完這本書了嗎？」

「寫完了嗎？當然沒有。」我說。「我正在寫。還沒寫完呢。」

「但它現在就在這裡。」她邊說邊翻到最後一頁。「作為一本書的靈魂，它是已經完成的作品。這本書非常成功呢。聰明的學者們都對它抱以極高的評價，它是必讀之書。」

我激動地顫抖著。「很高的評價！」我說。「必讀之書！」

「喔，是呀。」她活靈活現地說著。「而且它的確不虛此名，尤其是它的結論。我已經讀過這本書兩次了。」

「但至少讓我看看最後那幾頁吧。」我喊道。「讓我看看我自己寫了些什麼。」

她微微一笑，搖了搖頭，然後闔上書本。「我是很樂意呀。」她說。「但如果你真的是個凡人，那麼你就不能知道你接下來要做什麼。」

「喔，請告訴我，告訴我吧。」賓利在下方說道。「你知道有個叫亞瑟·賓利的作家寫了一本書叫做《星象學》嗎？那是一本詩集。」

那人影看了他一眼。「不。」她如實地說。「我從沒聽過。」

我渾身發抖。若我眼前這位年輕女子是血肉之軀，若這本書是真實存在的，我一定會從她手中搶來。

「聰明的可人兒啊！」我喊道，一邊在她面前跪了下來。「請妳行行好，讓我看看這本書的最後一頁。如果我對妳的世界有任何一點貢獻，甚至，若我對妳有帶來一絲好處，請讓我看一眼就好，我求妳了——讓我看看我是怎麼寫的吧。」

她一手拿著書站了起來。「你只能等到自己寫完的時候了。」她說。「你就會知道你現在想看的是什麼了。」我跳了起來，此時陽台上只剩下我一人了。

「我很遺憾。」我們朝小船停泊的港邊走去時，賓利說。「我們只跟那個鬼女孩說到話，但其他的靈魂都被我們嚇跑了。看來滿腦子都是哲學的靈魂不太喜歡看詩呢；就算我的書之後廣為流傳，她顯然也沒有聽過。」

我得意洋洋地走著。月亮幾乎要沉到地平線之下了，散發著玫瑰金的色澤。「我親愛的朋友。」我說。「我就跟你說，你該在詩作裡放入多一點哲學思想的。這樣才能流傳得長久啊。」

「我也早就告訴過你。」他說。「你不該在哲學裡放入太多詩意。這會誤導他人的。」

「但它可沒有誤導那個鬼女孩呀。」我說。

「你怎麼知道呢？」賓利說。「也許她是錯的，而其他的鬼城居民才是對的，也許我們才是鬼呢。你知道，這種事通常都是相對的。總而言之呢。」他頓了頓，然後繼續說：「我真希望那些鬼魂們正在讀我明天要開始寫的新詩啊。」

真正對的事

The Real Right Thing

亨利·詹姆斯

亨利·詹姆斯（西元一八四三年至一九一六年）多半被視為近代小說家，許多作品都在探索夫妻關係。他的小說也大量運用了自己從美國移居至歐洲的經驗。詹姆斯也是一位多產的短篇小說家，許多作品都在探討心理層面的主題。他最有名的作品也許是《碧盧冤孽》（西元一八九八年）很多人都忘了那其實也是篇鬼故事——，但他對心理層面的著迷可以追溯到他最早期的作品之一《舊衣羅曼史》（*The Romance of Certain Old Clothes*，一八六八年）。接下來的這篇故事，最早收錄在一八九二年四月十六日出版的《黑與白：文摘週刊》中。

第一章

在阿斯頓・多恩死後大約三個月，喬治・威瑟摩爾收到了多恩的出版商的來信，希望和他談談一本「作品」的事宜（信裡的用字是這樣的）；出版商接著提出要和他面談，不過在他知道他們受到來自這位已故客戶的遺孀的壓力後，這個要求也就不令他意外了。就威瑟摩爾所知，多恩與他妻子的關係，一直都是十分耐人尋味的——會讓傳記作家感到特別敏感的一個章節；但是，從失去愛人的第一天起，對這位可憐的女子來說，她失去了什麼，甚至缺少了什麼，大家就已心知肚明，足以使任何一位旁觀者有機可趁，甚至佔她便宜。喬治・威瑟摩爾就覺得他是被利用了；但他沒想到的是，他們會由她口中聽見，他是最適合為她先生寫下傳記的人選，並選擇交付所有的參考資料給他。

她提供給他的材料——日記、書信、備忘錄、筆記，以及各種各樣的文件，都是她的財產，也完全在她的掌握之下，完全與她的遺產無關；因此她可以隨意處置這些文件，也可以選擇什麼都不做。若多恩生前還有更多時間能夠安排，他唯一能做的事也只有假設和猜測。他的死來得太早也太倉促，他唯一為人所知的願望就是擺脫痛苦。他的遺言並沒有說完；最後的幾句話斷斷續續，需要額外修潤過。威瑟摩爾清楚記得自己站得離他多近，卻也同樣清楚地意識到自己相對之下有多默默無名。他是位年輕的記者，一位批判家，工作只能夠勉強餬口，用通俗的說法來形容，是一個一事無成的人。他的作品又少又短，他的人脈也是十分貧乏。但多恩卻是活得夠長久，更重要的是，也夠有天賦能成為一位偉大的作家，他的許多朋友也都是厲害的寫作者，他的妻子更應該去選擇那些人才對。

無論如何，她最終是以一種特別委婉、體貼的方式表示，表示她能給他一定的自由度，使這位年輕人覺得至少必須和她見上一面，他有很多事情想和她談談。他立刻提筆寫信給她，她也很快指定了一個時間，兩人碰面。但當他們散會時，他倒是對自己的想法有把握得多了。她是個奇異的女子，而他從來沒想過她會是個好相處的人；但現在，她急躁、莽撞而沒有耐心的態度，不知怎的觸動了他的內心。她希望這本書能夠寫得出來，而她認為她丈夫的這個角色，必須要竭盡全力幫助這本書問世。她這輩子都沒有把多恩當一回事，但這本傳記集，必須要洗刷她身上所有莫須有的罪名。她不太清楚這類的書是怎麼寫成的，但她有做了一些功課。威瑟摩爾有點緊張她提到的是複數「集」——但他還是有一套自己的見解。

「我第一個就想到了你，如果是他來選，他也會這麼做的。」當她一出現在他面前時，她就這麼說道；她穿著整套哀悼的裝束——黑色的大眼、蓬鬆的黑色假髮、巨大的黑扇與黑手套，以及她削瘦、難看、悲慘但同時又引人注目，有些人甚至會認為稱得上

「優雅」的外貌。「你是他最喜歡的人；喔，真的很喜歡。」光這一句話就足以讓威瑟摩爾心花怒放了。但事後他回想起來，才會去質疑，她是否真的夠了解他、真心理解他喜歡什麼呢?他原本也許會告訴自己，她的觀點在這件事上其實並無參考價值。但她並不是空穴來風的，至少她知道自己在說什麼，他也絕不是她會想要拍馬屁的對象。他們立刻一起上了樓，來到已經沒有多恩的書房裡。書房座落在屋子的後側，並能俯瞰寬敞的花園綠地，這是有錢人家的基本配備——對貧困的威瑟摩爾來說，這真是最美麗也最激發靈感的景色了。。

「你知道，你其實可以在這裡工作。」多恩太太說：「你就當作自己的空間來使用吧——我把這一切都交給你了；你看，尤其是在夜晚時分，這裡是多麼的安靜又隱密，是不是再完美也不過了？」

年輕人一邊環顧周遭，一邊在內心同意道，這的確是太完美了，因為他告訴過多恩太太，他真正的工作其實是晚報記者，因此他白天的時間通常都會在工作，他只能在晚上過來。這個地方充滿了他們已故友人的氣息；這裡的一切都曾經是屬於他的；他們現在所觸摸的一切都曾經是他人生的一部分。有那麼一小段時間，這一切對威瑟摩爾來說都太難承受了——這是太大的榮幸、也是太大的責任；他對多恩先生的回憶仍時不時地縈繞在他心頭，他的心跳加速了起來，雙眼盈滿淚水，而他對多恩的忠誠之心似乎沈重得讓他扛不住。看見他的眼淚，多恩太太也忍不住熱淚盈匡，有那麼一刻，兩人只是彼此對望著。他半期待著她會打破沉默地說：「喔，幫助我感受那些我想感受的東西吧！我知道你也明白。」但過了一會後，其中一人便說：「我們在這裡與他同在。」另一人也深深同意了。但在他們離開這房間之前，年輕人很清楚，是他在這裡陪伴「他們」。

等到一切安排妥當，威瑟摩爾便開始來到這間書房寫作。而在彷彿魔咒般的寂靜之中，在燈光與壁爐的火光之間，在拉下的窗簾內，他立刻感受到一種強烈的不自在之感。他轉身走進十一月的倫敦夜晚中；他穿過寬敞而靜謐的屋子，爬上鋪著紅毯的樓梯，途中只見到一位受過良好訓練的安靜女僕，以及在一扇門邊看到盛裝打扮的多恩太太哀傷卻默許的面孔；然後他輕觸華麗的門，門扇發出令人愉悅而清脆的喀嚓聲，便將他與自己主人（他總是這樣悄悄在心中告訴自己）的靈魂一起鎖在門內三或四個小時。就連在第一天晚上，他都深深受到這種感受是如此的奢侈，又是何等的特權，而這讓他驚惶不已。現在，他可以很清楚地憶起，當時他甚至沒有好好思考該如何寫成這本書，儘管那才是他身在此處的目的：他只是讓自己沈浸在這樣喜愛與崇拜的情緒之中——至於他的自豪感，就不用多提了，並徹底利用了多恩太太主動提供給他的諸多誘惑。

他怎麼知道自己會開始質疑，這本書真的是多恩先生想要的？他怎麼有辦法保證，阿斯頓．多恩真的有同意他寫做這樣的一本書？傳記是一門偉大的藝術，但有太多的生命值得書寫，有太多的主題值得探討。直到現在他還能想起多恩自己在當代著作中所寫下的字詞，述說自己是如何和其他的英雄與人物不同。他甚至還記得多恩的朋友似乎認為他的「文學」生涯可能是傳記中最重要的內容，而強生和史考特、博斯威爾和洛克哈特都是代表[44]。多恩他的所作所為就是那位藝術家，僅此而已。但他，喬治．威瑟摩爾，不也是自願接受能夠好好貼近這位已故大師一個冬天的機會嗎？他無法否認，這一切都太令他目眩神迷。這並不是出版商開出的「條件」，雖然當他們在辦公室商談時，他們表示這是可以接受的；這是多恩自己、他的公司、聯絡人和代理人所給的機會，事情就是這樣發生的，給了他能夠比生前更接近大師本人的機會。死亡是何等的奇妙，竟比生命更易解、更坦白！第一個晚上，當年輕的記者獨自待在書房中，他覺得這是他第一次真正和他的主人在一起了。

第二章

大部分的時間，多恩太太都讓他完全獨處。只有兩、三次，她前來確保他無所不缺，他則利用這機會感謝她為他所爭取來的職位。她自己花了一些時間整理先生的遺物，並整理出幾疊書信；她第一時間也都交給他所有抽屜與櫥櫃的鑰匙，讓他能夠自由使用所有需要的資訊。她給了他最大的使用權限，而不管她丈夫是否信任她，至少她自己顯然是信任她丈夫的朋友的。不過威瑟摩爾還是注意到，儘管她做了這麼多事，她自己似乎還沒完全平靜下來，而她身上似乎有一股無法止息的焦慮感，與她的自信不分軒輊。儘管她十分體貼不來打擾，但她又好像隨時都在：透過某種微妙的第六感，他感覺到他們之間建立起一種神祕的連結，在夜半沉靜的時間裡，在樓梯上、在門的另一側，他能夠感覺到她的裙擺無聲地搖晃，以及她不動聲色的觀察與等待。有一天晚上，當他坐在已故朋友的桌邊，深深沈溺於那些信件內容，他突然被某種有人在他身後的感覺嚇得跳了起來。他轉頭一看，多恩太太已經無聲地進入了房間，正對他露出壓抑的微笑。「希望我沒有嚇到你。」她說。

「只有一點點——我太專心了。有那麼一瞬間，我以為是他回來了。」年輕人解釋道。

她臉上的表情變得更加古怪。「阿斯頓嗎？」

「我真的覺得他就在身邊。」威瑟摩爾說。

「對你來說也是嗎？」

這句話讓他有些震驚。「這麼說，妳也這樣覺得囉？」

她猶豫了一下，沒有移動腳步，卻環顧了房間一圈，像是想要看清房裡昏暗的角落。

她用從不離手的黑扇遮住下半臉，只露出上方銳利的雙眼，使她的表情顯得更曖昧不清。「有時候吧。」

「有時候會覺得他好像隨時都有可能走進來。」威瑟摩爾繼續說。「所以我剛剛才會跳起來。距離他離開的時間好短——才是昨天的事。我坐在他的椅子上，翻他的書，用他的筆，翻動他的火爐，好像他只是去散個步，隨時都會回來，而我只是提前來這裡等他。這種感覺很美妙——但是也很奇怪。」

多恩太太仍然用扇子遮著臉，饒富興味地聽著。「你會擔心嗎？」

「不——我喜歡這樣。」

她又猶豫了起來。「你有沒有覺得——嗯——像是——他真的在房間裡？」

「就像我剛才說的囉。」威瑟摩爾笑了起來。「你在我後面的時候，我以為是他。畢竟這不是我們都想要的嗎？」他問。「他應該要與我們同在的。」

「是呀，如你所說——就如你第一次所說。」她完全同意地看著他。「他確實在這裡。」

她聽起來像是在裝腔作勢，不過威瑟摩爾微笑地接受了。「那我們最好留住他。我們最好照著他所希望的做囉。」

「喔，當然了——但如果他真的在這裡——？」她陰鬱的雙眼像是快要從扇子後方滾出來一般，焦慮地盯著他。

「那應該代表他很愉快，而且樂意幫忙吧？當然囉，他一定是這個意思。」她輕輕倒抽一口氣，並再度環顧四周。「嗯。」她說，然後動身離開房間。「請記得，我也只想幫忙。」當她離去時，他覺得她只是來看他是否一切安好而已。

在此之後，他驚訝地發現，隨著他的工作進行，他似乎越來越相信多恩本人就在現場了。這幻想開始出現後，他便張開雙臂歡迎它，說服自己接受，並越發相信它的真實性，享受在其中，整天都在期待晚上再度感受到他的存在，好像戀人期待著兩人會面時間的到來。就連最微小的巧合都使他相信自己的幻想為真，而在他為這本傳記工作了三到四週時，他已經完全將多恩的出現視為工作中最神聖的部分。這樣不就正好證實了多恩對他們這項計劃的看法嗎？他們正在做的事就是多恩所希望的，所以他們可以繼續進行下去，一步一腳印，不需擔心或質疑。多恩確實享受著這種被肯定的感覺：有時當他深入了解多恩的某些秘密時，他更是樂意感受到多恩希望他得知這些事實的真相。他發現了許多自己以前從未質疑過的事，拉開了許多布幕、敲開了許多扇門，讀了許多謎語，幾乎了解了每件事後面的原委。終於，在他又一次窺探到某一件事晦暗不明的真相時，他突然真正感覺到，自己正在與那位朋友面對面；在那一刻，他幾乎無法肯定他們是在過去的某一條走廊上偶然遇見彼此，或是他還在當下、還在他身處的那個房間裡。那是一八六七年？還是就在現在、就在桌子的另一側？

這是最活躍的公關活動都無法做到的，一次披露最多關於多恩的真相的作品。他的自白實在太美了——就連像威瑟摩爾這樣的死忠支持者都無從想像。但他這位死忠支持者又怎麼有辦法代表他，向任何人發表他自己的想法呢？這種感覺只能意會無法言說。有些時候，當他埋首寫作時，他會感覺到這位死去的主人的呼吸就在他的髮梢，他的手肘就放在桌面上與他並列。有時候，他覺得如果他抬頭，他就能看見他的朋友活生生地坐在他對面，就像桌燈照著他面前的書一樣的清晰。但他從來不敢在那樣的關頭抬起眼，因為這樣的氣氛似乎太過敏感、太過令人膽怯，他的動作或許會顯得太突然、太粗暴，而將之破壞了。他的感覺是，如果多恩真的在場，那麼他也不是為了這位年輕的作家與他的祭壇而存在的。多恩像是在房間裡徘徊，來來去去，翻閱著他的書與文件，只是一位靜悄悄的圖書館員，做著自己的工作，安靜地為他人提供幫助，並受到讀者們的喜愛。

有時威瑟摩爾會離開座位，為了明確或模糊的概念而進行搜索；不只一次，他從書櫃中取出一本書，並在裡頭看見多恩的筆跡時，他會因此而迷失在書本中，同時他會聽見桌邊的文件發出輕柔的沙沙聲，當他回到座位上，他會發現有些自己放錯地方的信件重新出現在他的眼前，有些茫然的思緒會透過攤在眼前的某本舊筆記而得到釐清，因為那正好就是他所需要的頁面。若沒有這位神祕助手的幫忙，將某一個箱子的蓋子微微打開、或是將一個抽屜微微拉出，正好能引起他的注意，他又怎麼可能這許多的藏匿處中找到他正好所需的東西？儘管在那些時刻，如果有人真的注意去看的話，確實能夠看見一個人影站在火爐前——比生前更努力一點地翻動著柴火。

第三章

這樣愉快的關係持續了兩到三週，但年輕的作家從某一天晚上開始，突然發現這樣的聯繫開始消失了，而這使他沮喪不已。他是在某個突兀的時刻意識到的。他當時正在翻找一頁尚未出版的文字，卻笨拙地迷失在茫茫書頁之中，他才突然發現到，那位保護他的靈魂似乎離開了，將他暴露在困惑與挫敗下。多恩一開始確實曾經與他同在，但在他開始懷疑果真如此的幾天內，情況就發生變化，他不再存在了。他告訴自己，那只不過是他現在在處理的資料和先前的比起來沒有那麼清晰、步調沒有那麼快了而已。他掙扎了五個晚上；他無法在桌邊坐定，只能在房裡踱步，徒然地拿起手邊的參考資料，看向窗外、戳弄著火爐裡的木柴，任思緒飛颺，試圖傾聽任何可能存在的證明，好確認那不是他自己的幻想，但不論他怎麼努力，最後他還是不得不相信，他終於是被多恩給拋棄了。

奇怪的是，感覺不到多恩的存在，這一點不僅令他感到難過，也令他感到極度不適。更奇怪的是，他一直覺得自己不該在這裡——最後威瑟摩爾不禁變得過度神經質了起來。他無法解釋這種焦慮感的來由，但這股感覺緊攫著他，不願放手，使他無法恢復正常。他神經緊繃地無法控制，直到有天晚上，他堅持了一、兩個小時後，他終於忍不住逃離了房間。直到現在，他才第一次覺得自己無法再待在那裡了。他喘著氣，像是個被嚇壞的孩子，從他習慣的走道跑道了樓梯的頂端。他看見多恩太太站在樓梯尾端，好像早就知道他會出現一樣；而最神祕的是，儘管他和她沒有多餘的接觸，儘管他只是想要逃離這裡讓自己喘口氣，但看見她的站姿，他便從中認出，她身上也感受到和他相同的巨大壓力。在倫敦市現代的門廳中，在托登罕宮路的地毯與電燈燈光之下，那股壓力從身穿黑衣的瘦高女子身上傳了出來，再從他身上流回她那裡，他就知道她是什麼意思了，這是何等奇妙的一件事。他走下階梯，並讓她領著進入一樓的小房間裡。關上門後，儘管他們都還沒說出一個字，只是面有難色地看著彼此，但那些呼之欲出的話就已經充斥在空氣之間。威瑟摩爾倒抽一口氣，突然想通他為何一夕之間失去了他的朋友。「他這段時間都和妳在一起嗎？」

這個問題一問出口，一切就再也藏不住了——兩人都不必再做任何解釋，而當他們問起彼此「到底是怎麼回事」時，兩人都有一樣多的話可說。威瑟摩爾打量著這間明亮的小房間，當他在樓上過著他的日子時，她就一直都住在這裡。這裡優雅、舒適且華麗；但她時不時和他有一樣的感受聽到和他一樣的聲音。她的模樣——如墨一般黑、裝飾著羽毛與華服，坐在深粉色的房間中，就像某種頹廢的畫作，某種最新潮的藝術作品。「妳知道他離開我了？」他問。

她下定決心要把話說清楚。「今晚——是的。我已經明白了。」

「你知道——這段時間裡——他都和我在一起嗎？」

她又猶豫了起來。「我知道他不和我在一起。但在樓梯上——」

「嗯？」

「嗯——他不只一次在樓梯上行走。他就在這屋內。而在你的門口——」

「怎麼樣？」她又一次停頓下來，他便追問。

「如果我在門口停下來，我有時候也知道他在裡面。」她接著補充道。「今晚看到你的表情，我就知道發生了什麼事。」

「所以你才跑出來嗎？」

「我想你會來找我的。」

聽到這句話後，他便對她伸出手，有那麼一小段時間，兩人只是握著對方的手。此刻，沒有比彼此更加明顯的存在了。但這個地方突然像是變得神聖了起來，威瑟摩爾的焦慮感再度來襲。「所以，究竟是怎麼回事？」

「我只是想要做真正對的事。」一會後，她回答。

「我們不是正在進行嗎？」

「我也在想。你不是正在做嗎？」

他思索著。「我盡可能地在做了呀。但我們一定要想想哪裡出錯了。」

「我們好好想想。」她重複道。那天晚上，他們一起努力思索著，接下來的幾個晚上，威瑟摩爾也自己不斷反思。他暫時停止造訪多恩太太，也暫停他的傳記工作，試著透過冥想找出他究竟做錯了什麼事，才造成他們倆的極度不適。是他搞錯了某些重點——或者像是搞錯了什麼重要的句子和觀點嗎？或是他誤解了他的文字、或者做了什麼錯誤的堅持嗎？他帶著兩、三個可能是原因的問題再度回到多恩家，上樓苦思了一陣，再度回到樓下，與仍然身處痛苦中的多恩太太會面。

「他在嗎？」

「他在。」

「我就知道！」她帶著某種陰鬱的勝利感回答。然後她像是要澄清般說道：「他這段時間也不在我身邊。」

「他出現也不是為了要幫我。」威瑟摩爾說。

她思考了一會。「不是要幫你？」

「我不懂——我現在很茫然。如果我照著我的意願做事，我做的好像都是錯事。」

她展現出極度浮誇的痛苦。「你是怎麼感覺到他的？」

「因為有怪事發生了呀。怪到不能再怪了。我沒辦法形容——妳也不會相信的。」

「喔，我會的！」多恩太太低語道。

「嗯，他會一直干涉我的行為。」威瑟摩爾試著解釋。「不管我轉向哪裡，他都在。」

她懇切地皺起眉。「他都『在』？」

「我會見到他。他好像就站在我眼前一樣。」

多恩太太直盯著他，頓了頓。「你是說，你會親眼看到他嗎？」

「我覺得我好像隨時都會見到他。我很不安。好像一直受人監視。」他補充道：「我很害怕。」

「怕他嗎？」多恩太太問。

他想了想。「不——是怕我正在做的事。」

「那你是在做什麼糟糕的事？」

「就是妳要求我做的。進入他的生命裡。」

她哀戚的神情中出現了一抹警覺的神色。「你不喜歡嗎？」

「他喜歡嗎？那才是問題。我們把他整個人攤在陽光下。我們把他端上檯面。這話怎麼說來著？我們把他攤在世人的眼光下。」

可憐的多恩太太像是受到強烈的定罪般，突然顯得更加愁雲慘霧。「我們為什麼不該這麼做呢？」

「因為我們不知道啊。自然界中有許多生物、許多生命，喜歡躲在隱密處。他也許並不想要這麼做。」威瑟摩爾說。「我們從來沒問過他。」

「但是這怎麼可能呢？」

他沈默了一會。「嗯，我們現在問他吧。至少這是我們現在能做的。我們把接下來的事交給他決定。」

「那麼，如果他這段時間和我們在一起，那我們就知道他的答案了。」

威瑟摩爾開口時，彷彿已經知道自己該相信些什麼了。「他這段時間『並沒有』和我們在一起——他在表達反對。」

「那你原本為什麼覺得——」

「為什麼我一開始覺得他希望我們感覺到他的同在？因為我一開始太單純了，我誤解了他。我當時——我不知道該怎麼形容——我太興奮、太迷失了，我並不懂。但現在我終於懂了。他只是想要和我溝通。他被迫從黑暗中現身；他從一團謎之中向我們伸出手；他向我們釋出微弱的訊號，讓我們知道他的恐懼。」

「恐懼？」多恩太太用扇子遮住嘴，倒抽一口氣。

「恐懼我們正在做的事。」現在他能夠把線索全部串起來了。「我現在知道，一開始——」

「怎麼樣？」

「我只是感覺到他的存在，因此知道他並不是漠不關心的。這種美好的感覺誤導了我。但他其實是在那裡表示抗議的。」

「抗議我想要出的傳記嗎？」多恩太太哭喊道。

「抗議任何人想要寫的傳記。他是要保護他的生命。他是在那裡爭取自己安息的權利的。」

「所以你要放棄了嗎？」她幾乎是在尖叫了。

他只能正面迎向她。「他是來警告我們的。」

這句話使他們有那麼一小段時間只能凝視著彼此。「你害怕了！」最後她終於說道。

他差點就動搖了，但他堅持著。「他是帶著詛咒而來的！」

說完後，他們就分開了，但她的最後一句話不斷縈繞在他耳邊，過了兩三天後，他覺得他還是得試著給她交代，而他自己也還有一個想要完成的心願，他決定他不要就此撒手。他再度在平常的時間來到多恩家，並在老地方見到了她。「是的，我很害怕。」

他像是深思熟慮後才宣佈道：「但我知道妳並不怕。」

她頓了頓，思索自己要說的話。「你怕的是什麼？」

「我怕我繼續下去的話，我就要真的和他見面了。」

「所以——？」

「所以。」喬治．威瑟摩爾說。「所以我得放棄呀！」

她進一步懇切地要求道：「你知道，我想我們必須得到一個明確的證明。」

「妳希望我再試一次嗎？」

她猶豫了一下。「你知道對我來說放棄是什麼意思。」

「啊，但妳不需要呀。」威瑟摩爾說。

她思索著，但接著她又說了下去。「這代表他不會從我這裡拿走——」但她沮喪地停了下來。

「什麼？」

「任何東西。」可憐的多恩太太說。

他繼續看著她。「我已經得到足夠的證明了。但我會再試一次。」

當他準備離開時，她突然提到：「只是恐怕今晚那裡什麼都沒準備——沒有燈光，也沒有爐火。」

「無所謂。」他在樓梯的尾端說。「我們等著瞧。」

她說那間房間的門應該是開著的，然後便退回房裡等他。不過她不用等太久，她的房門是開著的，她專注地等待，但她在這段時間所經歷的東西和她的訪客可是大不相同。一會之後，她就聽見他從樓梯上走下來，隨後他便出現在她的房門口，面色鐵青、茫然失措。

「我放棄了。」

「你見到他了嗎？」

「就在房門口——守著書房。」

「守著？」她隔著扇子喊道。「確定嗎？」

「再確定不過。他的身影很暗。很黑。很恐怖。」可憐的喬治．威瑟摩爾說。

她繼續問道：「你沒有進去嗎？」

年輕人轉開頭。「他不讓我進去呀！」

「你說我不需要。」一會後，她問。「那麼，現在我需要嗎？」

「需要見他嗎？」喬治．威瑟摩爾問。

她想了一下。「放棄。」

「妳得自己決定。」說完這句話，他便跌坐在沙發上，雙手摀住臉。他不知道自己在那裡坐了多久；他只知道，當他再度回神到時，自己正坐在她最心愛的物件之間。但就在他站起身，打開通往大廳的門時，他便在光線下、粉紅色的裝飾之間，撞見了她一身漆黑的身影。她隔著扇子望著他，他則瞥了一眼她的面孔；就這樣，他們最後一次交換了那個奇怪的問題。「妳見到他了嗎？」威瑟摩爾問。

從她像是要穩住自己般緊緊閉上眼的動作，他明白阿斯頓．多恩的妻子看見了無法言喻的畫面，而她正想要從那畫面中逃離。在她開口宣布結束之前，他就已經知道了。

「我放棄。」

44 撒母耳．強生的傳記作家是詹姆斯．博斯威爾，而華特．史考特爵士的傳記作者則是自己的女婿約翰．紀柏森．洛克哈特。

使女的鈴鐺

The Lady's Maid's Bell

伊迪絲·華頓

伊迪絲·華頓（西元一八六二年至一九三七年）是另一位將美國上流社會書寫得引人入勝的作家（也是亨利·詹姆斯的朋友）。她最為人廣知的作品是她的小說，如《冬日殘夢》（*Ethan Frome*，一九一一年）和《純真年代》（*The Age of Innocence*，一九二〇年），《純真年代》是普立茲文學獎的得獎作品，使華頓成為第一位贏得普立茲任一類型獎項的女性。華頓同時也是位多產的短篇小說家，一生中出版過十二本小說選集。她對鬼怪的興趣體現在兩本選集的標題中：《人與鬼的故事》（一九一〇年）和《鬼怪》（一九三七年）。接下來這篇故事是她最早期的鬼故事之一，收錄在《人類的墮落》選集中（一九〇四年），也時常被人提出，討論其中的女性主義與墮胎議題。

第一章

那是在我得了傷寒[45]後的第一個秋天。我當時住院了三個月，當我出院時，我看起來虛弱且蹣跚得沒有人願意雇用我。我大部分的錢都用光了，我花了兩個月的時間刊登廣告、在幾間職業介紹所之間遊蕩，試著應徵任何看起來還有點尊嚴的工作，但最後我變得心灰意冷，因為這段時間的焦慮並沒有使我看起來更健康，我也看不出時運有任何好轉的跡象。不過事情有了轉機，或者至少當時我是這樣想的。當時把我接來美國的太太有一位朋友，叫做雷頓太太，在路上遇見了我，並叫住我聊了幾句，她就是那種對誰都十分友善的人。她問我怎麼看起來如此蒼白，而當我告訴她原因之後，她說：「哈特莉呀，我想我正好有個職位非常適合妳呢。明天來找我吧，我們再細談。」

隔天我打給她時，她提起她的一位姪女，彬普頓太太，是位年輕的女性，卻是個殘疾人士，整年都住在哈德遜河旁的郊區，因為她忍受不了疲憊的城市生活。

「聽好了，哈特莉。」雷頓太太用她特有的愉快語調說道，讓我相信事情總會往更好的方向展。「聽清楚我說的話囉；我想派妳去的地方並不是個愉快的環境。那間屋子又大又陰暗；我的姪女容易緊張、情緒憂鬱；她的丈夫——嗯，他多半都不在家；她的兩個孩子也都死了。一年前，我是絕不會把像妳這樣正值青春年華的活潑少女關進那個地窖裡的；但妳自己現在的狀態也不好吧？一個安靜的鄉村環境，健康的食物和早睡早起的作息，對妳來說似乎再好不過了。不要誤會我的意思喔。」她補充道，因為我也許看起來有點萎靡不振。「那裡也許有點無聊，但妳不會討厭那裡的。我的姪女是個天使。她的前一位使女去年過世了，卻也服侍了她二十年，並深愛她所工作的環境。我的姪女是位良善的女主人，而主人友善的地方，那裡的僕人通常也都是好相處的人，所以妳應該可以和其他人都處得很好。妳也正是我想為我姪女尋找的那種人：安靜、守規矩，而且受過良好的教育。妳可以朗讀吧？這樣就好；我姪女喜歡聽人讀書。她希望她的使女也可以與她作伴：前一個使女就是這樣，在她去世之後，她真的很想念她。她的生活很寂寞……嗯，妳決定得如何？」

「當然，女士。」我說。「我不怕孤單。」

「嗯，那就去吧；透過我的推薦，我的姪女會接受妳的。我馬上就拍電報給她，妳可以搭今天下午的火車出發。她目前沒有任何貼身使女，我也不希望妳浪費時間。」

我隨時都可以出發，但內心某個聲音卻拖住了我；我為了爭取時間，便又問道：「那男主人呢，女士？」

「男主人通常都不在家，我跟妳說了。」雷頓太太很快地說道。「他在家的話——」她突然說：「妳只要離他遠一點就好。」

我搭了下午的火車，並在四點左右抵達D站。一位馬伕正駕著輕便馬車等著我，我們便以輕快的步伐離開了車站。那是一個昏暗的十月天，下著小雨，當我們抵達彬普頓家的樹林時，日光已經幾乎要消失了。馬車在樹林裡繞行了一兩英哩，然後來到一片包圍在高聳漆黑的灌木之間的碎石庭園。窗戶並沒有透出光線，整間屋子看上去確實有些陰沈。

我沒有向馬伕提出任何問題，因為我不想要透過僕役認識主人：我更喜歡透過自己親眼見證。但從我眼睛所見的一切看來，這就是我所想像的地方，而且一切都打造得十分美麗。一位看起來十分愉快的廚子在後門迎接我，並讓打掃的女僕領我上樓去我的房間。「妳晚點就會見到女主人了。」她說。「彬普頓太太正在接待客人。」

我沒有想過彬普頓太太會有很多訪客，而這句話不知怎的使我雀躍了起來。我跟著女僕走上來，並在經過某一間房間的門口時，看見這間屋子裡的其他部分也有著良好的裝潢，牆上鑲著深色木板，掛著古老的肖像。我們穿過另一排階梯，來到僕人的廂房區。現在天色幾乎已經全暗，女僕道歉說她沒有帶上一盞燈。「但妳的房間裡有火柴。」她說。「妳只要走路時小心一點就沒事了。小心走廊盡頭的階梯。妳的房間就在那上面。」

她邊說，我邊抬頭看向前方，看見一位女子站在那裡。在我們經過時，她便退到一道門後方，但打掃的女僕似乎沒有注意到她。她是個削瘦的女人，面孔很白，穿著深色的長袍與圍裙。我以為她是女管家，也覺得她很奇怪，見到我時沒說話，只是意味深長地看了我一眼。我的房間位於走廊盡頭一個格局方正的小廳一側。我的房門對面有著另一扇打開的門：女僕看到時忍不住大叫出聲。

「又來了——布蘭德太太又把門打開啦！」她邊說邊把門關上。

「布蘭德太太是管家嗎？」

「我們沒有管家呀，布蘭德太太是廚子。」

「那這是她的房間嗎？」

「老天，不是。」女僕有些不悅地說。「這裡不是誰的房間。我是說，那間房間是空的，門也不該打開。彬普頓太太希望我們把這間房鎖起來。」

她打開我的房門，帶我進入一間整齊乾淨的房間，牆上掛著幾幅畫；她為我點燃一根蠟燭，告訴我僕人的下午茶時間是六點，在那之後彬普頓太太就會見我。說完後，她就離開了。

我在僕人的客廳中和其他人見面，並發現他們都是十分友善的人。透過他們所說的話，我知道就如同雷頓太太所說，彬普頓太太是最好的主人；但我沒有非常專心和他們談話，因為我一直在注意那位穿著黑袍的女人有沒有進來。但她並沒有出現，我便思索著她是否不跟我們一起用餐；但如果她不是管家，她為什麼要跟我們分開吃呢？我突然意識到也許她是一位護士，如果是這樣的話，她的飯食當然就要送到她房間去了。如果彬普頓太太是位殘障人士，那她確實是需要一位護士。這個想法讓我覺得有點煩躁，因為殘障人士並不全都很好相處，如果我早知道是這麼嚴重，我就不該接受這個職位的。但我現在已經人在這裡，我也不可能對她擺臭臉；我不是個習慣問問題的人，所以我只是等著看接下來會發生什麼事。

等下午茶結束，打掃的女僕便問男僕說：「藍福德先生走了嗎？」男僕說是，她便叫我和她一起上樓去見彬普頓太太。

彬普頓太太躺在房間裡。她的沙發離火爐很近，旁邊擺著一盞有遮蓋的提燈。她是一位長相精緻的女子，但當她露出微笑時，我覺得好像為她做任何事都在所不辭。她說話的語調十分愉快，聲音輕巧，問我的名字、年齡等等的資訊；問我一切是否安好，也問我在鄉村裡是否會感到孤單。

「和妳在一起就不會，女士。」我說，而這句話讓我自己也意外至極，因為我通常並不是個感情用事的人；但我就像是不小心把想法說出來了一樣。

這句話似乎讓她很開心，並說希望我能一直保持這樣的初心；她告訴我幾個她如廁的指示，並說打掃的女僕恩尼絲明天早上會再告訴我日常物品放在哪裡。

「我今晚很累了，所以會在樓上這裡用餐。」她說。「恩尼絲會幫我拿托盤上來，這樣妳就有時間拆行李、整頓一下自己；晚點妳再來，幫我更衣。」

「沒問題，女士。」我說。「妳會搖鈴叫我嗎？」

她的表情看上去很奇怪。

「不——恩尼絲會去叫妳的。」她很快地說，然後再度舉起她的書。

嗯——這確實是件怪事：當女主人需要她的貼身使女時，卻要透過打掃的女僕來叫她！我以為這棟房子裡沒有設置叫喚僕人的鈴鐺，但隔天我就發現，每個房間裡都設有一個鈴，而我的女主人和我的房間之間也有一個特別的鈴；在此之後，我更覺得奇怪的是，每次彬普頓太太需要任何東西，她都是搖恩尼絲的鈴，而恩尼絲得走過整個僕人的廂房區，來我的房間找我。

但這不是屋子裡唯一的一件怪事。隔天，我才發現彬普頓太太並沒有請護士；我便向恩尼絲問起那位我們前一天下午在走廊上見到的女子。恩尼絲說她沒有看到任何人，而我看得出來她以為我在作夢。當然，當我們走過那道走廊時，天色已經很暗了，她也忘了帶燈；但我很清晰地看見了那個女人，如果我再見到她一次，我一定可以認出她來。我決定相信她是廚子，或是其他女性僕人的朋友，也許她是晚上從城裡來拜訪的，而僕人們打算替她保密。有些女主人確實不接受僕人的朋友們在屋子裡過夜。不論如何，我都決定不要再問更多問題了。

又過了一兩天，又發生了一件怪事。那天下午，我正在和布蘭德太太聊天，她是個友善的女人，也比其他僕人在這裡服侍得更久；她問我在這裡住得如何、一切所需是否無缺。我說我對這裡一切都很滿意，只是我覺得很怪的是，在這麼大一幢屋子裡，卻沒有使女所用的縫紉室。

「怎麼。」她說。「的確有呀，妳住的房間就是以前的縫紉室。」

「喔。」我說。「那以前的貼身使女睡在哪裡呢？」

這句話似乎讓她很困惑，並很快地說僕人的房間在去年重新安排過，她已經不太記得了。

我覺得很奇怪，但我假裝沒有注意到地繼續說下去：「嗯，我的房間對面是個空房，我打算問彬普頓太太能不能拿那間來做縫紉室。」

讓我驚訝的是，布蘭德太太的臉色刷地變白，並緊握了一下我的手。「千萬別問，親愛的。」她顫抖地說。「告訴妳吧，那裡以前是艾瑪．薩克森的房間，而在她死後，女主人就說要把那間房鎖起來了。」

「艾瑪．薩克森是誰？」

「彬普頓太太的前一個使女。」

「那個服侍了她很多年的使女嗎？」我想起雷頓太太說的話。

布蘭德太太點點頭。

「她是個怎麼樣的人？」

「是這世上最好的人。」布蘭德太太說。「女主人把她當成姊妹般愛護著。」

「我是說——她長什麼樣子呢？」

布蘭德太太站起身，像是很憤怒般瞪了我一眼。「我不太會描述這種事。」她說。「而且我的酥餅應該已經澎起來了。」然後她朝廚房走去，在身後把門關上。

第二章

在彬普頓家待了一週之後，我才第一次見到男主人。聽說說他某天下午會抵達，而那一天，整間屋子的氣氛都變了。顯然大家都不喜歡他在樓下。那天晚上，布蘭德太太料理晚餐不似平常仔細，對廚房的女僕也兇得不合常理；而管家韋斯先生原本是個嚴肅、說話緩慢的人，那天他辦事的時候，則像是準備要去參加喪禮一樣。韋斯先生是個虔敬的基督徒，有著許多優美的經節能夠朗誦，但那天他所讀的篇章，卻可怕得讓我差點想要離席，儘管他向我保證那是《以賽亞書》的段落[46]。我也注意到，只要男主人出現，韋斯先生就會讀起先知的話語。

七點時，恩尼絲召我去女主人的房間；我則在那裡見到了彬普頓先生。他正站在壁爐旁；他是一個高大、蒼白的男人，脖頸短而粗壯，面色紅潤，一雙藍眼睛小而暴躁，年輕的傻女孩也許會認為他英俊，但會為自己這樣的誤解付上沈重的代價。

當我進房時，他便轉過身來，眼神快速將我打量一圈。透過我過去服侍過的幾個家庭經驗，我知道他的眼神是什麼意思。接著他又轉回去，繼續和他的妻子說話；而我也知道那代表了什麼意思。我可不是他期待的那種可口女孩。傷寒至少為我帶來了一項好處：它使得對我有意圖的男人得以和我保持距離。

「這是我的新使女，哈特莉。」彬普頓太太溫柔地說道；他點點頭，然後繼續說他想說的話。

一兩分鐘後，他就離開了，讓我的女主人換上用晚餐的服裝，而當我為她更衣時，我注意到她整個人十分蒼白，且皮膚冰冷。

彬普頓先生隔天早上就離開了，整屋子的人都鬆了口氣。至於我的女主人，她則戴上帽子、披上皮裘（因為今天是個寒冷的冬天早晨），到花園裡去散步。當她回到屋內時，她看來神清氣爽，面色紅潤，因此在她恢復蒼白之前，有那麼一刻，我可以看出她不久前也曾經是位年輕貌美的女子。

我記得那天，她和藍福德先生在花園裡碰了面，然後兩人一起回到屋內，微笑著談天，從我房間下方的大門進入宅邸。那是我第一次見到藍福德先生，不過我時常在僕人廳內聽見他的名字。顯然他是一位鄰居，住在距離彬普頓家附近一兩哩的地方，也就是村莊的盡頭；由於他習慣在鄉間過冬，因此在這個時節中，他幾乎是我的女主人唯一的陪伴。他是一位高瘦的年輕紳士，約莫三十歲，而在看見他微笑之前，我一直認為他是一個長相憂鬱的青年。他的笑容中帶著某種驚喜的情緒，像是初春的第一抹暖陽。我聽說他和女主人一樣，都是熱愛閱讀的人，兩人總是向對方借書閱讀，有時候（韋斯先生告訴我），他會在寬敞的書房裡為彬普頓太太讀書，那是她冬日下午最喜歡待的地方。僕人們都喜歡他，而也許這遠不止是一般的誇獎而已。他對我們也都十分友善，我們都很高興他能在主人不在的時候和彬普頓太太作伴。藍福德先生似乎也和彬普頓先生的關係很好；我只是不懂為什麼兩位天差地別的紳士能夠如此友好。但我也知道，真正高貴的人總會把自己內心的感覺藏起來。

至於彬普頓先生，他總是來來去去，從不停留超過兩天，總是咒罵著這裡的無趣與孤寂，對每件事都有得批評，而且（我後來很快地發現）他喝酒的量絕對遠超於身體能夠負擔的程度。在彬普頓太太用完晚餐後，他會一個人坐在桌邊，獨自喝著私釀的葡萄酒或白葡萄酒，直到深夜。有一次，我比往常更晚離開女主人的房間時，正好撞見他爬上樓梯，但他的狀態糟糕得讓我忍不住反胃地轉身，並想著有些女人到底需要忍受怎樣的人、還不得不親吻他們。

僕人們很少談到他們的主人；但從言談之中我知道他們從一開始就合不來。彬普頓先生粗鄙、火爆且喜好宴樂；我的女主人則是安靜、靦腆，而且也許算是有點冷漠的。當然，她一直都是好聲好氣地對他說話：我覺得她已經寬容得不可思議了；但面對像彬普頓先生這種狂放不羈的男性，我覺得她看起來是有點冷淡。

事情平穩安靜地過了幾週。我的女主人很友善，我的工作內容很簡單，我和其他僕人也相處得很好。簡單來說，我實在沒什麼可抱怨的；但我心頭似乎一直有著一股沈甸甸的重擔。我說不上來，但是我知道那不是因為我所感受到的孤寂。我很快就習慣這一點了；我還未從傷寒所造成的傷害中完全恢復，因此我很感激這裡的寧靜與清新的鄉間空氣。但無論如何，我的內心一直都無法得到平靜。女主人知道我曾經生病，便堅持要我四處走動，並時常找差事讓我做——去村莊裡拿一綑緞帶，去寄信，或是把某本書還給藍福德先生。只要我一走出大門，我的精神立刻就好起來了，我也十分期待穿越那片瀰漫著木頭濕氣的樹林；但只要那幢房子進入視野內，我的心就會像石頭掉進一口井裡般沉了下去。這棟屋子並不是特別陰森，但每次走進去，一抹陰鬱之情就會籠罩著我的全身。

冬天時，彬普頓太太很少出門；只有在天氣最好的幾天裡，她會在南側的花園中散步一個小時。除了藍福德先生之外，我們唯一的訪客就只有從D站駕車過來的醫生，一週也只有一次。他請我去過幾次，給我一些關於女主人的指示，而雖然他從來沒有告訴過我她的病情為何，但看著她蒼白的模樣，我猜是因為她的心臟不好。這個季節溫和但沈悶，一月時又迎來了長長的雨季。這對我來說也是個挑戰，因為我不能出門，只能成日和我的縫紉機坐在一起，聽著屋簷下的雨聲，而我變得神經緊張，就連最輕微的小聲音都能把我嚇得跳起來。不知為何，走廊對面那間上鎖的房間越發使我感到不自在了。有幾次，在陰雨綿綿的夜晚，我總幻想自己聽見那裡有聲響傳出；但這當然是胡思亂想了，而且只要天亮，這念頭就不復存在。有一天早上，彬普頓太太給了我一個愉快的任務，讓我去城裡替她採購。直到那一刻，我才意識到自己的精神狀態有多麼低迷。我欣喜地踏上旅程，而當我第一眼看見人潮洶湧的街道與裝飾得十分繽紛的商店時，我幾乎要發狂了。但接近下午時，這裡的噪音與城市所帶來的困惑感逐漸使我感到疲憊，我便開始想念起彬普頓家安靜的環境，並想著我會多麼享受行經幽暗森林的那段馬車路途。接著我遇見了一名舊識，是以前和我一同在某處幫傭的女僕。我們已經好幾年沒見，我便停下腳步，和她說起這幾年之間發生的事。當我提到我現在所住的地方時，她突然翻了個白眼，扮了個鬼臉。

「什麼！你說哈德遜河岸的彬普頓家嗎？親愛的，妳在那裡撐不過三個月的。」

「喔，但我不介意鄉村環境呀。」她的口吻讓我覺得有點被冒犯了。「在生病之後，我還是喜歡安靜一點的地方。」

她搖搖頭。「我說的不是鄉下這一點。我只知道，過去半年間她已經請了四個使女，最後一位剛好是我的朋友，她告訴我沒有人能在那裡待下去的。」

「她有說原因嗎？」我問。

「沒有。她不願意告訴我。但她是這麼說的：『恩希太太，如果妳有認識的年輕女人想要來這裡工作，告訴她這裡不值得她大費周章了。』

「她是年輕漂亮的那種類型嗎？」我想著彬普頓先生。

「不是呀！她是那種媽媽們把孩子送去念大學後會和她交朋友的類型。」

儘管我知道這些都只是女人之間嚼舌根的八卦而已，但她說的話還是在我腦中揮之不去，而當我們搭車回到彬普頓家時，我的心便沉得更深了。這棟屋子確實有哪裡不對勁——現在我很確定了……

下午茶時，我聽說彬普頓先生已經回來了，而我看出人們之間似乎有些騷動。布蘭德太太的手抖得幾乎沒有辦法倒茶，而韋斯先生的祈禱詞中則引用了充滿地獄之火的可怕經文。當時沒有人和我多說什麼，但當我準備回房時，布蘭德太太跟上了我。

「噢，親愛的。」她邊說邊握住我的手。「我真高興妳回來了。」

這句話使我十分意外。「怎麼說？」我說。「妳覺得我會一去不回嗎？」

「不，不，當然不是了。」她有些困惑的說。「但我可不放心讓女主人一日無人照拂。」她緊緊握著我的手，然後說：「喔，哈特莉小姐，看在妳身為基督徒的份上，對妳的女主人好一點吧。」說完後，她就急急忙忙地走開了，留下我一個人站在那裡，看著她的背影。

一會之後，恩尼絲將我叫到彬普頓太太那裡。我聽見彬普頓先生的聲音從她房裡傳來，我便決定繞到更衣室裡，先把她的晚餐服準備好再進去。更衣室是一個大房間，窗戶正好在面向花園的門廊上方。彬普頓先生的房間就在那後面。當我走進更衣室時，通往臥室的房間是開的，而我聽見彬普頓先生憤怒的聲音：「別人大概也覺得只有他才配和妳說話吧。」

「冬天時，我沒有什麼訪客呀。」彬普頓太太低聲說。

「你有我啊！」他對著她大吼。

「你住在這裡的時間這麼少。」她說。

「好吧——這是誰的錯？妳讓這個地方像是一個地窖一樣死氣沉沉——」

我在此時撥弄了一下廁所裡的物品，好讓我的女主人聽見，她便起身喚我進去。

兩人一如往常地單獨用餐，而照韋斯先生的反應，我知道晚餐時的狀況一定不好看。他又引述了某段可怕的經節，使得廚房的女僕堅稱她不敢一個人下去把肉收進冰櫃裡了。我自己也很緊張，而在我服侍女主人上床就寢後，我有點猶豫要不要下樓去找布蘭德太太，說服她再和我打一場撲克牌。但我聽見了她睡前關門的聲音，便回到自己房間。雨又下了起來，雨滴拍打的聲音似乎直接打進我的腦子裡。我躺在床上聽著雨聲，一邊思索著我朋友在城裡和我說的話。讓我困惑的是，為什麼離開的總是使女……

過了一會之後，我睡著了；但一聲巨響將我驚醒。我房裡的鈴聲響了。我坐起身，不尋常的聲響使我驚魂未定。鈴聲響徹夜晚的房屋。我的手顫抖得厲害，讓我甚至找不到火柴。最後我終於點亮一根火柴，並跳下床。我開始認為我是在做夢；但我看向牆上的鈴，發現上頭的小撞針還在搖晃著。

我正戰戰兢兢地穿上衣服，卻又聽見了另一個聲響。這次是我對面那間上鎖的房間，門打開後又輕輕關上的聲音。這聲音太過清晰，讓我嚇得站在原地動彈不得。接著我聽見一串急促的腳步聲往宅邸主屋前進。由於地上鋪著地毯，腳步聲十分輕微，但我很確定那是一個女人的腳步。這念頭讓我全身發冷，有那麼一兩分鐘，我不敢呼吸也不敢動彈。接著我終於恢復理智。

「愛麗絲·哈特莉。」我對自己說道。「有人剛從房間裡走出來，沿著走廊跑過去了。這件事可不有趣，但妳最好正視它。妳的女主人搖了你的鈴，所以如果要服從她的命令，妳就得走剛才那個女人所走過的路。」

於是，我就照做了。我這輩子從未走得那麼快過，但我當下只覺得我好像永遠走不完這條走廊、也到不了彬普頓太太的房間。我一路上什麼都沒聽見、也什麼都沒看見，一切都像墳墓般黑暗而靜謐。當我來到女主人的房門口時，安靜的氣氛使我覺得自己像是在作夢，想半途而廢準備轉身離開。接著我一陣恐慌，便敲了敲門。

房裡沒有回應，於是我更用力地敲了一次。讓我驚訝的是，來應門的人是彬普頓先生。當他看見我時，驚愕地向後退了一步，接著在我的蠟燭光線下，他的臉色變得通紅而兇狠。

「妳！」他用懷疑的聲音說道。「看在上帝的份上，你們究竟有多少人？」

這句話讓我差點腿軟倒地；但我告訴自己他又喝多了，並盡可能堅定地回應他：「先生，請問我可以進去嗎？彬普頓太太搖了我的鈴。」

「隨便妳愛去哪裡，我不在乎。」他說，然後推開我，往走廊另一端自己的臥房走去。我看著他離去的身影，但卻驚訝地發現他像是十分清醒一般，走得筆直。

我的女主人躺在床上，看起來十分虛弱，但當她看見我時，她勉強露出笑容，並請我為她倒幾滴藥水。在那之後，她一言不發地躺著，呼吸變得急促，雙眼緊閉。接著，她突然伸出手，向四處摸索，並虛弱地說：「艾瑪。」

「我是哈特莉，女士。」我說。「妳有什麼需要嗎？」

她瞪大眼睛，驚恐地看著我。

「我作夢了。」她說。「你可以回去了，哈特莉，謝謝妳。我現在好多了。」然後她便翻過身，背對著我。

第三章

那天晚上我再也睡不著了，當陽光再度露臉時，我內心充滿了感謝。

很快地，恩尼絲便將我找去彬普頓太太那裡。我擔心她是又病了，因為她很少在九點之前叫我過去，但我發現她坐在床上，看起來蒼白且削瘦，但至少神智清楚。

「哈特莉。」她很快地說。「可以請妳立刻換衣服，去村莊一趟嗎？我想要這一劑處方藥——」她猶豫了一會，臉色漲紅。「但我希望妳能在彬普頓先生起床前回來。」

「當然了，女士。」我說。

「然後——等一下——」她又喚住我，好像突然想起什麼似的。「妳在等藥的時候，請妳順便去一趟藍福德先生的家，把這張字條給他。」

走去村裡的兩哩路，正好讓我有時間把事情好好想一遍。我很意外女主人想要在彬普頓先生不知情的狀況下配藥；再想想前一晚所見的爭吵，以及其他我所注意到且懷疑的小細節，我開始擔心這位可憐的女士是不是已經厭倦了她的人生，並下定決心要給自己一個了結。這個想法使我焦急地跑向村莊，並衝到藥房的櫃檯前，一屁股坐在椅子上。櫃檯裡的男子正拉起百葉窗，瞪視著我，倒使我回過神來。

「林莫先生。」我試著以冷靜的口吻說。「你能不能幫我檢查一下這個藥方，確認一下它沒有問題？」

他戴上眼鏡，讀起我交給他的方子。

「怎麼，這是沃頓醫生開的藥呀。」他說。「它能有什麼問題？」

「嗯——這喝下去會很危險嗎？」

「危險——妳是指什麼危險？」

我好想抓住他的肩膀猛力搖晃。

「我是說——如果這藥不小心喝得太多——我是說不小心的話——」我的心臟跳到了喉頭。

「老天啊，當然不。這只是萊姆水[47]而已。妳餵小嬰兒喝一整瓶都沒問題。」

我大大鬆了一口氣，並快速往藍福德先生家趕去。但在途中時，我又想到了一件事。如果我去藥房這件事並不是什麼秘密，那麼我的另一個任務，才是不可告人的事情嗎?不知怎的，這念頭使我更加害怕。不過這兩位男子看上去是朋友，我也願意拿性命擔保我女主人的操守。這懷疑之情讓我感到羞愧不已，我只好將其歸咎於昨晚詭異的事件。我把紙條交到藍福德先生家——然後我快馬加鞭地回到彬普頓家，從側門溜進屋內，以為沒有人看見我。

但一小時後，當我把女主人的早餐端上樓時，我卻在大廳裡被彬普頓先生攔住了。

「妳一大早跑哪裡去了?」他緊盯著我說。

「一大早——你是說我嗎，先生?」我顫抖地說。

「少來了。」他額頭上浮起青筋。「我一小時前才看見妳鬼鬼祟祟地從側門溜進來呢。」

我通常是個誠實之人，但針對他這句話，一句謊言就這麼脫口而出。「不，先生，你看錯了。」我直直回望著他說道。

他聳聳肩，陰沈地笑了一聲。「我想妳認為我昨晚是醉了吧?」他突然問道。

「不，先生，我沒有這麼想。」我回答，這一次幾乎算是誠實了。

他又聳了聳肩，轉過身。「我的僕人們都是怎麼看待我的呀!」我聽見他邊說邊走開去。

直到下午我回到縫紉機前時，我才意識到前一天晚上的怪事是如何使我驚魂不定。

每當我經過那扇上鎖的門，我總是一陣寒顫。我知道我聽見有人走了出來，並在我之前走過走廊。我想著要去和布蘭德太太或韋斯先生談談，他們似乎是這個家裡唯二知道是怎麼回事的人，但我覺得如果我問他們，他們一定會全盤否認，而我最終還是得閉上嘴巴，自己用眼睛觀察。光是想到還要在那間上鎖的房間對面度過一晚，就讓我反胃想吐，我第一次動了想離開的念頭，想要收拾我的箱子，趕搭明天第一班火車回城裡；但我實在不願意這樣對待一位善待我的女主人，所以我試著繼續縫紉，好像什麼事都沒發生一樣。

我才工作不到十分鐘，縫紉機就壞了。這台是我在屋子裡找到的，是一台不錯的機器，但有點故障。布蘭德太太說，自從艾瑪・薩克森過世後，就沒有人再用過它了。我停下手邊的活，起身檢視故障的地方，而當我在試著修補機器時，一個我一直打不開的抽屜向前滑開，一張照片掉了出來。我撿起照片，驚愕地看著裡頭的人。那是一張女人的臉，我知道我在哪裡見過她——她眼神中疑問的神色曾經落在我的身上。然後我突然想起我在走廊上見到的蒼白女子。

我站起身，一陣涼意竄過全身並奪門而出。我的心臟像是跳到了頭頂上，我覺得我好像怎麼樣也擺脫不掉那個眼神了。我直接跑向布蘭德太太的房間。她正睡著午覺，當我衝進房裡時，她被嚇得坐了起來。

「布蘭德太太。」我說。「這是誰？」我把照片遞給她。

她揉了揉眼睛，瞪著照片看。

「怎麼，是艾瑪．薩克森啊。」她說。「妳在哪裡找到的？」

我緊盯著她一會。「布蘭德太太。」我說。「我見過這張臉。」

布蘭德太太爬下床，朝梳妝鏡走去。「老天！我一定是睡得太熟了。」她說。「我的瀏海都擠到同一邊去啦。現在妳快點離開吧，哈特莉小姐，我聽見鐘敲響了四下，我得去準備考維吉尼亞火腿，幫彬普頓先生準備晚餐了。」

第四章

表面上來看，一切又風平浪靜地過了一兩個星期。唯一的差別只是彬普頓先生一直待在家裡，不像之前那樣離去，而藍福德先生再也沒出現。有天晚餐前，當彬普頓先生坐在女主人的房裡時，我聽見他說起這件事。

「藍福德呢？」他說。「他已經一個星期沒來了。他是因為我在這裡才不來的嗎？」

彬普頓太太的聲音低得讓我聽不見她的回應。

「嗯。」他繼續說。「兩個人可以作伴，三個人就顯得太多了；真抱歉我擋了藍福德的路，我想我還是這兩天趕快離開，給他一點表現的機會吧。」然後他自顧自地笑了起來。

隔天，藍福德先生就來拜訪了。男僕說他們三人在書房裡相談甚歡，當藍福德先生離開的時候，彬普頓先生還陪著他走到大門口。

日子一如往常地過下去，至少整個屋子裡的其他人都是這樣；但是至於我，在我房裡的鈴響過的那晚之後，一切就都不一樣了。夜復一夜，我都無法入眠，只是躺在那裡等著鈴聲再度響起，或是等著對面的房門再度靜悄悄地打開。我覺得有人躲在那鎖起來的門後方，和我一樣聽著、等待著，而且我幾乎想要對著那裡大喊：「不管你是誰，出來讓我看看你的臉，不要躲在暗處偷窺我！」

憑著我這樣的感覺，你或許也會意外我怎麼會一聲不吭。有一次我差點就要落跑了；但在最後一刻，某個感覺拉住了我。不論是我對於女主人的熱情、她也越來越依賴我，或者是我並不想再適應另一個新環境，又或者是某種我無法指明的原因，我依然繼續待在這裡，但是每一晚我都無比痛苦，而白天也並沒有比較好過。

首先，我並不喜歡彬普頓太太現在看起來的樣子。自從那天晚上之後，她就再也不像從前一樣了。我以為在彬普頓先生離開後她就會振奮起來，但雖然她看起來自在一些，精神卻沒有提振，力氣也沒有恢復。她變得十分依賴我，似乎也喜歡我常在她左右；

有一天恩尼絲告訴我，自從艾瑪・薩克森死後，我是女主人第一個接受的使女。這讓我對這位可憐的女士產生了一股暖意，儘管我無法真的做任何事情去幫助她。

彬普頓先生離去後，藍福德先生又再度開始拜訪，但不像先前這麼頻繁了。我在花園和村子裡見過他幾次，而我忍不住覺得他也有些地方不一樣了；但我決定把這歸咎於我扭曲的幻想。

日子一週週過去，彬普頓先生已經離開一整個月了。我們聽說他和一個朋友去西印度群島旅行，而韋斯先生說那是一段很遠的路程，但就算你長著鴿子的翅膀、躲到大地的中心，你也逃不出上帝的手。恩尼絲說只要他離彬普頓家遠遠的，上帝也許就會對他特別開恩；這句話使大家笑了起來，但布蘭德太太假裝擺出驚訝的表情，而韋斯先生說熊會把我們給吃了。

我們都很高興西印度群島遠在天邊，我也記得儘管韋斯先生表情嚴肅，我們還是在僕人廳裡吃了一頓愉快的晚餐。我不知道是不是因為那天我的情緒比較振奮，但我覺得彬普頓太太看起來好多了，舉止也開朗許多。她早上去散了個步，午餐過後便在房裡躺下，我則為她讀書。當她打發我離開回到自己房間時，我其實是覺得心情明朗且愉快的，而這是我這幾週以來第一次想也沒想地走過那扇上鎖的房門。當我在工作台桌邊坐下時，我看見窗外飄下了幾朵雪花。這樣的景色比永無止境的陰雨好多了，我在腦中想像著光禿的花園在白色的殿堂中會是怎樣的美景，彷彿白雪可以覆蓋門裡門外所有的沮喪之感。

但這樣的幻想還沒有在我心中駐足，我就聽見我身邊傳來一聲腳步聲。我抬起眼，一心以為那是恩尼絲。

「嗯，恩尼絲──」我說，但剩下的話就這樣梗在我的喉頭；因為站在我房內的人是艾瑪．薩克森。

我不知道她在那裡站了多久。我只知道我無法動彈，也沒辦法轉開視線。事後我整個人嚇壞了，但在當下，我心中感受到的不是恐懼，而是某種更深沈、更安靜的東西。她看著我，目光深長，表情就像是在向我祈求──但我究竟能怎麼幫助她？她突然轉過身，我聽見她走過走廊。這次我並不怕跟著她走──我覺得我必須要知道她要的是什麼。我跳了起來，跟著跑了出去。她已經來到走廊的另一端，我預期她會轉彎朝女主人的房間走去，但她卻是推開了通往後梯的門。我跟著她走下樓梯，穿過走廊來到後門。廚房和僕人廳這時都是空的，僕人們都在休息，除了男僕在食品的儲藏室裡。她在門邊站了一會，又看了我一眼，接著她轉動門把走了出去。我猶豫了一下。她要帶我去哪裡？門在她身後輕柔地關上，我打開門，半期待她的身影會再度消失。但我看見她在幾碼外的位置，快速穿過庭園，走上通往森林的小徑。她的身影在雪地裡看起來漆黑而孤寂，而有那麼一瞬間，我的心跳停止了，我想逃回屋內。但她身上有股莫名的吸引力，領著我隨她而去，我拉起布蘭德太太的一條舊絲巾，跑向森林。

艾瑪・薩克森已經來到森林小徑上。她堅定地向前走，我則用同樣的速度跟著她，直到我們穿過大門，走上主要道路。接著她穿過平原，往村莊走去。此時大地已經完全被白雪覆蓋，當她爬上前方的緩坡時，我發現她沒有在地上留下腳印。這樣的畫面讓我的心跳紊亂，雙腿發軟。不知為何，她的模樣在這裡顯得比在室內更可怕。她使得整個鄉村像墳墓般孤獨，只有我們兩個深埋在其中，沒有任何人能幫助我們。

我一度試著折返；但她轉身看著我，就像是用繩索牽引著我一般。在那之後，我就像一隻忠犬似地跟著她。我們穿越村莊，經過教堂與鐵匠舖，然後走上通往藍福德先生家的小巷。藍福德先生家就在路旁，一棟簡單而老派的建築，有一條插著旗子的小路通往大門。當我轉上小路時，我看見艾瑪・薩克森就站在門邊的榆樹下。現在我感受到另一波恐懼。我知道我們已經來到旅程的終點，現在輪到我採取行動了。從彬普頓家到這裡的路途中，我一直在自問她到底想要我做什麼，但我像是著了魔一樣，直到我看見她停在藍福德先生的門口時，我的思緒才逐漸開始清晰起來。屋子坐落在不遠處的雪地中，我的心跳讓我快要窒息，我的雙腳彷彿被固定在地上；她站在榆樹下看著我。

我知道她把我找來這裡並不是毫無理由的。我覺得我好像該說些什麼或做些什麼，但我怎麼知道呢？我從來沒有認為女主人和藍福德先生之間有什麼過失，但我現在很肯定，他們兩人之間確實有些不可告人之事。她知道那是怎麼回事；如果可以，她就會告訴我了；如果我問她問題，也許她甚至會回答我。

光是想到要和她說話就令我暈眩；但我鼓起勇氣，抬起腳步走過我們之間幾碼的距離。就在我行走的同時，我聽見屋子的門打開了，藍福德先生走了出來。他看起來英俊而愉快，就像我的女主人今天早上一樣。看見他，使我的血液又流通了起來。

「怎麼，哈特莉。」他說。「發生什麼事了？我看見妳走過來，就想說出來看看妳有沒有凍壞了。」他停止說話，緊盯著我。「妳在看什麼？」他說。

他邊說，我邊轉向那棵榆樹，他便順著我的視線看去；但那裡空無一人。視線所及範圍之內，小路上一個人也沒有。

我突然感到一陣無助。她走了，但我還是不知道她想要什麼。她看我的最後那一個眼神直接貫穿了我，但我卻什麼也讀不出來！突然間，我覺得比剛才她站在那裡看著我時更加孤立無援。好像她決定留我一個人去扛起一個我猜不出來的秘密的重量。白雪在我四周迴旋，地面彷彿離我而去……

一口白蘭地與藍福德先生家溫暖的火爐將我喚醒，而我堅持馬上搭車回彬普頓家。天色已經晚了，我擔心女主人會需要我。我告訴藍福德先生說我是在散步，卻有些神智不清地晃到他家門口了。這些話也幾乎是實話，但當我說出口時，我從沒覺得自己這麼像個騙子過。

那晚，當我為彬普頓太太更衣準備用晚餐時，她注意到我蒼白的面孔，並問我為什麼不舒服。我告訴她我有點頭痛，她便說她那晚不會再召喚我了，然後交代我上床休息。

我確實覺得站也站不住了；但我一點也不想獨自待在房裡一晚上。我坐在樓下的僕人廳裡，盡可能地撐著自己的精神；但到了九點時，我還是爬上了樓，只想把頭躺在枕頭上，疲憊得無心在意其他事物。屋子裡的其他人很快也都睡下了，在十點之前，我就聽見布蘭德太太的門關上，韋斯先生不久後也跟著就寢了。

那是個非常沉寂的夜晚，一切都被大雪給籠罩。躺上床後，我便覺得舒適了許多，我靜靜地躺著，聽著入夜後屋子裡發出的細碎聲響。我一度覺得自己聽見了樓下的某上門打開又關上的聲音：也許是通往花園的那扇玻璃門。我爬起身，往窗外看去；但屋外只有黯淡的月光，什麼也看不見，只有不斷拍打在窗戶上的雪花。

我回到床上，之後也許是累得昏睡了過去，因為接下來我是被一聲響亮的鈴聲給吵醒的。我還未完全清醒，就從床上跳了下來，並急急忙忙地套上衣服。就是現在了，我聽見我自己這樣說道，但我不知道這是什麼意思。最後我打開房門，往外看去。在蠟燭的火光所及範圍內，我沒有看見任何不尋常的事物。我上氣不接下氣地往前疾走；當我推開通往主屋的毛呢門時，我的心跳差點就停止了，因為艾瑪・薩克森就站在樓梯的頂端，一臉陰鬱地向下看著伸手不見五指的黑暗。

有那麼一瞬間，我動彈不得。但我的手從門上滑開，而當門關上的瞬間，人影就消失了。在同一時間，樓下傳來另一個聲響——一個隱密而詭譎的聲響，好像有一把鑰匙在轉動大門的門鎖。我朝彬普頓太太的房間跑去，用力敲門。

她沒有回應，所以我又敲了一次。這次我聽見有人在房裡移動；門閂滑開，我的女主人就站在我面前。我驚訝地發現她還沒有褪去衣服準備就寢。她用錯愕的眼神看著我。

「怎麼了，哈特莉？」她低語道。「妳生病了嗎？這時間，妳在做什麼？」

「我沒有生病，女士；但我的鈴聲響了。」

這句話使她臉色一白，看起來像是要暈倒了。

「妳一定是誤會了。」她嚴厲地說。「我沒有搖妳的鈴。妳一定是在做夢吧。」我從沒聽過她用這樣的口氣說話。「回去睡覺吧。」她說，然後當著我的面準備關門。

但就在她說話時候，我聽見下方的大廳又傳來一個聲音：這次是個男人的腳步聲；我突然意識到了真相。

「女士。」我推開門，進到房裡。「有人在屋子裡——」

「有人——？」

「我猜是彬普頓先生——我聽見他的腳步聲在樓下——」

她臉上露出可怕的表情，然後她一語不發地在我腳邊倒下了。我跪了下來，試著把她抬起來，從她呼吸的方式判斷，這不是尋常的昏厥。但就在我抬起她的頭時，急促的腳步聲已經爬上了樓，穿過走廊：門打開了，門外站著彬普頓先生，身上還穿著他旅行的服裝，雪融的水滴從他身上落下。當她看見我跪在女主人身邊時，他驚愕地向後退了一步。

「這是怎麼回事？」他大喊。他的面色比平時蒼白了一些，額頭上浮起青筋。

「彬普頓太太昏倒了，先生。」我說。

他顫抖地笑了一聲，然後從我身邊擠過去。「她選的時間還真不湊巧啊。我很抱歉打擾了她，但是——」

我站了起來，對這男人的行為震驚不已。

「先生。」我說。「你瘋了嗎？你在做什麼？」

「我要去見一個朋友。」他說，一邊準備朝更衣室走去。

我的心臟一陣狂跳。我不知道我在想什麼、或是懼怕什麼，但我朝他撲了過去，抓住他的衣袖。

「先生，先生。」我說。「看在上帝的份上，看看你的妻子吧！」

他憤怒地甩開我。

「沒什麼好看的了。」他說，然後抓住更衣室的門把。

在那一瞬間，我聽見裡頭傳來一聲輕微的聲響。儘管聲音十分輕微，他也聽到了，便一把拉開門；但他立刻向後退開。艾瑪．薩克森站在門口。她的身後一片漆黑，但我清楚地看見她了，他也是。他舉起雙手，像是要遮住自己的臉；當我再度抬眼時，她已經消失了。

他動彈不得地站在原地，好像力量全被抽乾似的；在一片靜默之中，我的女主人突然站起身子，睜開眼看著他。然後她向後倒去，我看見死前的抽搐掃過她的全身……

三天後，在一個大雪紛飛的日子，我們將她下葬了。教堂裡的賓客人數稀少，因為風雪太大，人們不方便從城裡趕來，我也知道我的女主人沒有太多朋友。藍福德先生是最後趕到的人之一，就在他們將她抬過走道時抵達。作為她最好的朋友之一，他身穿黑衣，而我從沒見過一位紳士像他今天這麼蒼白。當他經過我身邊時，我看見他拄著一隻拐杖，有些跛腳；我想彬普頓先生也注意到了，因為他額頭上的青筋又浮了起來，而整場儀式，他都瞪著教堂另一端的藍福德先生，而沒有跟著牧師的禱詞一起哀悼。

喪禮結束，我們來到外頭的墓園時，藍福德先生就已經消失了，而當我們可憐的女主人入土後，彬普頓先生便跳上一輛停在門口的馬車，一句話也沒有對我們說地離開了。我聽見他對車夫喊道：「去車站。」然後我們這些僕人，便再度回到屋子去了。

45 傷寒（由傷寒沙門氏菌所引起）是美國南北戰爭時最恐怖的殺手，並在抗生素發明之前奪走了數以百萬計的人命。傷寒的傳染性極高，當時的致死率高達百分之十至二十；但至今，死亡率不到百分之一。

46 《以賽亞書》六章五節中，先知說：「禍哉！我滅亡了！因為我是嘴唇不潔的人，又住在嘴唇不潔的民中，又因我眼見大君王——萬軍之耶和華。」儘管「可怕的篇章」偶爾會出現在聖經中，但那並不是基督徒所喜愛的。

47 萊姆水是稀釋過的氫氧化鈣，有時會拿來用作溫和的解酸劑或收斂劑。

鬼故事

A Ghost Story

馬克·吐溫

撒姆耳·克萊門斯（西元一八三五年至一九一〇年）的事蹟就不需要我們贅述了。他以馬克·吐溫的筆名寫了許多作品，是美國偉大的幽默小說家，並寫出了被許多人視為美國最偉大的小說：《頑童歷險記》，西元一八八四年。他對於不合理、超自然和他稱之為「騙局」的故事沒有什麼耐性，以下這篇故事就是證據（首次收錄在他一八七五年的選集《新舊素描》（*Sketches New and Old*）中。

我在百老匯路尾端的一幢老舊的大房子裡，租了一個很大的房間；這棟建築的高樓層已經好幾年無人居住，直到我出現為止。這個房間早已被灰塵與蜘蛛網所佔據，充斥著孤寂與沈默。第一晚，當我爬上通往房間的樓梯時，我覺得自己像是在攀爬一座座墓碑，好像我侵擾了死者的隱私。這是有生以來第一次，我感受到一股無以名狀的恐懼，而當我轉過樓梯口黑暗的轉角，並一頭撞上一片看不見的蜘蛛網時，我像是撞見了鬼魂般，渾身一陣寒顫。

我來到房裡，把黴菌與黑暗鎖在門外，這才鬆了一口氣。雀躍的火焰在壁爐中跳動，我坐在爐火前，備感安慰。就這樣，我在那裡一坐就是兩個小時，思考著過去的舊時光；我回憶著古老的場景，在腦中召喚著早已在時空的迷霧中模糊的臉龐；我在幻想中聆聽著那些早已沉寂的聲音，回憶著那些再也沒有人傳唱的歌曲。我的遐想變得越發悲傷，外頭尖哮的風聲逐漸沈澱下來，成了悲哀的低鳴，雨聲拍打著街道的憤怒節奏也逐漸平息，直到最後一位流浪漢疾走的腳步也消失在遠處，外頭再也沒有其他聲音。

爐火已經快要燒盡。一股寂寞之情攫住了我的心。我站起身，褪去衣物，並在房裡躡手躡腳地走著，好像我身邊全是沈睡的敵人，而驚醒了他們將會為我帶來致命的傷害。我爬上床，聽著雨聲、風聲、還有遠處細碎的聲響，直到進入夢鄉。

我睡得很沉，但我不知道睡了多久。我卻突然驚醒，內心充滿了某種不安的期待。一切都十分安靜。只有我的心臟——我能聽見它跳動的聲音。此時，我的被單開始緩緩地向床腳滑去，像是被人拉開一般！我動彈不得，一句話也說不出來。直到毛毯完全落下，直到我的胸口裸露在空氣之中。我用盡全身的力量，才將被單重新拉回床上，蓋過腦袋。我等待著，傾聽著。又一次，我的被單又被拉開了。我動也不動地躺著，直到痛苦的數秒後，我的胸口再度裸露在外。最後我鼓起勇氣，把被單拉回身上，這次用雙手緊緊抓著。我繼續等待。接著我感受到一股輕微的拉力，我便重新將被單抓好。那股拉力變成了一股穩定的緊繃感——而且力量越來越大。我鬆開了手，被單第三次被扯掉了。我呻吟一聲，一聲相似的呻吟從床角傳了回來！斗大的汗珠在我的額頭上凝結，我快要被活活嚇死了。接著我聽見房裡傳來一聲沈重的腳步聲——聽起來就像是大象的腳步聲，幾乎不像是人類可能製造的聲音。但腳步聲正在離我遠去——至少這還算是一點安慰。我聽見它往門邊移動，沒有開門就直接穿了過去，並穿過昏暗的走廊逐漸遠去，將木板和卡榫擠壓得吱嘎作響——然後一切再度回歸寂靜。

當我終於平靜下來時，我告訴自己：「這只是一個夢罷了——只是個可怕的惡夢。」我躺在床上，一次次回憶著剛才發生的事，直到我說服自己那真的只是場夢，然後我發出一聲放心的笑聲，再度快樂起來。我爬下床，點亮一根蠟燭；當我看見門鎖和門閂和我鎖上門時的位置一樣時，我心中便湧起另一股放鬆的笑意從我的嘴唇逸出。我拿起菸斗點燃，正準備要在火爐前坐下時，煙斗從我手中滑落，我面頰失去血色，平穩的呼吸也突然打住，倒抽了一口氣。就在火爐的灰燼中，我的腳印旁邊印著另一個腳印，但這個腳印大得不可思議，使我的腳看起來就像是嬰兒一般！我房裡確實有個不速之客，那個巨大的腳步聲也獲得了解釋。

我把火給熄滅，爬回床上，因恐懼而動彈不得。我躺了好一陣子，觀察著黑暗，仔細聆聽。接著我聽見頭頂上傳來摩擦的聲音，像是有什麼東西拖著沈重的身體在移動；接著那個沈重的軀體又被人拋下了，我的窗戶也因為這一下撞擊而晃動不已。從這棟屋子的某處傳來重重的關門聲。我又時不時聽見狡猾的腳步聲在走廊上來來去去、在樓梯上上下下。有時這些聲響會朝我的門移動過來，猶豫一會，然後又離去。我聽見遠處走廊上的鐵鍊碰撞的清脆聲響，並聽著那股碰撞聲逐漸朝我靠近，聲音沿著樓梯移動，每一個腳步都伴隨著鐵鍊規律的晃動聲，一步一步向上移動。我聽見低語的聲音，以及還沒完全說出口就被強硬阻止的尖叫聲，還有看不見的布簾飛舞的呼呼聲，以及看不見的翅膀啪啪拍打的聲音。接著我意識到有東西在我房裡——我不再只是一個人了。我聽見床邊傳來嘆息與呼吸聲以及謎樣的耳語。三團小小的鬼火在我頭頂上方的天花板上亮起，定在那裡一會，然後便落了下來——兩滴落在我的臉上，一滴落在枕頭上。它們像液體般飛濺，摸起來十分溫熱。直覺告訴我，當它們落下時，在過程中已經變成了血——這點我不需要透過燈光也能確定。接著我看見一張張蒼白的臉，和向上舉起的白手，在半空中飛舞，卻沒有看到身體，它們在空中漂浮了一會，然後就消失了。耳語平息，其他的聲音也隨之消失，伴隨而來的是一陣肅穆的沈默。我繼續等著，傾聽著。我覺得我一定已經死了。我因恐懼而虛弱無比。我緩緩地坐起身，臉頰上卻突然感覺到一隻黏膩的手。我力氣盡失，像是被人重擊一般躺回床上。接著我聽見布料摩擦的窸窣聲——那東西似乎從門口離開了。

當一切再度安靜下來後，我恐懼而驚慌地爬下床，並用像是突然老了百歲的手顫抖地點亮爐火。火光使我的精神稍微振奮了一些。我坐了下來，並像做白日夢般思索著灰燼中那個巨大的腳印。腳印的輪廓逐漸變得模糊。我抬起眼，發現熊熊的火焰正在逐漸萎縮。同一時間，我又聽見了那個如同大象般的腳步聲。我意識到它沿著發霉的走廊越靠越近，而火光也變得越來越黯淡。腳步聲來到我的門邊然後停了下來——火光已經萎縮成一種令人反胃的藍色，我四周的一切都籠罩在這股詭異的黯淡光線之中。門沒有打開，但我我感受到一股淡淡的風吹過我的臉頰，並感覺到有一大團像雲霧般的存在出現在我面前。我著了魔似的看著它。一股蒼白的光線籠罩著這個物體；接著，它模糊的身影開始現形——一條手臂出現，接著是腿，接著是身體，最後是一張悲傷的臉，透過煙霧看向外頭。卡迪夫巨人褪去了他薄薄的外殼，美麗的肌肉線條裸露在外，就這樣立在我的面前[48]！

我的恐懼瞬間灰飛煙滅，因為就連孩子都知道，那樣和善的容貌是不會對人帶來任何傷害的。我的情緒立刻提振起來，而彷彿和我的心情同步一般，爐火也再度亮起。孤單的人不會拒絕任何人的陪伴，我也歡迎這友善的巨人來訪。我說：

「怎麼，就是你嗎？你知道，過去這兩三個小時，你快把我給嚇死了！但我真的很高興能見到你。真希望我有張椅子能讓你坐——等等、等等，不要坐在那上面啊！」

但是太遲了。在我阻止他之前，他就一屁股往椅子上坐去——我這輩子從沒看過一張椅子晃動得那麼厲害。

「住手，住手，你會把一切都毀——」

但我還是太遲了。又傳來一聲巨響，另一把椅子又被打回了原型的木材。

「真是夠了，你沒有一點判斷力嗎？你想要毀了這裡所有的家具嗎？好了，好了，你這個石化的傻瓜——」

但這一點用也沒有。在我阻止他之前，他就往床上坐了下去，床便成了一攤可憐兮兮的殘骸。

「現在，你到底想幹什麼呀？你先是在這個地方走來走去，還帶著一大群地精跟著你跑，把我嚇得半死，現在當我決定無視你那只能出現在高級劇院裡當演員的裝扮，甚至連你裸露的性器官都可以不當一回事，你卻把所有可以坐壞的家具都坐壞了，你就是這樣回報我的嗎？你為什麼要這麼做？你對你自己造成的傷害也很大呀。你把你的尾椎骨都坐斷了，還讓滿地都是你手掌的碎屑，讓這裡看起來像是個瓦礫堆。你應該要感到羞愧——你應該大到知道這樣做是不對的。」

「好，我不會再弄壞家具了。但你要我怎麼辦呢？我已經一個世紀沒有坐下了。」然後他的眼中便盛滿了淚水。

「可憐的傢伙。」我說。「我不應該對你這麼兇的。而且你也是個孤兒吧。但請你坐在這裡的地上——其他東西都承受不了你的重量的——再說，你這樣高高站著，我們也沒辦法好好說話。讓我坐在這張高腳椅上，你坐在地上，這樣我們才能面對面地聊天呀。」

所以他在地上坐下，點燃我給他的菸斗，披上一條我的紅毯子，把我的浴盆像頭盔般戴在頭上，並讓自己舒適地坐好。在我重新換上柴火時，他盤起腿，並將他蜂窩狀的巨大腳底伸向溫暖的火焰。

「你的腳底和腿的後面發生什麼事了？為什麼會有這麼多坑洞？」

「地獄的凍瘡——是我被埋在紐奧的農場裡時得到的，連頭的後面都有長。但我很愛那個地方；就像一個人深愛他的故鄉一樣。我在其他地方都感受不到在那裡時的安心感。」

我們聊了大約半小時，然後我注意到他看起來很疲倦，便提了出來。

「累嗎？」他說。「我想是吧。既然你對我這麼好，我就通通都告訴你好了。我是這棟房子對面那間博物館裡的化石的靈魂。我是卡迪夫巨人的鬼魂。直到他們把我埋回地底下之前，我都無法獲得安息。但我要怎麼做才能完成願望呢？我只能嚇人啊！只能在這裡裝神弄鬼啊！所以我在博物館裡不斷徘徊。我召集了其他靈魂一起來幫我。但這樣沒有什麼用，因為沒有人會在大半夜時參觀博物館。接著我突然想到，我可以讓這裡也鬧鬼一下。我覺得只要有人願意注意我一下，我就會成功了，因為我有著傳統中最得力的助手。夜復一夜，我們在這些陰暗潮濕的走廊上遊蕩，拖著鐵鍊、低聲呻吟、耳語、在樓梯上跑上跑下，到現在我已經累得不行了。但我看見你的房裡透露出燈光，所以我決定鼓起勇氣再試一次。但我現在已經累壞了——完全累慘了。我拜託，算我求你了，給我一點希望吧！」

我興奮地從椅子上跳下來，大喊：

「這樣一切都說得通了！這裡發生的一切——怎麼，你這可憐的老傻瓜化石，你完全白忙一場了，你一直流連在一個石灰打造的假貨旁邊呀。真正的卡迪夫巨人在阿爾巴尼呢！

「真是夠了，你不知道你的本尊在哪裡嗎？」

我從來沒有一個人的臉上出現這麼強烈的羞愧與羞辱之感。

石巨人緩緩站了起來，說：「這是真的嗎？」

「就跟我現在人在這裡一樣，再真實不過了。」

他把菸斗放在壁爐上，不太肯定地在原地站了一會（並無意識地想要將手插進他原本的大布袋褲口袋裡，但隨後便沮喪地垂下頭），最後終於說道：「好吧——我從來沒有覺得這麼愚蠢過。石巨人已經把一切都賣掉了，現在他要把自己的靈魂也賣了，把這可惡的騙局給結束！孩子，若你心中對於像我這樣無依無靠的鬼魂還有一點仁義之心，請不要讓它消失。想想如果你是像我這樣的傻子，你心中會有什麼感覺。」我聽著他沈重的腳步聲逐漸消失，一階階走下樓梯，進入外頭無人的街道。我為他的離去感到遺憾，這可憐的傢伙——但更遺憾的是他把我的紅毯子和浴盆也給帶走了。

48 卡迪夫巨人據傳是在一八六九年十月十六日，由紐約州卡迪夫小鎮的工人們所挖出的一個「人類化石」。但這個「巨人」其實只是由喬治．赫爾打造的一個假人，並埋藏在他表親威廉．紐奧的農場裡。威廉．紐奧將這個巨人公開展覽，並向人們收取入場費。之後，紐奧將這個假人搬到了紐約雪城，繼續公開展覽。P．T．巴納姆想用五萬美金向紐奧購買這個化石，但被拒絕，他便打造了一個複製品，並向世人宣稱，這才是真正的卡迪夫巨人。赫爾把自己的作品賣給了大衛．漢納姆，他便去控告巴納姆抄襲原本的巨人。漢納姆針對那些相信了巴納姆複製品的人說了這句話：「每分鐘都有個傻子誕生。」（這句話最後也成了著名格言。）一八七〇年，法院裁定，除非卡迪夫巨人自己出庭作證，否則漢納姆的指控就無法成立，巴納姆也不構成抄襲，因為兩者都是假的。

吹一聲口哨，朋友，我就會來的

Oh, Whistle and I'll Come to You, My Lad

M．R．詹姆士

透過將場景設立在現代環境，蒙特鳩．羅德斯．詹姆士（西元一八六二年至一九三四年）幾乎隻手將十九世紀的鬼故事推向頂峰，這一點是無庸置疑的。他寫了幾十篇的「古文物研究」鬼故事，其中許多都含有學者或古董商遭遇超自然經歷的情節。詹姆士寫道，他的目標是「讓讀者不知不覺地認為：『如果我不夠小心，這類事情也許就會發生在我身上！』」要在詹姆士的著作中選出最優秀的一篇實在太難了，但以下這則初次收錄在文選集《古董商鬼故事》的短篇小說，正是特別吸引人的一篇。

「我想你很快就要離開了吧，教授，因為你的任期已經結束了。」某人對著本體學的[49]教授說道。兩人正在聖詹姆士大學的醫院大廳中參加一場宴會。

教授十分年輕，穿戴整齊，說話直切重點。

「是的。」他說。「我的朋友們一直要求我今年學好高爾夫球，所以我要前往東岸——更準確的說是本斯托[50]——（我敢說你一定知道這個地方）待上一到兩個星期，好好精進我的球技。我預備明天啟程。」

「喔，帕金森。」他另一側的賓客說道。「如果你要去本斯托，我真希望你能去看一座聖殿騎士團的教堂遺跡，並讓我知道那裡值不值得暑假時間去挖寶。」

從他說的話，你當然知道這是一位古董商了，但由於他只會出現在這篇序章裡，他的稱謂就不必贅述。

「當然了。」帕金斯教授說道。「如果你能告訴我這個遺跡的位置，我會在回來時盡可能詳盡地告訴你那裡的狀況；或者我也可以寫信給你，請告訴我你這段時間的所在位置。」

「不需要這麼麻煩，謝了。我只是在想，既然我要帶我的家人去那裡工作，英國的聖殿騎士教堂又通常沒有非常縝密的建造計劃，我也許可以在休假的日子做點什麼。」

教授覺得將聖殿騎士團的教堂做好規劃是一件荒謬至極的事。他身邊的人繼續說：

「那個遺跡——我猜地表上應該已經沒有多少物件存在了——現在應該離海岸線很

近。如你所知，近年來海岸線內縮得很多，遺跡應該距離環球旅店只有四分之三哩的距離，就在小鎮的北邊盡頭。你這段時間會住在哪裡呀？」

「嗯，正是環球旅店。」帕金斯說。「我已經在那裡訂好房間了。其他地方都訂不到；顯然大部分的旅店冬天都休業；而且他們告訴我，現在我唯一能訂到的房型是一間雙床房，而且他們找不到別的空間把一張床收掉。但我的房間應該會很大，所以我會帶一些書下去，順道在那裡做些工作；雖然我不喜歡在我的書房裡有空床——更別提還是兩張了，但我想我可以勉強湊合著用吧。」

「帕金斯，房間裡有多一張空床，你居然覺得是湊合？」他對面一個較為浮誇的人說道。「不然這樣吧，我跟你一起下去，床就給我用了，還可以順便陪你。」

帕金斯一陣哆嗦，但還是強迫自己擠出一聲禮貌的笑聲。

「怎麼，羅傑斯，當然好了。但我怕你會覺得那裡很無聊呢；你不玩高爾夫球的，對吧？」

「當然不，感謝老天！」魯莽的羅傑斯先生說。

「嗯，是的，如果我不是在寫作，那我就是在外頭的球場上，所以我才會說，你可能會覺得那裡很無聊。」

「喔，這我就不知道囉！那裡一定有我認識的人；但如果你不希望我去，你就直說吧，帕金斯；我不會介意的。就像你常說的一樣，真話永遠也不會冒犯人的。」

帕金斯確實是一個極度禮貌又極端誠實的一個人。而像羅傑斯這樣有時候會利用他的性格的人，總是讓他有點恐懼。現在帕金斯心中正有兩股力量在角力，使他一時半刻回不了話。等到內心衝突結束後，他說：

「嗯，羅傑斯，如果你真的想要聽實話的話，我不確定我所說的房間，究竟有沒有大到可以讓我們倆人都舒服地在裡頭生活；而且（如果你沒有逼我的話，我也不會這麼說的），我也在想，你會不會我做研究的阻礙。」

羅傑斯大笑出聲。

「說得好，帕金斯！」他說。「沒關係的。我保證不會打斷你的工作；你不要自己在那裡困擾了。如果你不想要的話，我就不會去啦；我只是在想，我跟去，或許可以幫你擋擋鬼呀。」他說到這裡，便眨了眨眼睛，肘擊了一下他身邊的賓客。帕金斯的臉紅了起來。「真抱歉，帕金斯。」羅傑斯繼續說下去。「我不該這麼說的。我忘了你不喜歡多聊這種話題。」

「嗯。」帕金斯說。「既然你都提起了，我得說我的確不喜歡這樣隨便談到你稱之為鬼的東西。以我的身分來說——」他稍微揚起音調。「我發現我必須要用最謹慎的態度談論對於這類議題的看法與立場。如你所知，羅傑斯，或者你應該要知道的；我想我從來沒有掩飾過自己的態度——」

「不，你確實沒有，老頭。」羅傑斯低聲說。

「我認為任何類舉、任何暗示這類事物存在的表述，都是在褻瀆我認為最神聖的東西。但我想你並沒有注意到這一點。」

「你的重點就是賓利伯博士一直說的話。」羅傑斯打斷他，表現出一副亟欲精準表達的模樣。「但我得向你道歉，帕金斯，別再說下去啦。」

「不，沒事的。」帕金斯說。「我不記得什麼賓利伯博士；也許他是前一個世代的人吧。但我確實不用繼續說下去了。我知道你應該懂我的意思。」

「是的、是的。」羅傑斯很快地說：「我懂。我們在本斯托還是哪個地方，可以再好好深入這個話題。」

在以上這段對話中，帕金斯展現出來的表現就像是個老婦人——對於某些小事十分斤斤計較；而且他完全缺乏幽默感，但同時卻又無所畏懼，對於他所相信的事物也投注無比的熱誠，並且是個非常值得他人尊重的人物。無論讀者是否對他產生了這樣的印象，這就是帕金斯的人格特質。

隔天，帕金斯確實成功地離開了大學校園，並抵達本斯托。他在環球旅店入住，安穩地搬進了剛才所提到的雙床大房，也有幸在休息之前，能將他的研究資料以他順手的方式擺在寬敞的桌面上。桌子佔據了房間靠外的那一面牆，前方和左右都是能夠看見海景的玻璃窗；正面的窗子正好面向海面，左右兩邊的窗子則分別有著北岸與南岸的海景。往南岸的方向看去，可以看見本斯托的村莊。北岸則沒有房屋，只有海灘與背後的矮懸崖。眼前首先所見的是一小片草叢，雜亂無章，上面佈滿了舊錨桿和絞盤等廢棄物。然後是一條寬闊的道路；再來就是海灘。不論環球旅店與大海之間的原始距離可能是多少，現在距離他們都不超過六十碼。

當然，旅館的其餘住戶都是打高爾夫球的人，其中很少有需要特別描述的對象。最引人注目的人物也許是倫敦一家俱樂部的秘書，同時也是一位退休的老兵，擁有不可思議的大嗓門，以及虔誠的新教信仰。在他與當地教區的牧師打到照面後，由於牧師是個特別喜歡繁文縟節的人，使得這位秘書不得不出於對東盎格魯傳統的尊重，把他的觀點給強壓了下來。

抵達本斯托的第二天，帕金斯教授大部分的時間都與一位威爾森上校一起「精進球技」；而在下午時分——不知道是否因為這段「精進」的過程——上校的面色變得蒼白不已，使帕金斯猶豫著要不要提前送他離開球場回家。在短暫地打量過他微微顫動的鬍子與泛紅的五官之後，他決定在不可避免的晚餐約之前，還是讓茶葉與菸草來治癒上校就好。

「我今晚也許可以沿著海岸走回家。」他想著。「對，然後我還可以去看看迪士尼所提到的那個遺跡——今晚的光線應該也還夠。雖然我不知道那在哪裡，但我隨便走走，總是會撞見的。」

他確實是以字面上的方式找到了這個遺跡。當他從球場往海邊前進時，他的腳絆到了金雀花的根和一顆大石頭，便撲倒在地。他爬起身，環顧四周，便發現自己身處一片破碎的土地，地上遍佈著窪地與土丘。後來他研究了一下土丘，發現那些是埋在灰泥與草皮之下的火石塊。他便得知，這裡一定就是他答應要來探勘的聖殿遺跡了。這裡似乎一點也不值得冒險者一探究竟；大部分的地基也許早已毀壞得無法判斷整體的結構了。他隱約記得聖殿騎士總習慣建造圓形的教堂，他也認為他周遭的土丘的確以圓弧的形狀排列。很少人能夠抵擋業餘研究的誘惑，儘管只是為了看看自己如果認真投入努力的話，會得到多少的成就。但我們的教授本人，只覺得自己需要遵守對迪士尼先生的承諾。所以他小心翼翼地沿著他所發現的圓弧區域行走，並在自己的口袋筆記本裡寫下粗略的尺寸。接著他走上前，查看位於圓圈中央偏東的一個矩形高台，並認為這是某種舞台或祭壇的底座。在其北邊的邊緣，有一塊覆蓋的草皮被剝去了——也許是某個孩子或野生動物所為。他想，也許他可以帶走一小塊的土壤，作為石造結構的證據，於是他拿出小刀，開始刮去土壤。接著，他又有了一個小小的發現：一小塊土壤在他刮取時向內塌陷，並露出了一個小小的洞穴。他連了點亮幾根火柴，想看清這個洞的模樣，但風太強，將每一根火柴都吹熄了。他用小刀在洞穴內部鼓搗了一會，終於發現這是某種人造的結構。裡頭是工整的長方形，而且側邊和上下兩面就算沒有鋪過灰泥，也是十分平滑且標準的。裡頭當然是空無一物了。不！當他準備抽出小刀時他聽見一聲金屬碰撞聲，他將手伸進洞裡，便摸到一個圓柱形的物體躺在洞的底部。他出於本能地將它拿了出來，並湊在快速消褪的夕陽下看了一眼，發現那也是人造之物——那是一個大約四英吋長的金屬管，看起來已經年代久遠了。

當帕金斯確定這個奇怪的小儲藏室裡沒有別的東西時，天色已經晚到讓他沒有辦法進行更多調查了。他在這裡找到的東西有趣得令他意外，他決定明早再貪一點早，好讓他能再多做一些考古工作。他想，現在他收在口袋裡的奇異物件，至少會有一點點價值吧。

在他動身回旅店之前，他最後一眼看見的景色，既荒涼又肅穆。西方的一點黃色微光照出了球場、矮胖的圓形堡塔、艾德希村莊的點點光線、淺色蜿蜒的沙岸、點綴其中的深木色防波堤，還有朦朧波動的海面。北風十分兇猛，但當他動身前往環球旅店時，北風是吹著他的背的。他很快地越過鵝卵石，來到沙岸上，除了每過幾碼就要翻越的防波堤之外，整段路程既愉悅又安靜。他向後看了最後一眼，好評估他離開聖殿騎士教堂的距離，卻發現一個人模糊的人影跟在他身後，似乎正努力想要追上他，但卻幾乎毫無進展。他的動作像是在奔跑，但他和帕金斯之間的距離似乎並沒有實質上的縮減。所以最後，帕金斯想，既然他幾乎可以百分之百確定不認識對方，他停下來等對方追上也是挺愚蠢的。不過說到朋友，他開始想著，如果在這段寂寞的海岸上，能有個他自己所選的朋友陪伴，那是再好不過了。在他還未開竅的年紀，他曾讀過在這樣的地方可能會有什麼樣的遭遇，這是連現在他都不太敢細想的。但直到他抵達旅店之前，那些念頭仍在他腦中揮之不去，尤其是其中一個時常出現在他們童年時期的幻想。「夢中，克利斯提安才走了一小段路，就看見一個惡魔正從草原的另一端朝他走來。」[51]「要是我現在回頭——」他想著。「看到了一個黑色的身影出現在昏黃的天空之下，還長著長角和翅膀，我該怎麼辦呢？不知道我該站還是該跑。還好我後面的紳士並不是惡魔，他現在距離我也和剛開始時一樣遠。嗯，既然如此，他應該不會比我還快的；我的天啊，晚餐時間距離現在只有十五分鐘了。我得快點了！」

帕金斯沒有什麼時間為晚餐梳洗。當他和上校在餐桌邊碰面時，琵絲早已再度在這位老軍人懷中佔據了統治地位——或至少這位先生能夠負擔的部分；在晚餐後幾小時的橋牌時光裡，琵絲也不得離去，因為帕金斯的確是一名可敬的對手。當他在十二點左右回房時，他覺得自己的夜晚時光過得很令人滿意，接下來的日子不論是兩週或三週，如果都是在這樣的狀態下渡過，他也能夠接受——「如果我能精進球技的話，就更好了。」他想。

他在前往房間的走廊上遇到了旅店的服務生，對方停下腳步和他說：

「不好意思，先生，我在清理你的大衣時，有東西從口袋裡掉了出來。我把它放在五斗櫃上了，先生，在你的房間裡。先生——一段水管之類的東西，先生。謝謝你，先生。你進房間就會在五斗櫃上看到了，先生——是的，先生。晚安，先生。」

這段話倒是提醒了帕金斯自己那晚的小發現。他十分好奇地在燭光下把玩著。現在他看出來，這東西是由黃銅所造，造型像是現在的狗笛；事實上——是的，那東西確實不偏不倚地就像個哨子。他把管子湊到嘴邊，但裡頭塞滿了沙土，無法敲打鬆動，但一定可以透過小刀清除。帕金斯一如往常地整潔，因此他把沙土清出來，倒在一張紙上，然後把紙拿到窗邊去倒乾淨。夜空遼闊且明亮，他站在打開窗邊，眺望著海洋，然後看見一個仍在外遊蕩的身影就站在旅店前的海岸邊。他關上窗戶，有點意外本斯托的居民這麼晚睡，然後把哨子再度拿到燭光下。哨子上竟有著記號，而且不是一般的符號，而是字母！由於沒有什麼磨損，那些深深刻在其上的字母還清晰可見，但教授還是得承認，經過一段時間的思索後，那些字母就像是寫在伯沙撒王[52]牆上的字跡一樣，對他來說毫無意義。哨子的正反面都有刻字，其中一段是：

FLA
FUR BIS
FLE

另一段則是：

✠QUIS EST ISTE QUI UENIT✠

「我應該有辦法搞清楚。」他想。「但我的拉丁文真的不怎麼好。仔細想想，我連哨子的拉丁文都不知道。長的那句看起來確實滿簡單的。這應該是：『誰要來了？』的意思。嗯，最好的辦法就是吹哨召喚他囉。」

他試探性地吹了一下，隨即停了下來，被哨音嚇了一跳，卻又十分欣喜。哨音悠遠，雖然似乎相當輕柔，但他卻覺得這哨音可以傳好幾哩遠。這聲音似乎有某種力量（像很多香料一樣），能夠在腦中產生畫面。有那麼一刻，他清晰地看見一片寬闊、漆黑的夜景，清新的風吹拂著，正中央則站著一個人——但那個人在做什麼，他卻看不出來。也許如果不是那陣突然撞在他窗戶上的一陣強風，他就可以再看得更明白一點了。那陣風來得太突然，使他抬起眼，卻只看見一隻海鳥的白色翅膀掠過漆黑的窗外。

哨音讓他十分著迷，使他忍不住又試了一次。這次的哨音比前一次大了一點點，而這個動作破壞了他腦中的畫面——這次並不像他所想的那樣，在他心目中產生新的圖像。「但這到底是什麼東西？老天！是什麼力量使風可以突然這樣颳起來！那陣風真強！看吧！我就知道那道窗鎖沒有用！啊！我就知道——兩隻蠟燭都熄了。風強得都要把整個房間颳走了。」

他要做的第一件事，是去把窗戶重新關上。他花了好長一段時間和小小的窗戶搏鬥，幾乎像是在抵抗一個頑強的小偷，風的力道大得嚇人。突然間，那股壓力就消失了，窗戶砰的一聲關上，自動上了鎖。現在可以重新點亮蠟燭，檢查一下損失了。一切似乎都還保持原狀；窗戶上的玻璃甚至也沒有一絲裂痕。但這聲巨響顯然至少吵醒了一位旅館的房客：他可以聽見上校在樓上踱著步，腳上還踩著襪子，低吼著。風雖然來得快、去得也快，卻不是立刻止息。風聲持續著，在旅館外窸窣移動，時不時發出像是尖嘯的聲響，套句帕金斯的話，那會讓某些想像力豐富的人很不舒服；但過了十五分鐘後，他也不得不承認，就算是沒什麼想像力的人，少了這風聲也許會快樂許多。

帕金斯不知道是什麼東西讓他睡不著覺，是風聲、是對高爾夫球的興奮感，或是在聖殿進行的那些小小調查。但他就只是躺在那裡，久得足以讓他開始幻想自己是許多致命疾病的病患（在這種情況下，作者我本人也很常這麼做）：他數著自己的心跳，覺得心臟好像隨時都會停止運作，並不時懷疑他的肺、大腦或肝臟——他很確定這些不安等天亮就會消失了，但此時此刻，他就是沒辦法把這些想法拋諸腦後。不過他一想到有人和他一樣夜不安枕，他就產生了一種罪惡的安慰。一個鄰居（在黑暗中，他無從判斷是從哪個方向傳來）正在床上翻來覆去的。

帕金斯試著閉上眼睛，強迫自己進入夢鄉。但那股過度亢奮的心情似乎轉換成了另一種形式——圖像化。確實，如果一個人試著睡覺，眼前時常會出現一些畫面，而且總是令人不舒服得只能睜開眼睛，好驅散那些影像。

帕金斯這次所看見的圖像令他痛苦不已。他發現這個出現在他眼中的畫面是連續的動畫。當他睜開眼時，畫面當然就消失了；但只要他再度閉上眼，畫面就會更新一次，並且再度在他眼前上演，與先前並無二致。他所看到的畫面是這樣的：

一片長長的海灘，鵝卵石灘的邊緣圍繞著沙地，並間隔著一個個黑色的防波堤，一路延伸至海中。這個場景和他下午散步時的場景好像，但缺少了地標，這也可能是任何地方的海岸。光線昏暗，像是暴風雨來臨前的天空，又像是冬天的夜晚，並下著冰冷的小雨。一開始，這畫面中只有風景，沒有任何人物。接著，遠處冒出了一個黑色的物體；一會之後，物體變成了一個男人狂奔、跳躍、翻過防波堤的身影，而且每隔幾秒就向後張望一下。隨著他跑得越近，他的肢體語言就變得越明顯，他不只是焦慮，甚至是嚇壞了的樣子，儘管帕金斯看不清這人的臉。這個人已經沒有體力了。他繼續前進，但每一個新出現的障礙都顯得比前一個更難翻越。「他跑得過下一個嗎？」帕金斯想。「這一個防波堤好像比其他的高一些。」是的；那個人連滾帶爬地翻了過去，從另一側摔下來（就在靠近觀看者的這一側）。而他就像是沒有力氣再爬起來了一樣，蹲在防波堤下方，帶著極度的驚恐向上看去。

截至目前為止，帕金斯都還不知道這個人到底在害怕些什麼；但現在位於遙遠的岸邊，一抹淺色的東西正不規則地來回飛躍著。它的形體快速增長，並逐漸長成一具批蓋著飄逸白布簾、變換不停的形體。不知為何，它的動作使帕金斯非常不願意靠近它。它會停下腳步，舉起雙臂，彎下身子靠向沙地，然後衝向海水的邊緣，又衝回原位；然後它會直起身子，用令人驚恐的速度沿著海岸向前衝刺。追在跑者身後的物體終於來到距離他躲藏的防波堤幾碼遠的地方了。它來回搜尋了幾回之後，終於停了下來，站直身軀，舉起雙臂，然後直直朝防波堤衝去。

帕金斯總是在此時放棄堅持，睜開雙眼。在視力疲乏、大腦使用過度、抽菸過量等等的荒謬猜測過後，他終於決定爬下床，點亮蠟燭，拿出一本書。他寧可徹夜不眠，也不想繼續受到這沒完沒了的折磨。他知道自己所看見的東西，只是他今天的散步與思緒扭曲過後的產物。

火柴摩擦外盒的聲音以及燭光肯定是驚擾了黑夜中的某種生物——老鼠之類的——他聽見床邊傳來某個東西快速竄開的窸窣聲。老天，老天！火柴熄了！真是太可惡了！但第二根火柴就成功地點著了，他便勉強就著燭火看起書，直到他的精神再也撐不住，他才像昏迷般睡去。在帕金斯按部就班的人生中，這是他第一次忘記吹熄蠟燭，當他隔天早上八點被叫醒時，燭台上還有一絲零星火光，小小的桌面上流著一攤融化的蠟油。

早餐過後，他回到房裡，將高爾夫球裝整裝完畢——他有幸再度和上校搭擋。這時，旅館的女僕走了進來。

「喔，先生，你好。」她說。「你還需要毛毯嗎？」

「啊！謝謝你。」帕金斯說。「好的，我想再一條吧。這裡好像變冷了。」

女僕很快就抱著一條毛毯回到房裡。

「我要放在哪一張床上呢，先生？」她問。

「什麼？怎麼，那一張呀——我昨晚睡的那張。」他邊說邊指向床鋪。

「喔，好的！不好意思，先生，因為你看起來兩張都睡過了；不論如何，今天早上我們把兩張都重新鋪好了。」

「是嗎？真荒謬！」帕金斯說。「我確實沒有碰過旁邊那一張床，只有把東西擺在上面而已。那張床真的看起來是有人睡過了嗎？」

「喔，是的，先生！」女僕說道。「一切的東西都皺成一團，隨處亂丟呢。不好意思，先生，請容許我這麼說——那看起來像是有人做了惡夢一樣呢，先生。」

「我的天啊。」帕金斯說。「我想我拆行李的時候，病症比我想像的還嚴重呢。很抱歉給你添麻煩了。對了，我很快就會有個朋友來訪，一位從劍橋來的紳士。他會用另外那張床一兩晚。我想這應該不會有問題吧？」

「當然沒有問題了，先生。謝謝你，先生。我很確定不會有什麼問題的。」女僕說道，然後轉身格格笑著和她的同事離開了。

帕金斯則動身前往球場，下定決心好好精進自己的球技。

我很榮幸地宣布他在球場上越發成功，因此昨天對於自己夥伴的表現充滿期待的上校，隨著早晨的時間流逝，變得越來越健談了。正如我們自己的某些未成年人詩人所說的那樣，他的聲音在草地上隆隆作響，套句我們這些小詩人的話說，就像「大教堂中的管風琴一樣」。

「昨天晚上的風真是驚人啊。」他說。「在我老家，我們會說一定是有人吹哨把它招來的呢。」

「是這樣嗎？」帕金斯說。「你的故鄉還有這麼迷信的說法嗎？」

「我不知道這迷不迷信。」上校說。「在丹麥和挪威，大家都這麼相信著，在約克沿岸也是；我自己的經驗是，這種民間傳說總是有一些根據的，而且代代相傳很久了。但現在輪到你揮竿啦。」

等到他們再度繼續這個對話時，帕金斯有些猶豫地說：

「既然聊到這件事，上校，不瞞你說，我對這個議題的看法是非常強烈的。事實上，我是一個非常堅定的無神論者，不相信所謂的『超自然』事物。」

「什麼！」上校說。「你是說，你不相信預言或是鬼魂之類的事嗎？」

「一概不信。」帕金斯堅定地回答。

「好吧。」上校說。「如果是這樣的話，我想你大概比撒都該人好多了[53]。」

帕金斯正打算告訴他，在他的觀點中，撒都該人是他在整個舊約聖經中讀到最理智的人種了；但要提到撒都該人，就會提到他讀過聖經，他最後決定還是一笑置之。

「也許是吧。」他說。「但是——喂，把四號桿給我吧，孩子——不好意思，上校，等我一下。」對話短暫地中止了一下。「至於吹口哨把風給招來這件事，我想說說我的理論。風形成的原因還未完全為人所了解，尤其是漁民之類的人，是完全不了解。也許是某個有壞習慣的人，總是在奇怪的時間沿著海岸線散步，並吹著口哨。接著一陣強風颳起；懂得觀測天象的人，或是擁有晴雨表的人，也許就這樣把這件事傳下去了。一座漁村裡的單純民眾不會有晴雨表的，也只略知幾個預測天氣的粗略規則。有什麼比捏造出來的古怪人物更像是招來了巨風？如果他傳出了這樣的傳聞，難道不會拚命試著維護這個名聲嗎？拿昨天的風來說好了，颳風的時候，我自己正在吹口哨呢。我吹了一個哨子兩次，風就像是被我給招來的一樣。如果當時有人看到我——」

聽著這一番高談闊論，使得上校似乎有些失去耐心。帕金斯不小心擺出了說教的姿態；但最後一句話使上校停了下來。

「你說你昨晚在吹哨子嗎？」他說。「是哪一種哨子？你先揮桿。」他們繼續打球。

「你問起的那枚哨子，上校，是一個很有趣的東西。在這裡——不；我想我把它留在房裡了。事實上，那是我昨天才撿到的。」

帕金斯把昨天找到哨子的經過告訴了上校，但上校低哼了一聲，說如果他是帕金斯，他會對於天主教徒所留下來的遺物謹慎一點，因為他從來不知道這些人居的是什麼心。從這個話題開始，他便講起了牧師的惡形惡狀，說牧師在前一個星期日發出通知，星期五是使徒聖托馬斯的盛宴，並將在教堂的十一點舉行禮拜。上校認為，這和其他類似的安排構成了一個強烈的假設：這位教區牧師就算不是個耶穌會信徒，也是一個隱性的天主教徒；而帕金斯在這個領域中追不太上上校的腳步，因此並沒有反駁。事實上，他們早上的相處非常融洽，以至於雙方都沒有提起午餐後要分道揚鑣的提議。

兩人下午繼續愉快的切磋，或者至少愉快得讓他們忘了其他事情，直到天色開始轉暗。帕金斯這才想起他打算再回去聖殿遺跡做一點調查的；但他想，這其實不重要。今天沒去，明天再去就好了；他還是跟著上校回旅店吧。

就在他們走過旅店的轉角時，上校差點就被一個拔腿狂奔的男孩給撞倒了。但男孩並沒有繼續往前跑，而是緊抓住上校，大口喘著氣。上校的第一句話自然是指責和不滿，但他很快意識到男孩幾乎是無言以對。當男孩喘過氣來後，他便大哭起來，並依然緊緊抱著上校的腿。最後他終於放手了，但是還是哭個不停。

「你到底有什麼毛病？你在幹嘛？你看見什麼了嗎？」兩個男人問道。

「嗚，我看見它在窗子裡對我揮手。」男孩哭喊著說。「我不喜歡它。」

「什麼窗戶？」上校不耐煩地說。「冷靜一點吧，孩子。」

「旅館前面的窗戶呀。」男孩說。

帕金斯想要把孩子送回家，但上校拒絕；他說他想要把事情追根究柢一番；這樣嚇一個小孩實在太危險了，如果他發現這是有人在惡作劇，那些人一定要付上代價。接著一系列的問題，兩人終於拼湊出一個故事輪廓：這個男孩本來和其他人一起在環球旅店前的草地上玩；大家解散回家吃下午茶，他也準備要走了，但他抬眼看向旅店正面的窗戶時，就看見它在向他揮手。那看起來像是某種人形，他所見的部分都是白的——看不見它的臉；但它對他揮手，那東西看起來不太對勁，看起來甚至不像個人。那個房間裡有燈光嗎？不，他沒想到確認燈光。是哪一扇窗戶？是頂樓的還是二樓的？是二樓的窗戶——兩側有兩扇小窗的那個大窗戶。

「很好，孩子。」上校又問了幾個問題之後說道。「現在你快回家吧。我想只是有人想要嚇你罷了。下一次你就像個勇敢的英國男孩一樣，往窗戶丟一顆石頭——嗯，好吧，還是別這麼做，但你就進去旅館，跟服務員說，或是跟老闆辛普森先生說，然後說——對——就說是我叫你去的吧。」

男孩看起來很懷疑辛普森先生會不會理會他的抱怨，但上校似乎沒有察覺這點，繼續說道：

「來，這是六便士——不，我看這是一先令吧——快回家，不要再想這件事了。」

孩子焦慮地道了謝，然後快步跑走了。上校和帕金斯便走到旅館前方，仔細查看。只有一扇窗戶符合他們所聽見的描述。

「嗯，真是怪了。」帕金斯說。「那孩子說的肯定是我的窗戶呀。你願意上樓一下嗎，威爾森上校？我們該看看是不是有人擅闖了我的房間。」

他們很快走上走廊，帕金斯作勢要打開房門。接著他停了下來，摸了摸自己的口袋。

「這比我想像的還要嚴重。」他開口。「我現在才想起來，今早出發之前，我是有鎖門的。現在的房門還是鎖的，重點是，鑰匙在我口袋裡。」他舉起鑰匙。「好吧。」他繼續說：「如果這裡的僕人喜歡在房客不在的時候隨意進出房間，我只能說——嗯，我完全不能接受。」他意識到自己的結語有點弱，於是他自顧自底把門打開（門確實是鎖著的），並點起蠟燭。「不。」他說。「一切看起來都很正常。」

「除了你的床。」上校接口道。

「不好意思，那不是我的床。」帕金斯說。「我沒有睡那一張。但看起來的確像是有人把床給搞亂了。」

沒錯：被單整團捲了起來，形成一坨讓人摸不著頭緒的形狀。帕金斯思索著。

「那就是了。」最後他說。「昨晚拆行李的時候，一定是我自己把被單給弄亂了，他們也沒有把床鋪好。也許他們進來鋪床的時候剛好被男孩看到了；然後服務生們被叫走，就順手把門給鎖上了。我想大概就是這樣。」

「嗯，那就搖鈴，然後問個清楚。」上校說，而帕金斯覺得這提議很實際。

女僕出現了。長話短說，她表示今天早上她們是當紳士還在房裡時鋪床的，然後就沒有再進來過了。不，她沒有備份鑰匙。鑰匙都在辛普森先生那裡；他才有辦法告訴這位紳士有沒有人進過他的房間。

這真是個謎。調查顯示沒有任何東西失竊，帕金斯也知道桌上所有小東西擺放的位置，所以他很確定沒有人試圖混淆視聽。辛普頓夫婦也進一步確認他們沒有把備份鑰匙交給任何其他人。像帕金斯這樣公平公正的人，也無法從主人夫婦和女僕身上找到任何說謊的跡象。他開始懷疑是那個男孩騙了上校的錢。

晚餐時間和接下來的整個晚上，上校都意外地沈默，看起來憂心忡忡。當他向帕金斯道晚安時，他低聲說道：

「如果你有需要的話，你知道我住哪一間房。」

「怎麼，好的，謝謝你，威爾森上校，我知道；但我實在不需要打擾你休息。對了。」他補充道。「我給你看過我今天說的哨子了嗎？應該還沒吧。哪，就在這裡。」

上校小心翼翼地在燭光下把玩著它。

「你讀得懂上面的字嗎？」帕金斯一邊說，一邊收回了哨子。

「不，在這個光線下不行。你打算要拿它怎麼辦？」

「喔，嗯，等我回到劍橋之後，我應該會把它拿給那裡的考古學家，看他們怎麼想；

如果他們覺得這有價值的話，我很可能會拿去博物館捐贈吧。」

「嗯！」上校說。「也許你說得對。我只知道，如果換作是我，我會直接把它丟到海裡的。我知道我不需要勸你，但我希望你把這當作一個教訓。我真心希望。晚安了。」

他轉身離去，留下帕金斯一人站在樓梯的尾端，正準備開口說話，隨後便進入了自己的房間。

由於某些不幸的原因，教授的房間裡沒有百葉窗、也沒有窗簾。前一晚他還沒有意識到這一點，但今晚的月亮又大又亮，直接照著他的床，接下來很有可能就會把他給照醒。當他發現這件事時，他便感到惱怒不已，但他靠著讓我忌妒不已的巧手，運用一張條紋地毯、一些大頭針還有一根棍子和一把雨傘，做了一頂遮棚，如果它沒有坍塌的話，就可以完全將月光擋在他的床鋪之外。很快，他就舒服地在床上坐下了。他又讀了一本很艱深的研究資料，直到睡意漸濃，他便迷迷糊糊地掃視了房間一圈，吹熄蠟燭，然後向後倒在枕頭上。

他大概安穩地睡了一個小時左右，就被一聲巨響以最不討喜的方式給嚇醒。他很快就意識到發生了什麼事：他好不容易才搭建好的遮棚垮了，現在如冰霜般蒼白的月光正灑在他臉上。這真是太討人厭了。他有辦法爬起來把遮棚重新搭好嗎？還是想辦法繼續睡下去？

他在那裡躺了幾分鐘，思索著所有的可能性；接著他倏地一翻身，瞪大眼睛，屏氣凝神地聆聽。他很確定房間另一邊的空床上有什麼東西動了一下。明天他一定會要人把這張床搬走，因為顯然有老鼠之類的東西在這張床裡頭亂鑽。現在什麼動靜也沒有。不！又有什麼東西在動了。床上發出窸窣聲，被單搖晃著，肯定不是老鼠所造成的。

我自己可以想像教授有多麼不安和恐懼，因為在三十年前的一場夢裡，我也見過一樣的場景；但讀者們可能很難想像當他看見一個身影突然從空床上坐起來時，那對他來說會是多麼可怕的一件事。他立刻跳下自己的床，朝窗戶衝去，他唯一的武器就是用來撐起遮棚的棍子。但事實證明，這是他有史以來做過最糟糕的決定，因為空床上的人影突然以迅雷不及掩耳的流暢動作滑下床，張開雙臂站在兩張床與房門之間。帕金斯困惑而驚恐地看著他。不知為何，他無法想像自己要怎麼越過它從門口逃走；他沒有辦法碰觸它——他不知道為什麼；而如果它要碰他，那他寧可跳出窗外，也不要讓這件事發生。那東西在暗影中站了一會，他看不清它的臉。現在它開始移動了，半彎著身子，而現在教授有些驚恐又稍微鬆了一口氣地發現，這東西一定是看不見的，因為它用著模糊的雙臂盲目地在四周摸索著。它半轉過身，突然發現了他剛才躺的床，並朝床鋪撲了過去，彎下身，用一種帕金斯這輩子從未見過的方式撫摸著床上的枕頭，使他不禁打了個冷顫。它似乎很快地發現床是空的，接著它往月光的方向移動過去，面向窗戶，使它的模樣第一次現形在帕金斯眼前。

帕金斯是個不喜歡被質疑的人，他曾經向我描述過這東西的某個部分。從他的話中我能聽得出來，他清晰記得那是張可怕至極、由扭曲的布料所擠成的臉。他沒辦法讀出那張臉上的情緒，但那張臉對他所造成的恐懼，在他心中留下了極深的傷痕，這是可以確定的。

但他可沒有餘裕欣賞那張臉太久。那東西又以極快的速度移動到房間中央，而在它亂抓亂揮的過程中，它披散的布料一角掃過了帕金斯的臉。儘管他知道出聲會招致橫禍，但他卻沒辦法把反胃的嗚咽聲給吞回去，而這給了狩獵者一絲線索。它當下便朝他撲了過去，下一刻，他的身體便有一半懸空在窗戶之外，他一聲接著一聲地慘叫，而那張布臉正緊緊靠著他的臉。但就在這一刻，幾乎就在最後一秒的瞬間，救兵趕到了，上校撞開了房門，剛好看見窗邊令人驚恐的畫面。當他趕到那團物體身邊時，只剩下帕金斯一個人掛在窗戶上了。帕金斯向前滑落在房間地上，昏了過去。在他面前的地面上，躺著一團被單。

威爾森上校什麼話也沒問，只是忙著把其他人擋在房間之外，並把帕金斯搬回床上；他自己則披著一條毯子，在旁邊那張床上躺了一晚。隔天一早，羅傑斯就來了，而他受到了熱烈的歡迎，三人在教授房裡進行了一段長長的對話。在談話的最後，上校用大拇指與食指捏著一個小東西離開了旅館，並用盡他肌肉發達的手臂全力將其扔進海裡。不久之後，一團燃燒物體的黑煙從環球旅店的後院傳了出來。

至於他們是怎麼和旅館裡的員工和其他訪客們解釋，請恕我無法回憶了。總之，教授想辦法擺脫了他人對於他精神異常的懷疑，旅館也擺脫了鬼屋的名號。

如果上校沒有及時介入的話，帕金斯會發生什麼事，這應該就不用贅述了。他要不就是摔出窗外，要不就是真的精神崩潰。但那個應哨音而來的生物，除了嚇人之外還會造成什麼傷害，這就不得而知了。除了一團被單之外，它的形體似乎就沒有別的物質存在了。上校自己在印度也有類似的經歷[54]，並認為帕金斯就算和那東西靠得再近，它也無法真正造成什麼傷害，它的能力就只是嚇人而已。他說這整件事只是讓他更加肯定自己對於羅馬教堂的看法罷了。

這件事已經告一段落，但就像你也許已經猜到，教授對於這件事情的看法，已經不像過去那麼明確了。他的精神也受到了極大的傷害：他現在甚至無法直視一件掛在門上動也不動的白袍，冬日午後在草原上看見稻草人的畫面，也會讓他夜不成眠。

49 「本體學」這個詞彙是詹姆士發明的，但近年來有些哲學家也開始使用這個詞，用以描述人們在對於自然環境產生反應時所需的種種知識。

50 本斯托是一個虛構的城市，但詹姆士其實是根據菲力史托的一個沿海小鎮蘇佛鎮所發想出來的。

51 帕金斯想的是出自於約翰·班揚的《天路歷程》中的句子。

52 這是出自於聖經《但以理書》中的故事，故事中的伯沙撒王舉辦了一場宴會，但卻有一隻神祕的手憑空出現在牆上寫字，打斷了他們的宴樂。

53 撒都該人是猶太人的支派之一，他們並不相信後世、也不相信死後重生之事。

54 這位上校的確在印度服役過；不過詹姆士在這裡也許是在致敬魯迪亞德·吉卜林所寫的《鬼故事實錄》（西元一八八八年），故事裡也提到了主角投訴一間旅店，卻在一陣強風中看見了鬼魂。

感官的軀殼

The Shell of Sense

奧莉薇亞·霍華·鄧巴

奧莉薇亞·霍華·鄧巴（西元一八七三年至一九五三年）是一位美國記者與短篇故事作家，主要的小說作品都是鬼故事。她也是女性投票權運動的支持者。鄧巴很早就開始擁戴恐怖小說，尤其在她一九〇五年的散文「小說中鬼影的消逝」中更是有十分堅定的立場。接下來的這篇故事是她最廣為人知的作品，首先收錄在一九〇八年十二月號的《哈潑》雜誌中。

這昏暗、陰森的房間一點也沒變，令人無法忍受。這樣的認知使我痛苦，我的眼神掃過四周一件件舒適而熟悉的物件，這些都是我還在塵世時生活中的一切。現在，這樣的日子已經離我無比遙遠。我敏銳地注意到，我在書櫃中留下的空位仍然在那裡，未被其他東西填滿。我曾經照料的那些羊齒植物精緻的葉片，仍徒勞地朝光線生長；我的小鐘所發出的輕柔聲響，就像那些說話說不停的老女人一樣，依然孜孜不倦地進行著。

一點也沒變——或者說，乍看之下是如此。但一會之後，我突然驚覺，確實有些小地方改變了。窗戶關得太緊；我總是會讓屋裡十分涼爽，儘管我知道泰瑞莎更喜歡屋子溫暖一些。我的工作籃裡頭一團混亂；這樣的小事情卻會讓我這麼痛苦，簡直荒謬。由於這是我第一次的形體轉變，我情緒奇異的變化使我感到不安。某一個瞬間，這個地方是如此地熟悉，完全是屬於我個人的主宰範圍，我心中對它的熱愛使我幾乎想要把臉貼在牆上；但下一刻，我又會被這些奇怪而銳利的新感官給刺激得痛苦不已。怎麼有人有辦法忍受這些尖銳的事物？我曾經忍受過嗎？那些光線和色彩太過耀眼，使風的結構變得模糊，喧囂聲又如此不協調，使我聽不見下方花園中玫瑰綻放的聲音。

但泰瑞莎似乎一點也不介意這些事。事實是，這位親愛的孩子從來不介意混亂。她正坐在我的桌邊——我的桌邊——腦中的思緒我輕易就能猜出。根據我自己一絲不苟的習慣，很顯然那些肅穆的信件早就該處理了。但是我想我並不真的怪泰瑞莎，因為我知道她寫筆記時，她的筆記也許比我的要更不精準一些。在我的注視下，她把最後一封信寫好，並放在桌上一疊黑邊信封的郵件上。可憐的孩子！我現在看見，那些信件使她淚流不止。但和她日復一日、年復一年地生活在一起，我從沒真正了解過她的心思有多麼柔軟。我們對彼此通常只會偶爾才展現出關懷，我也記得自己一直認為泰瑞莎很幸運，因為她可以活得如此輕鬆愉快，不需要被毀滅性的情緒所侵擾……此時，是我第一次真正地看見她……這團混亂糾結的情緒，真的屬於泰瑞莎嗎？我首次感覺到的那些無情而尖銳的理解，對任何人來說都不是件易事；或者說，在那些感官首次被放大的時刻，我仍寧可自己困在過去的那些遮蓋與迷霧之中。

泰瑞莎還坐在那裡，腦中懷著對我的許多溫柔念想，雙手抱著頭。我突然感覺到艾倫的腳步踩著鋪有地毯的樓梯，來到房門外。泰瑞莎也感覺到了——但是怎麼會呢？他的腳步並沒有聲音。她嚇了一跳，把黑色信封藏到視線之外，並假裝在一本小筆記本裡寫著東西。當艾倫出現時，我便忘記要繼續看她了。我在等待的人，當然是他。就是為了他，我才會如此孤單而恐懼地回來這裡　我並不期待他會容許自己發現我的存在，我太清楚他是如何快速而強硬地否認那些不可見之物的。他總是很理性、很理智——如此蒙蔽了心眼。但我反而希望，正因為他完全否定包圍著我的這片乙太[55]，我才能更安全、更隱密地在他四周徘徊。他現在靠近了，非常靠近——但為什麼泰瑞莎坐在這間從來不屬於她的房裡，為了迎接他而做準備呢？我才是吸引他的那個人，我才是他來尋找的那個人啊。

門微微開著。他輕敲了幾下門，然後問道：「你在裡面嗎，泰瑞莎？」所以他是期待在這裡找到她囉？在我的房間？我向後退縮一步，幾乎害怕得待不下去了。

「我很快就好。」泰瑞莎告訴他，而他坐下來在一旁等著。

沒有任何靈魂能夠體會當艾倫坐在碰觸範圍之內時，我所感覺到的怦然心跳。我幾乎無法抵抗讓他感受到我存在的慾望，就算只有一瞬間也好。接著我看了看自己，然後意識到——喔，人類荒謬、可悲的恐懼感啊！我不帶防備的接近他，也許會使他心生警戒。不久之前，我自己也還擁有那些盲目而無知的膽怯之情。因此，我又朝他靠近了一些，但我沒有碰觸他。我只是傾身靠向他，用最輕柔的聲音說出他的名字。我真的無法抵抗這樣的衝動；生命的魔咒仍緊緊禁錮著我。

但我的行為並沒有給他帶來安慰或愉悅。「泰瑞莎！」他喊道，聲音聽起來充滿了戒備——而在那一刻，最後一片面紗也被扯下了，我急切地想要知道這兩人之間的關係，幾乎無法置信。

她轉向他，用她溫柔的神情面對他。

「原諒我。」他嘶啞地說。「但我突然有一股無法言喻的感覺。是不是打開太多窗戶了？房裡好像——有點太冷了。」

「一扇窗戶都沒開。」泰瑞莎保證道。「我確定有把窗戶都關上來抵禦寒風。你生病了吧，艾倫！」

「也許吧。」他接受這個可能性。「但除了這股可怕的感覺之外，我卻沒有感到任何其他病痛——揮之不去 泰瑞莎，告訴我，這是我的錯覺，還是妳也覺得——這裡——有點不對勁嗎？」

「喔，這裡確實有些是很不對勁。」她半啜泣著。「永遠都不會對勁了。」

「老天，孩子，我不是這個意思！」他站起身，四下張望。「我當然知道妳有妳的信仰，我也尊重妳，但妳也同樣知道，這不是我的信仰呀！所以——我們就不要談這些無法解釋的事了。」

我繼續站在他身旁，卻無法碰觸、無從證明。儘管我受傷且悲哀，但他這樣否認我的存在，我無法就此離去。

「我的意思是。」他繼續用他低沈而獨特的聲音說道。「我感受到一股奇特、甚至可說是不懷好意的寒冷之感。是在靈魂裡的那種冷，泰瑞莎——」他頓了頓。「如果我是個迷信的人，如果我是個女人，我也許會覺得——有個鬼魂在這裡！」

他的最後幾個字說得非常輕，但泰瑞莎仍從他身邊退開了。

「別這麼說，艾倫！」她喊道。「我求你了，連想都不要想！我已經很努力在阻止自己去想了——你得幫我。你知道只有不得安息的靈魂才會這樣徘徊。但她不是這樣的。她一直都是快樂的人——她現在一定也是。」

我驚愕地聽著泰瑞莎甜蜜卻武斷的推論。她這種自信的誤解究竟是從何處而來？她和艾倫兩人究竟被包裹在多濃厚的無知之中！

艾倫皺了皺眉。「不要只解讀我的字面意義，泰瑞莎。」他解釋道；而我前一刻還差點就要碰觸他，現在則讓自己站在一旁，以一股從未有過的同情之感聽著他所說的話。「我不是在說妳稱之為靈魂的東西。是某種更可怕的存在。」他重重垂下頭。「若不是我很確定我從來沒有傷害過她，我現在也許會因為罪惡與哀傷之感痛苦不已　泰瑞莎，也許你比我更了解。她一直都是滿足的嗎？她相信我嗎？」

「相信你？——你對她這麼好！你這麼寵愛她！」

「她是這麼想的嗎？她跟你說的嗎？那看在上帝的份上，我怎麼這麼不舒服？——除非那是妳的想法，泰瑞莎，而她現在知道了原本不知道的事，可憐的女孩，現在她介意——」

「介意什麼？你是什麼意思，艾倫？」

從我旁觀者的角度來看，我知道他其實沒有想要告訴她的。儘管我感到嫉妒，這一點我還是要對他公平些。如果不是我這樣在他身邊幽轉，他不會說出口的。但在那一刻，他的感覺再也藏匿不住，他就說出口了——那是一個情感炙熱、狂暴強烈的故事。

在我和艾倫一起生活的這段時間中，他從未提起，總是將我包裹在他無暇的忠誠之下。但我現在苦毒地想，如果他像其他人的丈夫一樣，幾年前就把這個故事告訴某個秘密傾聽者的話，也許會更好；我不該知道的。但他是如此忠誠良善，所以他等到我在場時才說出口，但我再也無法說話，並且深受綑綁。我太了解他，也曾經完整地擁有過他，因此在他的文字出現之前，我就從他眼中看見、從他的聲音中感受到了。但是當我親耳聽見時，我卻感受到無法承受的羞辱感，一鞭鞭地打在我身上。因為我作為他的妻子，並不知道他的愛竟可以這麼強烈。

泰瑞莎，這個溫柔的小叛徒，她也應該要知道的！我受傷的靈魂呻吟著；她的堅持在哪裡，她的骨氣在哪裡？從他開始討好她的那一刻起，她心中柔軟的小花瓣就朝他開去了——我的最後一點幻想也用盡了。我無法忍受；儘管如此，她突然在心中想起了我，便決定要放棄他了。艾倫是她的，但她卻把他從身邊趕走；我只能在這裡看著這一切上演。

接著，就在這痛苦的當下，身為一個羞恥、無知的靈魂的我，突然想到，我現在擁有最重要的幫助。無論我無法承受人類的哪些部分，我其實都不需要承受的。因此我放棄努力，不再讓自己的意識待在這裡。那股無情的心痛之感變得遲鈍，聲音與光線逐漸淡去，兩位愛人從我眼前消失，我再度沈浸在昏暗、無垠的空間之中。

接下來那段艱困的時間，我不知道過了多久。我的嫉妒之心殘酷地將我與人間繫在一起。儘管我的兩位深愛之人放棄了彼此，但我並不信任他們，因為他們之間的感情似乎不僅是凡人之間的吸引力。若沒有鬼魂時時盯哨，誰能相信他們能保持下去呢？只要我願意，我就能一直在他們身邊戒備，這是我第一次從這樣的新能力中得到某種邪惡的快感。透過一次次精細的實驗，我發現一個碰觸、一絲氣息、一個願望、或是一聲耳語，就能控制艾倫的行動，使他遠離泰瑞莎。我可以讓自己成為一道白色的身影，可以一閃而逝，可以在他心中成為一道思緒。我可以製造一點點必要的火花，就像新生的葉片所形成的影子，偶然劃過他痛苦顫抖的意識。而關於我這些他並不了解的部分，在他心中成了他的靈魂不得不承受的懲罰。他開始相信，由於他這幾年悄悄地愛著泰瑞莎，他便犯了罪，而我要透過這一點來報復他，不時就要重新提醒他。

我也知道，我這樣的心態並不總是存在的。因為我也記得，當艾倫和泰瑞莎之間有著安全距離並且同樣痛苦的時候，我還是同樣地愛著他們，也許甚至更強烈。因為在我的新狀態中，我不得不察覺到，他們兩人和我一度輕率地認為的模樣並不一樣，他們是比那高尚的存在。這麼多年來，他們兩人都以我絲毫沒有察覺到的無私方式生活著，我不知道他們是怎麼做到的，我只能佩服。當我任性地為我自己而活時，他們這兩個神聖的人卻是為了我而活的。他們賜與了我一切，卻什麼也沒得到。為了我這不配的人，他們這輩子都活在不得不放棄所愛的折磨之中——他們甚至沒有試著向對方使個眼色來減緩這樣的痛苦。更有甚者，在我這顆新生的心中，有些不可思議的時刻，我同情他們——這兩個可憐人，被阻絕在我現在所身處的無盡安慰之外，他們仍完全被困在感官的軀殼如此脆弱，如此痛苦地追求著痛苦。[56]

他們確實身在其中；卻擁有完全超越它的高尚品德。但這抹微弱、遲疑的熱情還無法戰勝我最早最早產生的情緒。我知道他們兩人正在某種衝突之中；而從我的角度來看，這樣的衝突永遠不會終結的；我也知道，在他們接下來的年歲中，我會讓自己背負著痛苦、怨恨、和羞恥，在他們所在之處徘徊。

我想，對我這樣死去的感知而言，可能永遠無法理解，凡人之間的聯繫究竟是什麼樣子。一旦進入了這樣全知全能的狀態，你就會知道，預言的恩賜已經不再是個謎了，儘管這個議題總會讓人感到不可思議。只消透過最敏感、最直白的一個眼神，就能判斷出這兩人之間關係的強度，因此就能立刻計算出它的存在時間。如果你看見一個沈重的物體掛在一條細繩上，你就知道就知道這條繩子很快就會斷了；如果你認同這個比喻，那麼這也就是個預言、是個預知能力了。我在泰瑞莎與艾倫之間看見的也是這樣。我可以清晰地看見，他們很快就沒有力量再抵抗這兩人堅持、我也在背後默默推動的冷淡關係了，他們勢必得遠離彼此。是我的妹妹先意識到這一點的，也許是因為她比較敏感的緣故。我現在幾乎可以時時盯著他們，造訪他們時，我再也不需要費多大的力量；所以我看著這痛苦的可憐女孩，開始準備要離開她。我看著她每一個不情願的動作。我看著她厭倦了自我探查的雙眼；我聽著她因無法解釋的恐懼而變得膽怯的腳步；我潛入她的心中，聽著她可憐而狂亂的心跳。但我仍沒有介入。

因為此時我心中有一股快樂的、幾乎算是邪惡的感覺，想用這狀態滿足我自私的願望。我隨時都能終止他們的悲傷，將幸福與平安還給他們。但我不得不承認，當我知道泰瑞莎認為離開艾倫是她透過自由意志所做出的決定，但實際上是我在醞釀、安排與操縱時，這帶給我一股強烈的喜悅　但她痛苦地感受到我的存在就在身邊；我很確定這一點。

就在她預計要離開的前幾天，我妹妹告訴艾倫，晚餐後要和他談談。我們美麗的老屋子中央有一個圓形的大廳，兩端各有一個大拱門；夏天的晚餐過後，我們總是從後門廊通往連接在外的花園。因此在約定的時間到來時，泰瑞莎便領著他前往花園。那股強烈的日光總使現在的我無法忍受，但現在已經柔和了許多。一道靈巧的傍晚微風在窸窣作響的葉片中穿梭著。可愛的白色花朵如同夜色中小小的月亮般綻放，木樨草沈甸甸地盤繞在其中。這地方再完美不過了——有那麼長一段時間，這裡是屬於我和艾倫的。現在他們兩人一起坐在這裡，使我感到有些焦躁與厭惡。

他們散步了一會，隨意閒聊著日常瑣事。接著泰瑞莎脫口而出：

「我要離開了，艾倫。我已經把這裡該做的事都做完了。現在你媽媽會來這裡陪你，那麼我也是時候該走了。」

他瞪視著她，動也不動。泰瑞莎已經在這裡太久，在他心中，她就是屬於這裡的。而我的嫉妒之心知道，她是如此討喜，嬌小、黝黑而精緻，不論是在古老的廳堂、在寬闊的樓梯、或是花園中，她的身影都是那麼美麗　如果生命中沒有泰瑞莎，就算是要刻意遠離、痛苦屏棄，遠在天邊的泰瑞莎——他做夢都沒有想過，現在也無法接受這個突來的消息。

「坐下好嗎？」他邊說邊拉著她在長椅上坐下。「告訴我這是什麼意思，妳為什麼要走？是因為我——因為我做了什麼嗎？」

她猶豫著。我不知道她敢不敢告訴他。她看向遠方，避開他的視線，他則等著她開口。

蒼白的星宿點綴著天空。葉子耳語的聲音幾乎要消失了。樹葉靜悄悄地立在那裡，藏在陰影中，帶著香甜的氣味。就在那完美的一刻，由於看不見遠處的地平線，還未完全暗下的世界看起來比平時來得更加遼闊——在這一刻，任何事都有可能發生，任何事都能夠相信。我觀望著、聆聽著、盤旋著，突然冒出了一個邪惡的意圖，以及隨之而來的勇氣。如果只有那麼一瞬間，泰瑞莎不只是感覺到我了，甚至是親眼看見我——她敢告訴他嗎？

於是我用盡全力，將我顫抖不穩的力量發揮到極致。那一瞬間的掙扎對我來說就像是永恆一樣，而我的轉變像是發生在我的身體之外——就像一個人動也不動地坐在火車中，看著外頭的田野一畝畝地呼嘯而過。然後，明亮而可怕的閃光乍現，我知道我成功了——我讓自己現形了。我顫抖著，仍沒有實質形體，但確實帶著可見的光芒，就這樣站在他們面前。我保持著自己可見的狀態，直直望進了泰瑞莎的靈魂之中。

她發出一聲驚叫。愚蠢而衝動的我突然意識到我幹了什麼好事。這段時間我一直希望能避免的事情，反而在我的逼迫下發生了。艾倫帶著突如其來的恐懼與同情，彎下身，將她擁入懷中。這是他們第一次真正在一起；而這是我一手促成的。

他低聲鼓勵他說出驚叫的原因，泰瑞莎便說：

「法蘭絲剛才在這裡。你沒有看見她站在紫丁香下面，臉上一點笑容都沒有嗎？」

「我的天啊，我的天啊！」艾倫只說了這麼一句。我這段時間無形地與他們生活在一起，艾倫知道她說得對。

「我想你知道這是什麼意思吧？」她平靜地問道。

「親愛的泰瑞莎。」艾倫緩緩地說。「如果我們一起離開的話，我們是不是能逃離陰魂不散的罪惡感？你會跟我走嗎？」

「距離是擋不住她的。」我妹妹果斷地說道。然後她溫柔地說：「你有想過，對於一個才剛喪命的靈魂來說，這是多麼孤單又奇異的體驗嗎？體諒她吧，艾倫。我們這些還有體溫的活人應該要體諒她的。她還愛著你，這就是一切怪事背後的意義。她也希望我們了解，因為這個原因，我們必須遠離彼此。喔，這在她蒼白的臉上寫得一清二楚。你沒有看見她嗎？」

「我看見的是妳的臉。」艾倫陰鬱地說道——喔，這和我所認識的艾倫是多麼地不同啊！「妳的臉是我這生唯一所見。」他再度將她拉向他。

她掙脫了。「你在背叛她！艾倫！」她喊道。「你不能這樣做。如果她想的話，她有權阻擋我們兩人。這是她的堅持。我得走了，就如同我告訴你的那樣。艾倫，我求你，讓我有勇氣做她要求我做的事吧。」

他們面對面站在昏暗的夜色中，我在他們兩人身上造成的傷疤攤在月光下，指控著他們。「我們得體諒她。」泰瑞莎是這麼說的。我記得她這句話，也看見了她臉上痛苦的神情，以及艾倫更加悲痛的模樣，我和他們之間出現了一道巨大的鴻溝。一把寬容的火焰，將我最後一點人類的情感——那些令人厭惡而頑強的情感——給燒盡了。我緊緊攫住艾倫的冷酷之情褪去，取而代之的是一股不屬於人世的愛意。

但我的經驗還遠遠不足以應付現在這新的狀態。我要怎麼樣讓艾倫與泰瑞莎知道，我想要讓他們兩人在一起，好彌補我對他們造成的傷害呢？

那一整晚和隔天一整天，我都在他們身邊徘徊，滿是同情與悲傷。然後我終於下定了決心。在泰瑞莎離去，留下艾倫一人孤單痛苦之前，我找到了一個方法，能讓他們明白我默許他們相愛的命運。

隔天，最深沉、最靜謐的夜裡，我將全部的力量都召喚了出來。當艾倫和泰瑞莎想起我時，我希望他們能想到我那晚所做的事，而忘卻我使他們感受到的挫敗以及我的自私。

但接下來的早上，泰瑞莎卻穿著準備遠行的服裝，出現在早餐桌邊。她的房裡傳來打包的聲音。他們用著簡便的料理，幾乎沒有什麼對話，但當早餐結束時，艾倫說：

「泰瑞莎，在妳走之前還有半小時的時間。妳願意和我一起上樓嗎？我想要和妳說一個夢。」

「艾倫！」她驚恐地看著他，但仍跟上他的腳步。「你夢到的是法蘭絲。」當他們一同走進書房時，她輕聲說。

「我說那是個夢嗎？但我當時是醒著的——徹底地醒著。我睡不著，而且聽見鐘響了兩次。我躺在那裡，看著窗外的星空，想著——想著妳，泰瑞莎——她突然出現在我面前，站在我房裡。那不是幻覺，你知道嗎：那是法蘭絲，就是她本人。我沒辦法解釋，但我知道她想要告訴我什麼事，所以我看著她的臉，等待著。一會之後，我就知道了。她並沒有開口說話。我很確定我沒有聽到任何聲音。但是那些話肯定是出自於她。她說：『不要讓泰瑞莎離開。留住她，和她在一起。』然後她就離開了。這是個夢嗎？」

「我本來不該告訴你的。」泰瑞莎懇切地回答。「但我現在不得不說。這太不可思議了。你聽見的鐘聲是幾點的，艾倫？」

「最後一次是一點。」

「對的；我就是那時候醒來的。她在我房裡。我沒有看見她，但她的手臂環著我，並且吻了吻我的臉頰。我當下就知道了；我不會搞錯的。我聽見了她的聲音。」

「所以她也請求妳——」

「是的，她要我留下來。很高興我們都坦白了。」她淚眼婆娑地微笑著，一邊將行李綁了起來。

「但妳不是要離開——拜託！」艾倫喊道。「現在她要妳留下，妳知道妳不能走了。」

「那你和我一樣相信那是她本人囉？」泰瑞莎質問道。

「我真的不懂，但我相信。」他回答。「妳現在可以不要走嗎？」

我自由了。我的舊房子裡再也不會有我的模樣，沒有我的聲音，也沒有我還在塵世間時最細微的影子。他們再也不需要我，因為他們在我的推動下已經擁有了彼此。他們感受到的，是居住在感官的軀殼中的人類能感受到最強烈的喜悅。我則徜徉在看不見的空間中超然的喜悅裡。

55 在唯靈論中，其中一個廣為人知的理論是，宇宙中遍佈著一種不可見的物質「乙太」，是靈魂的棲身之所。

56 出自於威廉．凡恩．穆迪的戲劇《審判的面具》。

弓箭手

The Bowmen

亞瑟．馬欽

威爾斯作家亞瑟．馬欽（西元一八六三年至一九四七年）是一位多產的作家以及神祕學家。他所寫的《潘恩大帝》（*The Great God Pan*，一八九四年）是奠定「怪奇小說」一類的基石作品之一，而《白人》（*The White People*，一九〇四年）則時常被人選入文集中，講述一位年輕女孩探索巫術的過程。H．P．洛夫克拉夫在一九二七年時對他有這樣的評價：「在世的恐怖小說創作者中，若談到其藝術價值，沒有人能與多才多藝的亞瑟．馬欽平起平坐。」接下來的這篇故事改編自真實新聞報導，首次刊登在一九一四年九月二十九日的《倫敦晚報》中。

第一章

那是在大撤退[57]的期間，而審查制度的主權更是給人更明確的藉口。但那一天是那段糟糕日子中最糟糕的一天，毀滅與災難近在咫尺，它們的陰影籠罩著遠處的倫敦；儘管沒有確切的消息，人心卻沮喪不已，氣力衰竭，好像遠方戰場上軍隊的痛苦也潛入了他們的靈魂之中。

在那可怕的日子，三十萬名拿著大砲的士兵，如洪水般湧向小小的英國軍團，我們的戰線上有一個駐點曾陷入極深的危險之中，不僅是有吃敗仗的可能，甚至也許遭到徹底的殲滅。在審查制度和軍事專家的分析下，這個軍事駐點也許可稱為一個關鍵點，如果這一軍團被擊破，那麼整個英軍將會粉碎，盟軍的左翼戰線會翻盤，而色當[58]將不可避免地跟著毀滅。

那天早晨，德軍的槍聲在那裡隆隆作響，籠罩著堅守在那裡的數千名士兵。士兵們拿彈殼開玩笑，為它們取可笑的名字，拿它們打賭，並用破碎的歌廳歌曲迎接它們。但彈殼毫不留情地炸裂，將英軍的肢體撕碎，使軍人流離失所，日正當中時，他們的砲火變得更是猛烈。英軍似乎喪失了希望。英軍的武器並不差，但完全不足以應付這戰火；軍火狠狠地被擊碎，成了一塊塊廢鐵。

第二章

當海上颳起暴風雨時，某一刻，人們會告訴彼此：「狀況已經是最糟了；暴風不會再更強了。」然後就會吹來一陣比先前強烈十倍的狂風大雨。在英軍的壕溝中，也發生了同樣的事。

這世上沒有比這些士兵更強韌的生命力了；但就連他們也承受不住德軍的砲火落在他們身上、將他們撕扯成碎片。就在此時，他們從壕溝中看見一支大軍朝他們的戰線逼近。千名士兵中只有半數還活著，而他們只能看見一列列德軍步兵，成千上萬，身穿灰色軍服，鋪天蓋地而來。

一切的希望都破滅了。有些人開始和彼此握手。其中一名士兵為行軍歌即興創作了一節歌詞：「再會吧，和蒂柏雷里道別吧。」最後一句則是「我們再也回不了家」[59]。然後他們便繼續開火。軍官說，他們再也不會有機會進行這種高級的花式射擊了；改編了蒂柏雷里之歌的士兵問道：「雪梨大街用了多少軍火？[60]」他們用僅剩的幾支步槍繼續奮戰。但大家都知道這只是困獸之鬥了。身穿灰色軍服的士兵一隊一隊地倒下，卻有更多的德軍向前湧來，蠕動著、踐踏著，持續向前推進。

「願世界無盡。阿門。」其中一名士兵一邊瞄準射擊，一邊輕描淡寫地說道。然後他突然想起——事後他說，他自己也不知道為什麼，倫敦一間奇怪的素食餐廳，他曾在那裡吃過幾次由扁豆和堅果所做成的假牛排。那間餐廳所有的餐盤上，都用藍色的墨印著聖喬治的畫像，以及一句座右銘：「願聖喬治保佑英國。」——「Adsit Anglis Sanctus Georgius.」[61] 這個士兵剛好懂拉丁文以及其他沒有用處的事，而現在，當他對著三百碼之外的灰色大軍開槍時，這句素食座右銘便不小心脫口而出了。他一直開火，直到最後，他右邊的比爾不得不重重敲了他的腦門一記才使他停止，並告訴他，英軍的軍火也是要錢的，不要在已經死掉的德軍身上打出蜂窩、把火藥都浪費了。

第三章

當這位拉丁專家說出那句禱詞時，他感覺有一股像是冷顫又像是電流的東西通過他的全身。此起彼落的戰吼從他耳中消失，變成了一陣溫柔的呢喃；後來他說，取而代之的是一聲震耳欲聾的大吼：「整隊！整隊！整隊！」

他的心像炭火般火熱起來，但當他覺得他好像召喚出一整群不同的聲音時，他的心又像是冰似的冷卻了下來。他聽見，或者好像聽見了幾千個不同的聲音喊著：「聖喬治！聖喬治！」

「啊，我的主啊！啊，聖徒啊，讓我們解脫吧！」

「聖喬治保佑英國！」

「嘿！嘿！聖喬治閣下，救救我們！」

「啊！聖喬治！啊！聖喬治！拿出長弓，拿出長箭吧！」

「天堂的騎士啊，幫助我們！」

當這位士兵聽見這些聲音時，他看見他前方，就在壕溝之外，站著一整排的人影，身上彷彿散發著金光。他們看起來像是拉著弓箭，然後伴隨著另一聲吶喊，他們的箭雨便歌唱著朝德軍飛去。

壕溝裡的其他人還在開槍。他們完全失去希望；但他們就像是在畢斯利靶場[62]比賽時一般專注。

突然，其中一人用最單純的英文大喊出聲。

「我的老天！」他對他身旁的人大叫。「我們正在創造奇蹟！看看那些德軍　大家，看看他們！你們看到了嗎？他們可不是數以百計的倒下；是數以千計啊！你看！你們看！我們在說話的時候，已經死了一整個軍團了！」

第四章

「怎麼可能！」另一個士兵喊回來，一邊用槍瞄準。「你在胡說什麼？」

但他話還沒說完，自己也驚愕地瞪大了眼，因為那些灰衣軍人正數以千計地倒下了。英國士兵能夠聽見德國軍官充滿喉音的尖叫，以及他們扣下板機的喀喀聲，但一排排的德軍仍然朝地面摔去。

而這一段時間裡，那位會說拉丁語的士兵繼續聽見那些吶喊：

「嘿！嘿！閣下，親愛的聖者，快幫助我們！聖喬治幫助我們！」

「偉大的騎士，保護我們吧！」

尖嘯的箭矢是如此快速而密佈，遮蔽了天空，而敵軍就在他們跟前落敗了。

「還要更多槍！」比爾對湯姆大喊。

「聽不到啦！」湯姆喊回去。

「但感謝上帝；他們都得到應有的懲罰了。」

事實上，那天，總共有一萬名德軍死在這支英國軍隊面前，因此色當便被保住了。

而在極端尊崇科學原理的德國，參謀總部則認定這些卑鄙的英國人一定是用了某種含有致命瓦斯的子彈，因為那些死去的德軍身上並沒有明顯的外傷。但那位知道堅果做的東西並不是牛排的士兵，同樣也知道，是聖喬治把他的阿金庫爾弓箭手[63]帶來幫助英國人了。

57 指的是一九一四年八月和九月時，英國遠征軍從蒙斯撤退至馬恩河的撤退。

58 色當戰爭是普法戰爭中，一八七〇年九月一日至二日的那一場關鍵戰役，是普魯士軍團的大勝仗；色當也是第一次世界大戰的重要據點，在一九一四年突出部之役中佔有十分關鍵的地位。

59 《蒂柏雷里在遠方》是由傑克．喬奇和哈利．威廉斯在一九一二年所寫的一首歌廳歌曲。後來這首歌便成了想家的英國士兵的代表歌曲。副歌的歌詞是：「蒂柏雷里在遠方／漫漫長路／蒂柏雷里在遠方／我所摯愛的的女孩也在那裡！／再見了，皮卡迪利，再會吧，萊斯特廣場！／蒂柏雷里在遠方／但我心已抵達。」

60 一九一一年一月的雪梨大街圍城戰，又稱為史蒂分尼之戰，是一場發生在倫敦東區的槍戰，原本只是一場銀行搶案，卻失控成了警方與軍方聯手對抗拉脫維亞反抗軍的大戰。那是英國警方史上第一次請求軍隊協助。

61 聖喬治是英國的守護者。

62 畢斯利靶場位於畢斯利的蘇利鎮附近，是英國國家步槍協會的總部，於一八五九年成立；這個靶場在一八九〇時首次作為競賽用途。

63 阿金庫爾之戰（西元一四一五年）是英法百年戰爭中最重要的戰役之一，五千名英國士兵使用著強力的長弓，在一分鐘內發射了七萬五千支弓箭，打贏了這場戰役。

替身

The Bowmen

喬治婭·伍德·潘彭

喬治婭·伍德·潘彭（西元一八七二年至一九五五年）是一位美國小說家與短篇故事作家，經常書寫靈異主題。她的作品顯然影響了她的兒子艾德格·潘彭（一九〇九年至一九七六年），他也是一位多產的作家，創作了許多科幻與懸疑小說。以下的作品講述的是母愛的力量，首次收錄在一九一四年十二月號的《哈潑》月刊中。

那天的熱度被潮濕的空氣沈重地壓著，直到晚上，只有一小段時間因為起了微風才比較好受些。只有沿海的氣溫才在人的容忍範圍內。

瑪斯頓小姐的那杯咖啡已經喝了很久，天色都暗了，但她只是用不耐的手勢阻止了打算開燈的女傭。她的餐廳窗戶正對著水面。五十呎下方的海灘上，她可以看見模糊的人影，也時不時能聽見他們的聲音，其中包含了凡杜恩女士還在康復期的孩子們尖聲大叫的聲響，在令人倦怠的下午時光過去後，他們得以在涼爽的晚風中出外活動一下。時不時會有一個生病的嬰孩哭聲壓過其他人的聲音。但送來給凡杜恩女士的孩子們總是會好起來。這就是她工作美好的所在——她會讓孩子們好起來。

這股熱氣就像是某種實體的存在，一個擁有形體、能夠碰觸的存在。也像是某種藥物，讓感官變得奇怪，模糊了距離與時間。她的雙眼落在海面上，海浪的泡沫打在海岸，逐漸消失，形成暗淡的線條，只有碼頭上的燈光作為唯一的光源，但安娜·瑪斯頓其實想著她身處的大學城中黑暗的校園，而泡沫所形成的線條，則成了穿著白色洋裝的女孩們，她們在樹木間穿梭，時不時消失在視線內。

「我已經三十二歲了。」瑪斯頓小姐大聲說，而這句話使她更是回憶起自己二十二歲時的模樣。她的畢業典禮那天，同樣也是這樣低沈悶熱的天氣，但女孩們似乎並不介意。

「我想我們當時還有很多事情可以去想。」她說。

她和其他女孩們在校園裡漫步，唱著歌、大笑著，然後她就像現在這樣，來到窗邊的座位開始思考；最後，她終於決定不要嫁給威里斯。

「然後瑪麗・漢納福就走進來了。瑪麗・漢納福耶！向我炫耀她的戒指。我叫她別傻了！」

瑪斯頓小姐焦慮地動了動。

那些久遠以前的回憶，有時候會強力要求主人記住它，突如其來地出現在腦海，就像在擁擠的街上突然遇見一個熟悉的面孔。我們會被一個夢境提醒，使我們想起無法抹滅的童年。或者一個字、一小節樂譜，突然就能拆除數年的屏障，而我們會覺得自己霎那間身處於彷彿是上輩子的花園裡。一旦重回腦海裡，這些畫面便會伴隨我們一段時間。

「不知道我為什麼要一直去想瑪麗・漢納福。」瑪斯頓小姐說，然後繼續想著瑪麗・漢納福——也許到頭來她並不傻，而是更理智地決定結婚，不像安娜・瑪斯頓這樣悶悶不樂地守著某個她稱之為「理想」的東西。

「真希望——」瑪斯頓小姐含糊地說，然後在海邊傳來病童哭泣的聲音時皺起眉頭。

「孩子們——」她說；她的語調雖然有點煩悶，但倒不是真的那麼厭煩。厭煩並不會讓她濕了眼眶。

她用另一手握住自己緊握的拳頭，接著向後躺在椅背上，動也不動，只是咬住自己的下唇，額頭因不悅而浮起皺紋。

她知道女傭們已經溜出屋外，要去海灘上散步。她們穿著黑白的服裝，格格笑著來到浮誇的樓梯旁，而她們才移動到她的視線之外，她們歡愉的尖叫聲便傳進了她耳裡。因此她現在孤身一人了。但她並不覺得自己是一個人；並不是說這裡有其他非人類的東西存在，而是這房子好像整棟都改變了。女孩們——好多女孩！——輕巧的腳步快速踩過走廊。她坐著的房間不再是傳統的餐廳。深藏在暗影中的牆面掛滿了照片與大學錦旗；窗邊座位的坐墊帶著大學代表色鮮艷的色彩，而要不了多久，瑪麗．漢納福就會走進來，想要趁黑夜來向她傾訴自己的喜悅，說自己比世上的其他女孩都要幸福。又是瑪麗．漢納福！

有人喊了她的名字。她倏地坐起身，立刻認出一張略為模糊的蒼白面孔。

「怎麼，瑪麗．漢納福！」她說。「我已經十年沒見到妳啦！我今天一直想到妳。」人影快速前進，來到窗邊座位的另一端坐下。安娜向後靠去，突如其來的起身使她感到一陣在這樣悶熱的天氣時常出現的暈眩。有那麼一刻，她不確定自己是否碰到了訪客的手。

當暈眩感消失時，瑪麗正在說話。她的雙腿縮在座位上，雙手環繞著膝蓋，這姿勢安娜再熟悉不過了。

「我已經很久不當瑪麗．漢納福啦。我現在是瑪麗．巴克雷了，妳知道的。」

「當然了。妳是我們之間第一個結婚的呀。我們當時都覺得這真是太浪漫了！但等妳生了孩子之後，就不寫信給我們了。女孩都這樣。所以我們這些老處女才會這麼酸溜溜的——至少一部分是這樣囉。但快告訴我！妳在這裡有房子嗎？妳是怎麼找到我的？」

瑪麗．巴克雷正俯瞰著下方的海灘，沒有回答朋友誠摯的提問。

安娜．瑪斯頓傾身向前，有些焦慮地打量著她。

「妳不舒服嗎？妳看起來好蒼白。」

「喔，對呀！」

安娜將手伸向電燈開關，但瑪麗．巴克雷出手阻止了她。

「我們還是不要開燈好了吧：妳記得我們總是喜歡這樣在黑暗中聊天嗎？」

「好吧。」安娜笑了。「這樣妳就不會看到我的皺紋了。妳看起來完全沒變呢，只是現在沒什麼血色而已。妳的臉頰以前可是班上最紅的啊。」

「而妳到頭來還是沒有結婚。」瑪麗．巴克雷緩緩地說。

「沒有。」安娜有點煩躁地承認道。「我喜歡的人並不想娶我。」

「妳就是這樣。妳從來不屈就的。當然這不代表我覺得這樣是聰明的作法啦。」

海邊再度傳來嬰孩的哭聲，虛弱、不安，斷斷續續。安娜．瑪斯頓煩躁地換了個姿勢。

「那是凡杜恩女士的其中一個病童。我當然知道這些孩子都不嚴重了，但有時候我真希望他們沒離我這麼近。那是今天才剛來的一個營養不良的孩子[64]。他的父母是非常有錢的人。今晚她讓孩子們出來玩，因為晚上的天氣比較涼爽。」她突然脫口而出。「想想，這樣的天氣，那些住在小公寓裡的嬰孩要怎麼辦啊！如果這裡的狀況都已經這麼糟了，那些住家就更不用想了！」

「是啊。」瑪麗・巴克雷說。「現在城裡也是很糟糕。」她緊盯著窗外的海灘。

安娜等了一會，才怯生生地問道：「妳不打算說說妳和家人的事嗎？」

對於一個朋友而言，十年之間什麼消息都沒有，真是一段很長的時間——長得足以讓難以啟齒的悲劇發生了。

「凱文三年前去世了。」沈默了一會後，瑪麗・巴克雷說道。

「原來。我都不知道。」安娜輕聲說。

「三年前。小班那時候才一歲。那時我們什麼都沒有。我們都是靠他的薪水生活的。死亡——我們都忘了還有這件事的存在。你知道我對於服裝比較有概念，所以我找了一個時尚產業的工作，薪水不錯，但孩子們……並不是非常強壯的孩子。他們必須受到最好的照顧，否則——否則他們撐不下去的，妳知道。但是現在——他們都撐過來了。」

「他們現在都很好了嗎？」

「都很好了。」

安娜大叫一聲，站了起來，開始踱步。

「那我真是嫉妒妳。多麼富足的人生！妳有了工作——而且是為了妳的孩子們。真是幸運！儘管妳很傷心，但妳還是好幸運！看看我。我有什麼可炫耀的？我先是當了我父親的助理和秘書。有一段時間，這樣還不錯。但是他後來再婚了，我則接收了我母親的財產，開始做自己的事——俱樂部、市政改革，任何我覺得可能有點火花的工作都試過了。我有時候真的很怕——」

「我知道。」瑪麗．巴克雷說道。

「妳怎麼知道？」

安娜停下腳步，看著她朋友在黑暗中的身影。

「這也是我來這裡的原因之一。」瑪麗．巴克雷用著奇怪而僵硬的語調說。「反正我都得來看看我的孩子們。我都得來。」她重複道。

「妳的孩子們？在凡杜恩女士那裡嗎？但妳說他們現在都好了啊。」

「是的。」瑪麗．巴克雷說。「她知道要怎麼讓他們好好活著。這裡的空氣清新，食物充足。有太多事情要顧慮了。養育他們並不簡單。如果我試著把他們留在城裡——」她搖搖頭。「凱文和我總是認為，如果我們能讓他們好好活過五歲，他們就會和別人家的孩子一樣強壯了。他們的腦子長得比身體還快。但他們也不是弱不禁風的！如果他們那麼孱弱——那這些孩子也不值得繼續活下去了。如果他們不值得的話，我——今晚也不會來這裡了。但妳瞧，我現在知道——比以往都清楚——他們是怎樣的人了。」

她啜泣起來。但當安娜試著環住她時，她卻像穿過一團霧氣般穿透了她。

「嫉妒我吧。」瑪麗．巴克雷呻吟著。「但也可憐我吧！」

她很快就恢復冷靜，向前傾身，快速說道：「父母雙亡的孩子會變成什麼樣子呢？有時候他們會沒事的，我知道。不是每一對父母死後，小孩都會餓死的。但有時候就是那樣。他們沒有親戚照拂，沒有留下的錢能夠支持他們——

「如果一個小女孩身邊沒有母親教她該怎麼長大，該怎麼辦呢？而每個孩子總是——大不相同。每個孩子都很獨特，但不知道這一點的人，卻都用同樣的方式在對待他們。

「我的小瑪莎！她就算再難過或是身上有病痛，她從來都不說。她只會不開心，而你得用猜的。但她又很調皮。我對她必須有耐心——非常有耐心。而且，喔，她腦中想的都是些什麼奇怪的想法啊！她是會折磨自己的！還有小班；我想那是因為他的病——他承受不住。凡杜恩女士救了他。我把他帶來這裡的時候，他已經快死了。她救了他，但是當小班生病時，我沒有好好照顧瑪莎，所以她也病了。我能怎麼辦呢？所以我只好把兩個孩子都留在這裡。妳瞧，如果不是最好的，就行不通。我變賣了東西，所有能賣的我都賣了，然後繼續工作賺錢給她。也許我工作得有點太累了。我想，當時我是認為，如果是為他們所做，那麼任何事情都不能打敗我。嗯，現在木已成舟。他們可以玩耍、面色變得紅潤。但是——」

她站起身，看著她的朋友，然後又看向窗外。

「護士們要把孩子帶回去睡覺了。他們睡前通常都是最可愛的。我們去見見他們好嗎？」

她們從窗邊離去，走上走廊。瑪麗・巴克雷輕巧地走在前頭。她的裙子顏色是某種接近沙地的顏色，幾乎使她消失在視線之中。

她們要走過長長一段階梯，才能下去抵達海邊。沙丘上，護士緩慢的步伐，以及孩子們和他們交纏在一起的聲音先傳進她們的耳裡，然後才見到他們的臉蛋。

一個圓潤而充滿睡意的聲音數錯了階梯的數量。「一，二，三，十七，一百——我第一名！」

這位領先的孩子突兀地以四隻著地的方式出現在視野中——他頭上纏著繃帶，就像傷痕累累的退役軍人，但聲音聽起來很是愉快。他經歷過幾場可怕的戰役，最後帶著飛舞的旗幟與榮耀，被送到外科醫師手中，但凡杜恩女士才增加了他現在的光榮。他的病症是雙耳乳突炎[65]。死亡曾經就在他跟前；無法言喻的疼痛曾緊緊攫住他很長一段時間。沈默也曾經是個威脅：再也聽不見友善的聲音，再也沒有音樂——但那些妖怪已經永遠消失了，遠遠離開了這個肥胖的小男孩。他早已忘了自己曾經生病過。

「我比大家都快！」他大喊。

接著出現了一頂有些歪斜的白色帽子，以及包著披巾的強壯肩膀。一張年輕的臉，彎身看著臂膀中緊緊抱著的，包在襁褓中沈睡的小嬰孩。這位就是最新加入營養不良的孩子，以及他的照顧者。

接下來的一個孩子則是普通的養育問題下的受害者，他的母親不敢把他接回去，深怕一旦少了凡杜恩阿姨的監管，他們兩人就會再做出和之前一樣糟糕的事。他正像個小天使般熟睡著。**「他」**沒有什麼大問題。他是凡杜恩女士教養出來的「結果」，說曾經就是營養不良小嬰孩的翻版，但現在卻是那些看起來疲憊不已的醫生們會無奈地搖著頭、戳戳他的肋骨——而且不是用聽診器——然後用友善地稱他為「好傢伙」的對象，好像他憑著一己之力做了什麼好事一樣。他已經在這裡度過了大約一年的時間，但凡杜恩太太會盡可能地堅持下去，因為她對那些母親有自己的看法。最常發生的事情是，當她讓事情運作順利時，她們卻會破壞掉她的努力。她們從來就不了解自己孩子的內在；服裝和髮型是她們唯一能了解的東西了。她卻能想辦法把他們那些完美的內心小世界搞得清清楚楚。舉例來說，她並不相信生乳的價值，但她相信很多其他事情，然後——嗯，她就會得到她的「結果」了。看看我們的「好傢伙」！

在他後面跟著兩個孩子，手牽著手；而安娜立刻就知道，這是瑪麗的兩個孩子。就算耳邊沒有傳來顫抖的嘆息聲，她也會認出他們的。那個小女孩看起來和瑪麗簡直一模一樣！安娜判斷，她看起來大約六歲，頭髮在頭頂上盤成一個小小的髻，因為天氣實在是太熱了——那是一個很可能會讓小女孩哭出來的髮型。是因為這髮型太過成熟，使小女孩看起來如此甜美卻諷刺，好像歲月的希望和威脅都在這些線條中一覽無遺？還是以這種方式顯示的頸背曲線是如此可愛，甚至在她的靈魂上造成了影響，就像是春天第一束草的氣味或傍晚時分穿過樹木的天空顏色？

她帶著一股像是自負的神色，她的腳步也在在顯示出對乳突炎小男孩的宣稱感到不滿。從她的動作就可以看出來，她也可以一步接著一步地走上去，就像所有的大人一樣，而且她帶著滿滿的自信，盡可能地展現出她勝出的年紀、力量和智慧，而對比她身邊的那個小男孩，他只能勉強一次踩一級階梯，儘管如此，他還是得時不時出手扶著身邊的繩索。

他們都是十分削瘦的孩子，但卻像是精靈一般——不帶任何憂傷或病痛。他們的臉在暮色之中帶著一股輕柔的色澤，雙眼如水面般明亮。如果一陣風吹起，他們或許就會撐開薄紗似的翅膀，與其他的夜之生物一同翱翔在天際。

他們的對話，透露出他們並不了解凡人生活的繁文縟節，充斥著令人愉悅的可能性。「以後我要當個工程師。」男孩說道。「但我不要當男人。我要當媽媽。我的名字不是小班。」

「那你叫什麼名字？」小女孩毫不意外地問道。

「我叫奈莉。」

「好吧，那我也不會是瑪莎。我要當蘿西，你就是我的小妹妹。」她的心情現在很好，但也許不會停留太久。只要她的白日夢沒有被打斷，瑪莎就能一直都很快樂。但很快就有人打岔了。

「不，我是妳的姊姊。我已經不小了。凡杜恩阿姨說我每天都在長大的。」

「那好吧；我不要跟你玩了。」瑪莎說，然後大步向前走去；就和她媽媽形容的一樣調皮。然後安娜便看見不知何時消失了的瑪麗，彎下身，對著那張頂著小髮髻、氣嘟嘟的小臉溫柔地說著話。瑪莎停下腳步，吸著手指，用腳趾踢著沙，一邊在小班氣喘吁吁地趕到她身邊時，她用友善的眼神看著他。他們繼續前進，再度和好，兩人的手臂環著彼此的腰。他們的母親走在旁邊，在他們耳邊低語，並親吻著他們。但是——他們沒有轉頭、也沒有回應。

「真希望媽媽幫我們帶一點顏料。」當他們經過安娜身邊時，瑪莎正說著。

「如果她帶來了，我就要畫一個引擎給她。」小班愉快地計畫著。

「瑪麗！」安娜喊道。她很意外地發現自己正在顫抖，但不是因為恐懼。她不知道是什麼東西撼動了她。她已經看不見她的朋友了，所以她大笑起來，說：「喔，她一定是搶在他們前面先進屋了。」

一個較緩慢的腳步沿著大樓梯走下來，接著出現了一個專業的白色服裝，看起來十分強壯而果斷，卻也同時看起疲憊且憂心的人。

瑪斯頓小姐向前走去。

「晚安，凡杜恩女士。我是來看巴克雷家的孩子的。」

一絲喜悅的驚訝與放心之感劃過那張困擾的臉。

「喔，妳認識他們嗎？真是太好了。真希望我早點知道。我都快要擔心壞了。那麼，妳當然也知道——」

她從口袋中拿出一張皺巴巴的黃色紙張，遞給安娜．瑪斯頓。安娜沒有攤開它，但是當她看著凡杜恩女士漂亮而充滿智慧的眼中泛起淚光，淚水奪眶而出的模樣時，她也顫抖了起來。

「當然，我還沒告訴他們。我應該要繼續瞞著——越久越好。她是過勞死的——」她義憤填膺地停了下來。那是充滿正義感的好人才會出現的怒氣。「她的心臟並不強壯，而現在的大熱天害死了她。電報是今天下午來的。妳不知道我有多高興知道妳是她朋友。就我目前的了解，她沒有親戚。我——」她挫敗地雙手一攤。「——我盡力了。」

安娜聽過太多人的故事，知道「盡力了」的意思是代表了一堆不可思議的努力，沒有金錢的回報，而且太容易被軟弱和自私的人給利用。凡杜恩女士從來沒有告訴過別人。但其中一個孩子從大約一個月大的時候就出現在這裡，當時的狀況甚至與那個營養不良的小嬰兒或「好傢伙」有得比，但他的父母沒有付過一毛錢，但另外兩個孩子的父母可都是會帶一箱箱昂貴、愚蠢的玩具來訪，並在他們的衣櫃裡塞滿高級的服裝。這兩個孩子長大後都變成高大強壯的人。至少乳突炎小男孩是；營養不良小嬰兒也許也可以——只是那會需要凡杜恩女士更努力、更精細的工作。

「既然妳是她的朋友。」凡杜恩女士說。「也許妳可以告訴我該怎麼辦。我說的並不是立即的當下。他們——他們都在這裡，也是非常可愛的孩子，雖然瑪莎的確很耗人心力。」她半哭半笑地說。「但未來來很長　接下來的那些年要怎麼辦呢？」

安娜·瑪斯頓還在顫抖著，好像在大熱天裡有一股寒風吹過。她再度感受到瑪麗·巴克雷的存在——十分鮮明的感受，但這次卻不是她的肉眼看見她的。她沒有再看見幻影——如果她先前看見的確實是幻影的話。沒有再看見那模糊的身影彎下身，對著那兩個渾然不知的孩子伸手碰觸、親吻、擁抱，就像是盤旋在鳥巢上的一隻雌鳥。取而代之的，是一幅在她心中的圖像。她和瑪麗·巴克雷再度面對面，但她在朋友眼中讀到的，已經不再是那股尋求幫助的懇求之情。她看見的是一種要求。

「親愛的凡杜恩女士。」安娜說，一邊試著讓自己的聲音保持冷靜。「瑪麗·巴克雷知道我已經準備好要取代她的位置了。她知道我——我想要他們——兩個都要——超過這世上的一切。」

一股如嘆息般的微風從海面上吹來。就像是一個極度焦躁不安的人終於平靜下來，進入夢鄉。

64 「營養不良」通常是由於蛋白質嚴重不足所造成的，源自於極度貧困或其他極端的環境。但這孩子的父母是「非常有錢」的人，這孩子不是受到虐待，就是因為感染了病毒、細菌或寄生蟲。

65 乳突炎是中耳炎控制不下所導致的結果，通常會發生在腦內的氣竇裡。

後記

萊斯莉：能重新挖掘出鬼故事裡頭的涼意，真是太令人愉快了！一如往常，這本書的完工是託許多人的福。首先，能和我多年好友麗莎·摩頓一起編輯這本書是一個愉快的經歷，我已經仰慕她的作品很久了。我希望這是我們未來許多合作的開端！我也要感謝我的經紀人多恩·馬斯，他總是支持我許多瘋狂的想法。謝謝克雷朋·漢考克和其他的出版社夥伴們——尤其是瑪麗亞·費南德斯和莎賓娜·波密塔羅·根薩雷——盡心盡力的付出。我也非常感謝我的作家朋友們，蘿莉·R·金恩、尼爾·蓋曼、尼可拉斯·梅爾、柯尼拉·方克，特別是彼得·史塔伯，慷慨無私地讓我們偷走了這本書的書名。也感謝福爾摩斯的書迷，麥可·威藍、史蒂夫·羅斯曼、安迪·派克，以及傑瑞·馬戈林，他們是永遠的啦啦隊。我的家人也總是對我沈迷於研究與寫作時的失聯保持體諒之心。最後，如果沒有我的太太雪倫，我的作品是永遠沒有機會問世的。她一直都是、也永遠都會是我的唯一。

麗莎：能和我的朋友萊斯莉合作，一直都是我的夢想，這段經驗對我來說是充滿了快樂與感激。以下這些人的幫助使這本書成功出版：多恩・馬斯、克雷朋・漢考克、瑪麗亞・費南德斯、莎賓娜・波密塔羅・根薩雷，以及出版社裡的其他夥伴；也感謝加州北好萊塢的伊利亞德書店；以及永遠包容及支持我的另一半里奇・葛羅夫。但我要將最多的感謝留給這本書裡所有的作者、以及所有的鬼魂，是他們創造了我們放在這本書裡美麗而動人的故事。

高寶書版集團
gobooks.com.tw

TN 272
沉睡兩百年的文豪與鬼故事
愛倫坡、狄更斯、馬克吐溫等18位文學大師不為人知的作品
Ghost Stories: Classic Tales of Horror and Suspense

作　　者　萊斯利．克林格Leslie S. Klinger、麗莎．莫頓Lisa Morton
譯　　者　曾倚華
責任編輯　吳珮旻
校　　對　鄭淇丰
封面設計　林政嘉
內頁排版　賴姵均
企　　劃　何嘉雯

發 行 人　朱凱蕾
出　　版　英屬維京群島商高寶國際有限公司台灣分公司
　　　　　Global Group Holdings, Ltd.
地　　址　台北市內湖區洲子街88號3樓
網　　址　gobooks.com.tw
電　　話　(02) 27992788
電　　郵　readers@gobooks.com.tw（讀者服務部）
　　　　　pr@gobooks.com.tw（公關諮詢部）
傳　　真　出版部　(02) 27990909　行銷部 (02) 27993088
郵政劃撥　19394552
戶　　名　英屬維京群島商高寶國際有限公司台灣分公司
發　　行　英屬維京群島商高寶國際有限公司台灣分公司
初　　版　2020 年 10 月

國家圖書館出版品預行編目(CIP)資料

沉睡兩百年的文豪與鬼故事：愛倫坡、狄更斯、馬克吐溫等18位文學大師不為人知的作品 / 萊斯利.克林格(Leslie S. Klinger), 麗莎.莫頓(Lisa Morton)著；曾倚華譯. -- 初版. -- 臺北市：高寶國際出版：高寶國際發行, 2020.10
　面；　公分. -- (文學新象；TN 272)
譯自：Ghost stories : classic tales of horror and suspense.

ISBN 978-986-361-908-6(平裝)

813.7　　109013105

GOBOOKS & SITAK GROUP ©